DE HUILEN

Arto Paasilinna (Kittilä, 1
schrijvers van Finland. Hij
journalist voordat hij in 19
ver. In 1975 brak hij door met de inmiddels verfilmde roman *Haas*, waarvoor hij in 1994 de Italiaanse Giuseppe Acerbiprijs en de Franse Literatuurprijs ontving. Zijn romans zijn vertaald in twintig talen, waaronder het Duits, Frans, Italiaans, Portugees en Japans.

Van Arto Paasilinna zijn bij Wereldbibliotheek verschenen

De huilende molenaar
De gifkokkin
De zelfmoordclub
Wees genadig
De tien minnaressen
De zomer van de vrrolijke stieren
Haas
Helse eendjes

Arto Paasilinna

De huilende molenaar

Zevende druk

WERELDBIBLIOTHEEK · AMSTERDAM

Uit het Fins vertaald door Annemarie Raas

Zevende druk 2012

Omslagontwerp Bureau Beck
Omslagillustratie © Floris Tilanus

Oorspronkelijke titel *Ulvova mylläri*

Spuistraat 283 • 1012 VR Amsterdam

www.wereldbibliotheek.nl

ISBN 978 90 284 2483 8

DEEL I

De malende molenaar

I

Al vrij snel na de oorlog arriveerde er een lange man in het dorpje. Hij kwam uit het zuiden en zei dat hij Gunnar Huttunen heette. In tegenstelling tot de meeste landlopers die van verre kwamen informeerde hij niet bij het waterschap naar de mogelijkheid om graafwerkzaamheden te verrichten, maar kocht hij een oude molen die langs de rivier de Kemijoki lag, bij de stroomversnelling de Suukoski. In het dorp werd de aanschaf onzinnig genoemd, aangezien de molen al sinds de jaren dertig buiten gebruik was en sindsdien zwaar in verval was geraakt.

Huttunen betaalde, en vestigde zich in het molenhuis. De boeren in het dorp, en met name de leden van de molencoöperatie van de Suukoski, liepen de tranen over de wangen van het lachen vanwege de koop. Ze zeiden dat er in de wereld blijkbaar nog steeds aan gekken geen gebrek was, en dat terwijl er in de oorlog toch heel wat waren gevallen.

De eerste zomer repareerde Huttunen de schaafbank die deel uitmaakte van de molen. Hij plaatste een advertentie in de *Bode van Pohjola* waarin hij aankondigde schaafwerkzaamheden aan te nemen. En zo werden de schuren in het dorp voortaan overkapt met dakspanen die bij de molen bij de Suukoski waren vervaardigd. De dakspanen van Huttunen waren zeven keer goedkoper dan het asfaltpapier dat in de fabriek werd geproduceerd, en dat was niet eens altijd verkrijgbaar, aangezien de Duitsers heel Lapland hadden platgebrand en er een groot gebrek aan bouwmaterialen was. De koopman van het kerkdorp vroeg soms wel zes kilo versgekarnde boter voordat je met één enkele rol asfaltpapier huiswaarts kon keren. Winkelier Tervola had verstand van zaken.

Gunnar Huttunen was bijna een meter negentig lang. Hij had stug bruin haar en hoekige gelaatstrekken: brede kaken, een lange neus, ogen die diep verzonken lagen onder een steil en hoog voorhoofd. Zijn jukbeenderen waren geprononceerd, zijn gezicht was smal. Hoewel zijn oren groot waren, stonden ze niet van zijn hoofd af maar lagen ze er juist dicht tegenaan. Daaraan kon je zien dat Gunnar Huttunen als baby met zorg in slaap was gewiegd. Een baby mag zich niet zelf omdraaien in zijn bedje als hij ook maar enigszins grote oren heeft; jongetjes dienen van tijd tot tijd door de moeder te worden omgekeerd, anders gaan de oren later onvermijdelijk slap hangen.

Gunnar Huttunen had een slank en kaarsrecht postuur. Bij het lopen nam hij passen die anderhalf keer zo groot waren als die van andere mannen. De sporen die Huttunen in de sneeuw achterliet zagen eruit alsof er een man van normale afmetingen hardlopend was langsgekomen. Zodra het begon te sneeuwen schaafde Huttunen een paar ski's voor zichzelf – die waren zo lang dat ze bij een normaal huis tot aan de dakgoot kwamen. De sporen die Huttunen maakte waren breed en liepen meestal volkomen parallel, en omdat hij niet veel woog, duwde hij zich bijna altijd met beide skistokken tegelijk voort. Aan de afdrukken van de stokken zag je meteen dat Huttunen onderweg was geweest.

De dorpelingen wisten niet te achterhalen waar Huttunen vandaan kwam. Er werd verteld dat hij uit Ilmajoki afkomstig was, maar sommigen beweerden stellig dat hij vanuit de provincie Satakunta – uit Laitila of Kiikoinen – naar Oost-Lapland was getrokken. Iemand had Huttunen gevraagd waarom hij naar het noorden was verhuisd. Daarop had hij geantwoord dat de molen die hij in het zuiden had gehad, was afgebrand. Samen met de molen was ook mevrouw Huttunen door het vuur verzwolgen. Geen van beide was door de verzekering gedekt geweest. 'Ze zijn gelijktijdig verbrand,' had Gunnar Huttunen verklaard, en hij had de vraagsteller opmerkelijk ijzig aangekeken.

Nadat hij de beenderen van zijn echtgenote uit de zwartgeblakerde overblijfselen van de molen had bijeengeharkt en ze op de begraafplaats ter aarde had besteld, had Huttunen het perceel waarop zijn molen stond verkocht. Het had er vreselijk uitgezien. Vervolgens had hij afstand gedaan van zijn stuwrecht en was hij vertrokken uit de regio. Gelukkig was hier in het noorden een behoorlijke molen beschikbaar, en hoewel die nog niet in bedrijf was, waren de opbrengsten van de schaafwerkzaamheden voldoende om een man alleen in leven te houden.

De secretaris van de parochie wist echter te vertellen dat molenaar Gunnar Huttunen volgens de kerkboeken vrijgezel was. Hoe kan zo iemand zijn echtgenote in rook zien opgaan? Hier werd uitgebreid over nagedacht. Maar de waarheid over het verleden van de molenaar kwam niet boven tafel, en uiteindelijk verloren de mensen hun interesse voor de kwestie. Ze dachten: daarginds in het zuiden zijn wel meer vrouwen verbrand en in brand gestoken, en om nou te zeggen dat er een voelbaar gebrek aan is: nou nee.

Gunnar Huttunen werd van tijd tot tijd beheerst door langdurige periodes van neerslachtigheid. Hij had de gewoonte om zomaar ineens in de verte te gaan staren, zelfs terwijl hij aan het werk was en zonder zichtbare aanleiding. Zijn donkere ogen glommen dan gekweld in hun kassen; zijn blik was ernstig en priemend, maar tegelijkertijd ook bedroefd. Als je zo'n blik opving, voelde je hoe die brandde. Wie met Huttunen sprak als hij gedeprimeerd was, werd zelf ook droevig, en enigszins onwel.

Maar de molenaar was niet altijd somber gestemd! Vaak was hij zelfs vreselijk vrolijk, zonder enige aanleiding. Hij maakte grapjes, lachte en dartelde rond, kon helemaal uit zijn dak gaan en dan heel komisch op zijn lange stelten rondspringen; hij liet de kootjes van zijn vingers knakken, zijn handen wapperen; hij strekte zijn nek, gebaarde en verklaarde. Hij vertelde aan één stuk door grootse maar groteske verhalen, stak uitgebreid de draak met mensen, sloeg de boeren op hun schouders, gaf hoog van hen op zonder duidelijke reden, lachte hen recht in hun gezicht uit, knipoogde, klapte in zijn handen.

Als Huttunen weer zo'n opgewekte periode had, verzamelde de dorpsjeugd zich rond de molen bij de Suukoski om daar de uitbundige voorstellingen bij te wonen. Ze zaten dan in het molenhuis, net als vroeger, en maakten grapjes en tapten moppen. In de aangename en gemoedelijke schemer, met de donkere geuren van de oude molen om hen heen, voelden ze zich blij en gelukkig. Soms ontstak Gunnar – of Kunnari, zoals zijn naam werd verfinst – in de tuin bij de molen een hoog opvlammend vuur waar ze droge dakspanen op gooiden; boven de gloeiende kooltjes roosterden ze dan witvis uit de Kemijoki.

De molenaar wist op weergaloze wijze diverse dieren uit het woud na te doen: hij haalde alles uit de kast bij het te voorschijn toveren van die dierenraadsels, en voor de dorpsjeugd werd het een wedstrijdje om als eerste te raden welk beest de molenaar uitbeeldde. Soms deed hij een haas na, dan weer een lemming of een beer. Soms zweefde hij op zijn lange armen als een uil in de nacht; soms huilde hij als een wolf, waarbij hij zijn snuit naar het zwerk ophief en zo hartverscheurend jankte dat de jongeren angstig en ijlings dichter naar elkaar toe kropen.

Vaak imiteerde Huttunen boeren en boerinnen uit het dorp, en de toeschouwers raadden dan meteen wie er werd bedoeld. Als Huttunen deed of hij klein en gezet was, wat heel veel inlevingsvermogen van hem vereiste, wist men dat het om zijn dikke buurman Vittavaara ging, de boer die het dichtst bij hem in de buurt woonde.

Het waren heel speciale zomeravonden en -nachten, waar de jongeren soms wekenlang op moesten wachten omdat Gunnar Huttunen van tijd tot tijd ten prooi viel aan zijn stille melancholie. Dan durfde niemand uit het dorp zich bij de molen te vertonen als daar geen dringende aanleiding toe was, en de zaken werden zwijgzaam afgehandeld, en gehaast, want de neerslachtigheid van de molenaar verdreef de gasten.

In de loop der tijden werden de depressies van Huttunen steeds dieper. Als het weer eens zover was gedroeg hij zich bruusk, liep hij soms zonder aanleiding tegen de mensen te grommen, en was hij uiterst gespannen. Soms was Huttunen zo terneergeslagen en chagrijnig dat hij weigerde de dakspanen af te staan als degene die ze had besteld ze kwam halen. Dan snauwde hij alleen maar: 'Je krijgt ze niet. Ze zijn nog niet klaar.' De afhaler had dan geen andere keus dan met lege handen terug te keren, ook al stond er een metershoge vracht nieuwe, pasgeschaafde dakspanen secuur opgestapeld naast de laadbrug.

Maar in een opgewekte bui was Huttunen onverbeterlijk: hij schitterde als een circusartiest, zijn brein was scherp als het blinkende blad van de schaafmachine; de molenaar gebaarde snel en soepel, gesticuleerde zo uitgelaten en onvoorspelbaar dat de mensen volkomen betoverd raakten als ze naar hem keken. Toch kon de molenaar op het hoogtepunt van zo'n uitbundige bui zomaar ineens verstarren en een schelle schreeuw uit zijn keel laten ontsnappen, om vervolgens langs de vergane watergoot om de molen heen weg te snellen, uit het zicht van de mensen, de rivier over, het bos in. Het struikgewas knapte en ritselde terwijl de man zich een willekeurige weg erdoorheen baande, en als hij dan na een uur of anderhalf weer terugkwam bij de molen, hijgend en vermoeid, haastte de dorpsjeugd zich naar huis. Met bonkend hart vertelden ze dan dat er weer slechte tijden waren aangebroken voor Kunnari.

De dorpelingen begonnen te denken dat Gunnar Huttunen geschift was.

In de kerk wisten Huttunens buren te vertellen dat Kunnari de gewoonte had om 's nachts te huilen als een roofdier in het bos. Dat gebeurde met name 's winters, als het helder weer was en hard vroor. Soms begon hij 's avonds en huilde hij door tot middernacht, en als de lucht zijn troosteloze janken helemaal tot aan het dorp droeg, voelden de honden zich gedwongen om hem te antwoorden. Als het weer eens zover was, waren de dorpen langs de brede rivier klaarwakker, en de mensen zeiden dan dat hij gek was, die arme Kunnari; hij brengt zelfs de honden aan het janken zo midden in de nacht. 'Iemand zou hem moeten zeggen dat hij niet zo tekeer moet gaan, zo'n grote vent. Dat kan echt niet, dat een mens huilt als een levensechte wolf.'

Maar niemand durfde Huttunen erover aan te spreken. De buren dachten: misschien komt hij op een dag tot bezinning en gaat het vanzelf wel over.

'Nou ja, het went ook wel na verloop van tijd,' zeiden dorpelingen die dakspanen nodig hadden. 'Gek is-ie, maar schaven kan hij en duur is-ie ook niet.'

'Hij heeft beloofd om de molen op te knappen; laten we hem niet overstuur maken, anders keert hij straks nog terug naar het zuiden,' zeiden de boeren die van plan waren om tarwe te zaaien op de oevers van de Kemijoki.

2

Op een keer in de lente, in de periode dat het ijs aan het smelten was, steeg het water in de molenbeek zodanig dat Gunnar Huttunen zijn molen dreigde te verliezen. Het kolkende overstromingswater drukte zo krachtig tegen het verdeelwerk dat boven aan de kanjel lag dat het over een breedte van twee meter afbrak. Dikke ijsschotsen drongen door het afgebroken gedeelte heen de goot in. Ze versplinterden het vergane hout ervan over een lengte van vijftien meter, verbrijzelden in het voorbijgaan het schoepenrad van de schaafbank en zouden de hele molen omvergestoten hebben als Huttunen niet tijdig had ingegrepen: hij rende naar de schuif van de schaafbank, trok die open, en het grootste deel van het water raasde langs het kapotte waterrad de molen voorbij, naar de benedenloop van de rivier. Al die tijd stroomde er meer water vanaf het verdeelwerk de kanjel in, en met het water kwamen dikke stukken ijs mee. Een aantal daarvan hoopte zich tegen de muur van de molen op, zodanig dat het oude houten gebouw kraakte onder hun gewicht. Huttunen was bang dat de zware maalstenen door de tussenvloer zouden zakken, boven op de turbine, en dat die het dan ook zou begeven.

In dat stadium zat er voor Huttunen niets anders op dan op zijn fiets te springen en naar de winkel een paar kilometer verderop te rijden.

Buiten adem en van top tot teen bezweet brulde Huttunen tegen winkelier Tervola, die net havergort aan het afwegen was: 'Snel, geef me een lading springstof!'

In de winkel waren een paar vrouwen boodschappen aan het doen, en die schrokken zich een ongeluk van de bezwete molenaar die bommen kwam kopen. Winkelier Tervola vroeg

Huttunen vanachter zijn weegschaal naar diens vergunning voor het aanschaffen en bezitten van explosieven, maar toen Huttunen hem toebeet dat de molen bij de Suukoski zou instorten als hij niet snel een paar ijsschotsen opblies, verkocht de winkelier hem ijlings een lading springstof, een lang, opgerold stuk lont en een handvol slaghoedjes. De explosieven werden in een kartonnen doos gepakt die Huttunen op zijn bagagedrager vastbond, waarna hij onverwijld weer richting de Suukoski vertrok, waar het water nog steeds steeg en het ijs tegen de wankelende balken van de oude molen schuurde.

De winkelier sloot onmiddellijk zijn zaak, en zowel hij als de vrouwen spoedden zich naar de Suukoski om te zien hoe het Huttunen zou vergaan. Voordat hij vertrok zag hij echter nog kans om met de kerk te bellen. Hij riep in de hoorn dat het de hoogste tijd was om je naar de Suukoski te haasten, waar Huttunens hele handel in het water dreigde te vallen.

In de verte, bij de Suukoski, was de eerste explosie te horen. Toen de mensen uit de winkel en de kerk ter plaatse arriveerden en zich op de oever opstelden om naar de overstroming te kijken, volgde er nog een ontploffing. Brokken ijs en stukken hout vlogen de lucht in. Kinderen werd verboden om dichterbij te gaan staan. Een paar mannen schreeuwden naar Huttunen en vroegen wat ze moesten doen. Ze wilden helpen.

Maar Huttunens nood was zo ongelofelijk hoog en hij had zo'n enorme haast dat er geen tijd overbleef om instructies te geven. Met een zaag en een bijl in zijn handen rende hij over de rand van de kanjel naar het verdeelwerk; hij sprong over de balken en de ijsschotsen heen op de oever, waadde tot aan zijn dijen door het water totdat hij weer op het droge was, en mat toen met zijn blik de stevige sparren die langs de rivier stonden op, als een houthakker die op het punt staat aan de slag te gaan.

'Kunnari zit nu zo in de rats dat-ie geen tijd heeft voor z'n wolvengehuil,' zei de rondbuikige boer Vittavaara.

'Geen tijd zelfs om elanden of beren te imiteren, al heeft-ie nu meer publiek dan ooit,' zei iemand anders, en de mensen lachten, maar politieagent Portimo, een oude, rustige man, gebood om stilte. 'We gaan hier geen grapjes staan maken terwijl een ander in nood zit.'

Huttunen koos een hoge spar uit die vlak bij het water stond. Hij sloeg met een paar stevige klappen aan de kant van de rivier een diepe valsnede onderaan in de stam en bukte zich om de stam doormidden te zagen. De toeschouwers op de andere oever vroegen zich af waarom de molenaar nu ineens hout ging staan hakken – je zou toch denken dat het redden van de molen op dit moment prioriteit had. Een knecht genaamd Launola, die vanuit de kerk naar de Suukoski was gekomen, zei daarop: 'Hij is die hele molen vergeten en nou gaat-ie zich met bosbouw bezighouden!'

Huttunen hoorde dit aan de overkant van de rivier. Hij werd witheet van woede daar aan de voet van de spar; de aders in zijn slapen zwollen op en hij stond al op het punt om overeind te komen en de knecht van repliek te dienen, maar ging uiteindelijk toch driftig door met zagen.

De enorme spar begon heen en weer te zwiepen. Huttunen trok de zaag uit de kerf en rechtte zijn rug, en drukte vervolgens het blad van de bijl tegen de stam zodat de boom kantelde. Zoevend stortte de dikke spar op de overstromende rivier, waarbij hij al het ijs brak dat zich boven aan het verdeelwerk had samengepakt. Een diepe zucht ontsnapte aan de dorpelingen. Nu pas begrepen ze de gedachte achter het houthakken: door de druk van het water dreef de stam van de spar zachtjes naar de bovenzijde van het verdeelwerk, waar hij bleef liggen en zo het ijs uit de bovenloop van de rivier tegenhield. Onder de stam raasde het water weliswaar nog vrijelijk tussen de takken door naar het verbrijzelde schoepenrad van de schaafbank, maar er kwam geen ijs meer met het water mee, en zo waren de angstwekkende ontwikkelingen van zo-even met één enkele klap tot stilstand gebracht.

Gunnar Huttunen veegde het zweet van zijn gezicht, liep over de laadbrug naar de molen en arriveerde al gauw aan de andere kant van het water, waar de toeschouwers nog stonden te wachten. Tegen knecht Launola gromde hij: 'Daar heb je je bosbouw.'

Enigszins ongemakkelijk maakte de menigte aanstalten om te vertrekken. De mannen kwamen zich beklagen: dat ze nou net te laat waren gekomen om te helpen... Ze roemden Kunnari: goed gedaan jongen, dat je zo slim was om net díe spar nemen.

Hoewel de spannende voorstelling was afgelopen, konden de dorpelingen zich er niet toe zetten om weg te gaan. Er kwamen zelfs nog steeds mensen toegestroomd, mensen die de kerk niet zo snel hadden weten te verlaten. Als laatste arriveerde de zwaarlijvige vrouw van Siponen, die buiten adem informeerde wat er allemaal was gebeurd voordat zij zich naar de molen had kunnen spoeden.

Huttunen maakte nog een pakket explosieven klaar en verkondigde toen met luide stem: 'Is de voorstelling te vroeg voorbij? Dan zullen we nog even doorgaan, zodat deze mensenmassa niet met lege handen naar huis hoeft!'

De molenaar begon een reiger te imiteren. Hij waggelde op de rand van de kanjel heen en weer, klepperde, strekte zijn nek, en deed of hij kikkers zocht in de goot.

De menigte was in verlegenheid gebracht en maakte aanstalten om terug te keren naar het dorp. Er werd geprobeerd om Huttunen te kalmeren; iemand verzuchtte dat hij echt gek was. Maar voordat de menigte zich kon verspreiden stak Huttunen de lont aan die naar het slaghoedje in de explosieven liep, en die begon akelig te sissen. Toen kwam het volk in beweging, maar hoewel er al snel een stormloop op gang kwam, zagen veel mensen geen kans om meer dan een paar stappen te zetten voordat Huttunen de explosieven in de rivier smeet, die op hetzelfde moment ontploften. Met een doffe knal wierp de springstof water en ijssplinters op de oever – de mensen werden van top tot teen kleddernat. Gillend vluchtten ze weg van de waterkant, om pas op de weg tot stilstand te komen, waarvandaan ze de molenaar woedend verwensingen toewierpen.

3

Meteen toen de overstroming voorbij was begon Gunnar Huttunen met het repareren van de schade die de molen had opgelopen. Hij bestelde bij de zagerij drie paardenvrachten met materiaal – houten balken, planken en latten. Bij winkelier Tervola kocht hij twee dozen met spijkers, een met draadnagels en een met vierduimers. Hij stelde drie nietsdoende knechten uit het dorp aan om de palen in het vernielde verdeelwerk te heien. Al na een paar dagen kon de stroomsterkte van de molenbeek weer geregeld worden met de schuif die in het herstelde gebint was aangebracht. Huttunen ontsloeg de knechten weer en begon vervolgens met de reparatie van de kanjel. Die werd tussen het verdeelwerk en het schoepenrad van de schaafbank volledig vervangen. Daarvoor was anderhalve vracht planken van vijf duimen dik nodig.

Het waren prachtige, zomerse dagen. Het weer was winderig maar mild, het humeur van de bouwmeester uitstekend. Huttunen was handig, hij genoot van het timmermanswerk. Hij gunde zich nauwelijks de tijd om te slapen, zozeer had de molenaar het naar zijn zin op zijn bouwterrein. 's Ochtends was hij al rond een uur of vier, vijf bij de kanjel te vinden, waar hij planken en balken bewerkte tot de dag aanbrak; tussendoor ging hij naar het molenhuis om koffie te zetten, waarna hij snel weer aan het werk ging. Op het heetst van de dag trok hij zich een uur of twee terug in het huis om te rusten, en vaak viel hij dan ook in slaap, om 's middags fris en vol werklust weer wakker te worden. Meteen na het eten haastte hij zich opnieuw naar de kanjel. Tot laat op de avond was bij de molen van de Suukoski het geklop van bijlen en hamers te horen.

In het dorp zeiden ze dat Kunnari in twee opzichten gek

was: in de eerste plaats was hij niet goed bij zijn hoofd, en bovendien was hij gek op werk.

Na anderhalve week was de kanjel klaar en waterdicht. Hij voerde het water in de molenbeek vanaf de bovenkant van het verdeelwerk naar zijn bestemming, de molen en de schaafbank, om die van kracht te voorzien. Vervolgens ging Huttunen aan de slag met het waterrad van de schaafbank. De schoepen daarvan moesten allemaal vervangen worden; ze waren sowieso al verrot geweest. Maar de as was nog wel in orde, zo stelde Huttunen vast; alleen het lager en de klemband aan één kant vervangen en hij was weer als nieuw.

Huttunen kleedde zich uit, op zijn onderbroek na, en liep het water in om het gerepareerde waterrad op zijn plaats te brengen. Toen arriveerde er een uiterst verleidelijke verschijning bij de molen.

Op de laadbrug stond een vrouw van een jaar of dertig, met een gezonde blos en zachte vormen. De vrouw droeg een zomerjurk met bloemetjesmotief en had een charmant sjaaltje om haar hoofd. Ze zag er lieftallig uit, en welgevormd, maar haar stem was vederlicht als die van een meisje, en door het ruisen van de stroomversnelling hoorde Huttunen haar niet toen ze hem riep: 'Meneer Huttunen! Meneer Huttunen!'

De vrouw keek naar de bijna naakte man die in de rivier aan het werk was. De slanke en pezige molenaar was in gevecht met het koude water terwijl hij uit alle macht probeerde om het schoepenrad op zijn plaats te drukken. De naaf liet zich met geen mogelijkheid op de as bevestigen – het water duwde te hard tegen het rad. Door al zijn kracht in de strijd te werpen wist de man desondanks het grote wiel op zijn plaats te krijgen; hij liet het los, en de schoepen vulden zich onmiddellijk met water. Het rad begon te draaien – eerst langzaam, toen steeds sneller. Huttunen waadde een stukje achteruit, keek ernaar en zei: 'Dat zal je leren, stom ding.'

Toen hij de watertoevoer in bedwang had gekregen, hoorde Huttunen de heldere vrouwenstem die hem toeriep vanaf de laadbrug: 'Meneer Huttunen!'

De molenaar draaide zich om in de richting waar de stem vandaan kwam. Er stond een mooie vrouw op de brug. Ze had haar sjaaltje afgedaan en zwaaide daar bevallig mee. De vrouw had blonde, natuurlijke krullen. Ze zag er zonder meer lieftallig uit, zo in de wind en de lentezon. Huttunen stond in de rivier en keek naar haar van onderaf, en hij constateerde dat de vrouw stevige dijen en pezige kuiten had. Ook haar slipje was zichtbaar onder de in de wind wapperende rok, en haar naadkousen en jarretels. De vrouw had niet in de gaten dat ze zo uitvoerig te kijk stond, of anders vond ze het niet erg om haar dijen zo tentoon te stellen. Huttunen baande zich een weg uit de rivier, griste zijn kleren van de laadbrug en kleedde zich snel aan. De vrouw liep de brug af en de helling op, draaide zich om en reikte Huttunen haar hand. 'Ik ben tuinbouwconsulente Sanelma Käyrämö.'

'Aangenaam,' wist Huttunen uit te brengen.

'Ik ben de nieuwe tuinbouwconsulente van het dorp. Ik ga bij iedereen langs, ook bij mensen die geen kinderen hebben. Ik heb al zestig huizen gehad. Maar er zijn er nog heel wat te gaan.'

Tuinbouwconsulente? Wat had een voorlichtster van de landbouwvereniging bij een molen te zoeken?

Sanelma Käyrämö legde uit: 'Boerin Vittavaara van hiernaast zei dat u hier alleen woont, en daarom heb ik besloten om ook bij u langs te gaan. Want ook een alleenstaande kan heel goed groente verbouwen.'

Gedreven begon de tuinbouwconsulente haar plan uiteen te zetten. Groente verbouwen, zo zei ze, was van onschatbare waarde voor de bewoners van het platteland. Groente vormde een wenselijke aanvulling op het dagelijkse menu, voor extra vitaminen en sporenelementen. Een halve are grond was al voldoende voor een moes- en kruidentuintje dat – als je het tenminste goed onderhield natuurlijk – genoeg opbracht om een klein gezin in de winter het een en ander aan gezond en lekker voedsel voor te zetten. Je moest gewoon de koe bij de hoorns vatten en aan de slag gaan. Het loonde de moeite, echt!

'Dus, meneer Huttunen, zullen we dan ook bij u maar zo'n lief klein moestuintje aanleggen? Groente is tegenwoordig zo in de mode dat ook een man zich er niet voor hoeft te schamen om die te verbouwen en te eten.'

Huttunen begon bezwaar te maken. Hij zei dat hij maar een man alleen was, dat het voor hem meer dan voldoende was als hij af en toe eens een zak meiknollen of koolrapen kocht bij de buren, mocht hij daar toevallig behoefte aan hebben.

'Daar komt niets van in! We gaan meteen aan de slag. Ik geef u wat zaden om mee te beginnen. Laten we eens kijken of er hier een stukje grond is dat bij uitstek geschikt is voor een moestuintje. Niemand heeft er ooit spijt van gekregen dat hij groenten is gaan verbouwen.'

Huttunen probeerde nog te protesteren: 'Maar ik ben ook nog een beetje – nou ja, gek zeg maar. Hebben ze mevrouw dat niet verteld daar in de kerk?'

De tuinbouwconsulente wuifde Huttunens gekte geringschattend weg met haar sjaaltje, alsof ze haar hele leven al te maken had met mensen die niet goed bij hun hoofd zijn. Ze greep de molenaar doortastend bij de hand en leidde hem naar de heuvel waarop de molen stond. Daar tekende ze de grenzen van de toekomstige moestuin in de lucht. Het hoofd van de molenaar draaide met de hand van de tuinbouwconsulente mee; de groentetuin dreigde wat ruim uit te vallen. Hij schudde zijn hoofd. De tuinbouwconsulente bracht daarop de omvang een ietsje terug en daarmee leek de zaak beslist. De vrouw brak vier berkentakken af en stak die in de hoeken van het perceel in de grond. 'Voor zo'n uit de kluiten gewassen man is dit helemaal niet te groot,' zei ze, en ze pakte een aktetas van de bagagedrager van haar fiets, ging op het gras zitten, opende de tas, haalde een stapel papieren te voorschijn en begon daarin te bladeren. De wind blies een paar blaadjes weg en Huttunen rende erachteraan en bracht ze weer bij de vrouw. Huttunen kreeg een wonderlijk gevoel over zich, een gelukkig gevoel; toen hij de papieren teruggaf aan de tuinbouwconsulente, lachte ze lieflijk en bedankte ze hem. De molenaar voelde zich zo blij dat hij zin kreeg om van pure gelukzaligheid wolvengehuil te laten horen, en het scheelde niet veel of hij deed het echt, maar hij wist zich te beheersen. In aanwezigheid van zo'n vrouw kon je maar beter doen of je normaal was, in ieder geval in het begin.

De vrouw schreef molenaar Gunnar Huttunen in als lid van de landbouwvereniging. Ze maakte een schets van de moestuin, schreef daarop de namen van de te verbouwen groenten – rode biet, wortel, koolraap, erwten, uien en groene kruiden. Ze probeerde de molenaar ook enthousiast te maken voor vroegrijpe kool, maar zag daarvan af omdat de kerk geen zaailingen had. 'Misschien kunnen we ons het eerste oogstseizoen beter beperken tot de wat gangbaardere soorten. Later, als we wat meer ervaring hebben, kunnen we het assortiment uitbreiden,' zo besloot de tuinbouwconsulente. Ze gaf Huttunen een paar zakjes met zaden, die ze de volgende keer dat ze langskwam met hem zou afrekenen. 'We moeten immers eerst zien of ze wel ontkiemen... maar ik weet zeker, meneer Huttunen, dat u het wonder van nieuw leven en groei binnenkort zult mogen aanschouwen.'

Huttunen betwijfelde of hij wel geschikt was voor het vak van tuinman. Hij beweerde dat hij nog nooit eerder iets dergelijks had ondernomen.

De tuinbouwconsulente stapte over die bedenkingen heen: ze begon de voorwaarden voor een geslaagde groenteteelt uiteen te zetten, gaf nauwgezette aanwijzingen voor het omspitten en bemesten, legde uit hoe dicht de zaden bij elkaar gezaaid mochten worden, wat voor iedere soort de ideale afstand tussen de rijen was en hoe diep de molenaar ze in de grond moest stoppen voor het beste resultaat. Al gauw raakte Huttunen ervan overtuigd dat moestuinonderhoud wel verschrikkelijk leuk moest zijn, en bovendien bij uitstek geschikt voor hem omdat de molen hem niet de hele zomer van werk voorzag. Hij beloofde onmiddellijk aan de slag te gaan en haalde meteen een schop en een schoffel uit het berghok.

De tuinbouwconsulente keek toe terwijl de lange man de

schoffel in de aarde stak. De punt ervan trok een flink stuk grond los, die de molenaar meteen omkiepte in het zojuist ontstane gat. De tuinbouwconsulente bukte zich en nam wat van de aarde in haar hand. Ze wreef die tussen haar vingers, rook eraan en zei lovend dat ze nog nergens betere grond voor een moestuin had gezien. Toen Huttunen zag dat de hand van de vrouw vies was geworden door de aarde, haastte hij zich naar de molen; hij haalde een zinken emmer, waadde de rivier in om water te halen en bracht dat naar de tuinbouwconsulente, zodat die haar handen kon wassen. 'Dat had toch niet gehoeven,' zei de vrouw met een rood hoofd, terwijl ze haar handen afspoelde. 'Nou is uw broek helemaal nat aan de onderkant. Hoe kan ik dat nu toch goedmaken...'

Dat geeft helemaal niks, het is maar een broek, dacht Huttunen gelukzalig. Als de tuinbouwconsulente maar tevreden was. Hij begon zo gedreven de aarde om te ploegen met de schoffel dat het resultaat eruitzag alsof er een span ossen aan het werk was geweest.

De tuinbouwconsulente stopte de papieren terug in de tas, pakte haar fiets en stak haar hand uit om afscheid te nemen. 'Mochten er zich problemen voordoen, neemt u dan contact met mij op. Ik woon bij Siponen boven. Schroomt u vooral niet – zo'n eerste keer is het heel goed mogelijk dat ik iets vergeten ben te vertellen.'

Vervolgens knoopte de tuinbouwconsulente het kleurige sjaaltje om haar gouden krullen; ze legde de aktetas op het stuur en klom op het zadel. Dat werd helemaal aan het zicht onttrokken door haar brede achterwerk. De lichte rok wapperde in de wind terwijl ze de heuvel af fietste.

In het bos zette de tuinbouwconsulente haar fiets stil; ze draaide zich om naar de molen en dacht: mijn lieve hemel.

Huttunen was zo opgewonden dat hij niet wist wat hij moest doen toen de tuinbouwconsulente weer weg was. Opeens leek het schoffelen van de moestuin niet meer zo belangrijk. Rusteloos liep hij de molen in; hij leunde tegen de grutstenen, wreef zich in zijn handen, kneep telkens zijn ogen dicht, dacht aan de vrouw. Toen verstarde hij ineens. Hij spurtte de molen uit, rende onder de goot door de stroomversnelling in en dompelde zich tot aan zijn hals onder in het koude water. Toen hij weer op de oever klom, rilde hij een beetje, maar hij was wel weer rustig. Hij ging de molen binnen, keek uit het kleine venster naar de weg en liet zachtjes een klaaglijk geluid horen, maar het was niet het wolvengehuil dat hij 's winters soms uitstootte.

Nog diezelfde avond ploegde Huttunen zijn moestuin om, en bij het invallen van de nacht reed hij er een vracht mest op uit. Met een hark mengde hij die goed door de grond, en vervolgens zaaide hij de zaden in die de tuinbouwconsulente hem had gegeven. Vroeg in de ochtend besproeide hij zijn stukje grond nog met water en toen pas ging hij slapen.

Gelukzalig ging Huttunen liggen. Hij had nu een moestuintje helemaal voor zichzelf. Dat betekende dat het niet lang meer duurde of de lieftallige tuinbouwconsulente zou weer bij hem langskomen.

4

De daaropvolgende dagen ging Huttunen verder met het herstellen van de schade die de overstroming had aangericht. Hij repareerde de deuken in het gedeelte van de kanjel dat tussen de molen en de schaafbank lag. Hier en daar hoefde hij alleen maar een paar planken te vervangen. Huttunen bevestigde een stel extra balken onder de goot, want de oude waren op veel plaatsen verrot – als je op de rand van de geul ging staan en een beetje schudde, dan begon de goot onmiddellijk te schommelen en te lekken, en daardoor liep er minder water doorheen, waardoor ook de kracht waarmee het schoepenrad draaide afnam.

Na vijf dagen liet Huttunen de molen proefdraaien. Hij sloot de schuif die naar het schoepenrad van de schaafbank leidde, zodat al het water dat de goot in liep naar de turbine van de molen stroomde. Die begon te draaien, eerst langzaam, vervolgens steeds sneller. Nadat hij had vastgesteld dat de turbine gelijkmatig bewoog en de schoepen voldoende water kregen, klom Huttunen omhoog uit het hok waarin de turbine stond en liep hij de molen in. Daar smeerde hij alle grotere assen en lagers met vaseline. Om de kleinere deeltjes met machineolie te besprenkelen gebruikte hij een oliekan met een lange tuit. Nadat hij alle bewegende delen had geolied, nam Huttunen een spatel van espenhout, waarmee hij riempasta op het drijfwiel van de turbineas smeerde. De hars liet zich goed uitstrijken als je de spatel stevig tegen de draaiende bus drukte. De molenaar gebruikte de riempasta ook voor de tandwielen aan de assen van de bovenste molenstenen. Vervolgens gooide hij de transmissieriem om de bussen heen. Hij maakte de riem eenmaal om de riemschijf vast, zodat die niet kon losschieten van het drijfwiel. De brede riem zwiepte op het ritme van de turbineas heen en weer en bracht toen de zware bovenste molensteen op gang, die over de onderste schuurde, die niet bewoog. Als je een paar handenvol graan in het kropgat van de bovenste steen had gegooid, zou je al gauw je neus in kant-en-klaar gemalen meel hebben kunnen steken.

De molen draaide nu. De stenen knarsten dof, de transmissieriem klapperde, de vele assen rammelden in hun ruime lagers, de molen trilde en onder in het turbinehok dreunde het schoepenrad onder de druk van de molenbeek.

Huttunen verwisselde nog de riem die van de maalsteen naar het drijfwiel van de grutstenen liep en probeerde ook die uit, en ook daarmee maalde de molen uitstekend.

De molenaar leunde tegen de rand van het lege graanreservoir, sloot zijn ogen en luisterde naar het bekende geluid van de molen. Hij had een kalme uitdrukking op zijn gezicht; van de opwinding of neerslachtigheid die je er normaal van kon aflezen was nu niets te merken. Hij liet de molen lange tijd droog draaien voordat hij het water via de goot weer langs de turbine liet voeren. Langzaamaan hield het schoepenrad op met draaien, totdat het uiteindelijk helemaal stilstond. De molen was weer rustig; alleen het zachte geklater van het water klonk vanuit de rivier die onder het bouwwerk door stroomde.

De volgende dag ging Huttunen naar de winkel om aan te kondigen dat de molen weer draaide, voor het geval iemand nog overjarig graan wilde laten vermalen tot veevoer.

Winkelier Tervola keek de molenaar schuins aan. 'Die springstof moest ik voor eigen rekening nemen omdat de politie langskwam om te vragen of jij wel de vereiste papieren had. Ik verkoop je geen tweede keer explosieven zonder vergunning, want helemaal goed bij je hoofd ben je ook niet.'

Huttunen slenterde wat door de winkel, alsof hij het gemopper van Tervola niet had gehoord. Hij pakte een fles pilsner uit een krat en stak een sigaret op. Het was zijn laatste, en dat kwam goed uit. Huttunen schreef op de achterkant van het pakje dat de molen bij de Suukoski weer gebruiksklaar was en dat men er graan naartoe kon brengen om te laten malen. Hij trok een oude punaise uit de deurpost en prikte er zijn eigen advertentie mee vast.

'Waarom was je zo stom om die laatste lading springstof in de rivier te laten ontploffen, recht in het gezicht van de mensen die stonden te kijken?' De winkelier was gedroogde tuttifrutti aan het afwegen voor de vrouw van de onderwijzer. Huttunen zette het lege bierflesje terug in het krat en wierp een paar munten op de toonbank. De winkelier keek onderzoekend naar de weegschaal en bromde nog steeds: 'Hier in het dorp wordt al gezegd dat ze je in de boeien moeten slaan en in een gesticht moeten stoppen.'

Huttunen draaide zich plotseling om naar de winkelier, keek hem recht in de ogen en vroeg: 'Zeg eens, Tervola, hoe komt het toch dat de wortels bij mij nog steeds niet de grond uit schieten? Ik heb ze iedere dag water gegeven tot de grond er zwart van zag, maar er valt nog steeds niets te zien of te horen.'

De winkelier mompelde dat het nu even niet om wortels ging. 'Ook onze dochter huppelt al een paar zomers rond bij die molen van je. Dat kan toch niet, dat de kinderen midden in de nacht op pad zijn, nota bene om naar een gek te luisteren.'

Huttunen drukte met zijn vuist op de weegschaal, tot die niet meer verder omlaag kon, en zei: 'Precies tien kilogram. Doe d'r nog 'ns wat kilo's bij.' Huttunen legde zelf een paar gewichten op de waag en drukte hem opnieuw helemaal naar beneden. 'Nu weegt m'n vuist al vijftien kilo.'

De winkelier probeerde de hand van Huttunen weg te duwen. Het zakje tuttifrutti viel om en er ploften wat gedroogde appelschijfjes op de grond. De vrouw van de onderwijzer ging verder bij de toonbank vandaan staan. Huttunen nam de hele weegschaal onder de arm en liep ermee naar de deur. In het voorbijgaan scheurde hij met zijn tanden zijn advertentie er weer af. Eenmaal buiten zette hij de waag in de emmer van de waterput en die liet hij voorzichtig de put in zakken. Winkelier Tervola kwam naar buiten, riep al op de trap dat Huttunen nu toch echt zijn laatste geintje had uitgehaald. 'Jou moeten ze in het gekkenhuis opsluiten, en wel meteen! Deze winkel is van nu af aan gesloten voor jou, Huttunen!'

Huttunen liep in de richting van de kerk. Onderweg vroeg hij zich af hoe dit nou had kunnen gebeuren. Hij was verdrietig, maar voelde zich een stuk beter toen hij aan de waag in de waterput dacht. Per slot van rekening was een put eigenlijk ook een soort weegschaal. Met alleen water in plaats van gewichtjes.

Bij het kerkhof bleef Huttunen staan en daar prikte hij de advertentie, die hij nog steeds tussen zijn tanden hield, vast op het hek. Er zaten nog wat spijkers in van eerdere annonces. Op het papiertje stond:

De molen bij de Suukoski draait weer.
Huttunen.

Vanaf het kerkhof liep Huttunen naar het café van het kerkdorp. Hij dronk een fles pilsner, en aangezien er nogal wat duimendraaiend volk uit de diverse uithoeken van het dorp in de kroeg zat, verkondigde Huttunen: 'Zegt het voort: wie nog graan heeft, mag dat naar de Suukoski brengen.' Hij dronk zijn pilsner op en ging weg. Bij de deur riep hij nog: 'Maar geen bespoten graan. Ook niet voor veevoer. Dat vergiftigt de molen.'

Ter hoogte van Siponens huis hield de molenaar even in en keek hij naar de vensters op de bovenverdieping om te zien of de tuinbouwconsulente op haar kamer was. Vervolgens zocht zijn blik de blauwe fiets van de consulente. Die stond er niet. Mevrouw was dus een rondje langs de dorpen aan het maken... om kinderen de beginselen van het moestuinonderhoud bij te brengen, om boerinnen recepten met groenten aan de hand te doen. Huttunen voelde een lichte jaloezie terwijl hij bedacht hoe de tuinbouwconsulente op dit moment onwillige melkmuilen aan het instrueren was over het uitdunnen van wortels, of zwaarlijvige boerenvrouwen vertelde hoe ze sla moesten snijden.

Huttunen dacht aan de zwarte grond in zijn eigen groentetuin. De tuinbouwconsulente nam niet eens de moeite om bij hem langs te komen. Ze had best even kunnen komen kijken hoe ijverig de molenaar zijn stukje grond had geploegd, bemest en ingezaaid! Helemaal volgens de instructies.

Had de tuinbouwconsulente de draak met hem gestoken, door een volwassen man kinderwerk te laten doen? Alsof er niet ook in dit dorp al meer dan genoeg werd gelachen om hem, de belachelijke bonenstaak... Moest de tuinbouwconsulente daar nou echt aan meedoen? Die gedachte was bijzonder onaangenaam en deprimerend. Gunnar Huttunen draaide zich om, weg van het huis van Siponen. Woedend rende hij in de richting van de Suukoski.

Hij kwam de vrouw van de onderwijzer tegen, die terugkeerde van de winkel. Toen ze Huttunen in haar richting zag rennen, stopte ze en gaf ze hem voorrang door aan de bosrand te gaan staan.

Op de heuvel bij de molen stond Huttunen stil om naar zijn stukje grond te staren. Dat lag er zwart en levenloos bij. Huttunen goot water over de aarde; hij vond dat die er zo verlaten uitzag. De tuinbouwconsulente had zich ervan afgekeerd, en daarmee ook van Huttunen – zo voelde het. Bedroefd klom de man de trap op, naar zijn molenhuisje. Hij schopte de laarzen met de stalen neuzen van zijn voeten en ging zonder iets te eten naar bed. Een paar uur lang lag hij zwaar te zuchten voordat hij in slaap viel. Hij sliep rusteloos, en droomde akelig en chaotisch.

5

Toen de molenaar 's ochtends wakker werd en een blik wierp op zijn zakhorloge met de stalen kast, wees dat vier uur aan.

Het was een uitstekend klokje. Huttunen had het in Riihimäki gekocht, ergens tussen de Winteroorlog en de Vervolgoorlog in, van een Duitse majoor die op doorreis was en geld nodig had, en die had gezworen dat het uurwerk zowel water als de tand des tijds overleefde. In de loop der jaren was gebleken dat dat klopte. Huttunen had een keer met een paar kerels onder mekaar gewed dat het horloge waterdicht was. Hij had het in zijn mond gestopt, en het was gewoon blijven doortikken, zelfs toen Huttunen er de sauna mee was ingegaan en daar in totaal meer dan een uur had gezeten – en er zelfs twee keer mee in het meer was gedoken. Het horloge had al die tijd in zijn mond gezeten. Huttunen was helemaal naar de bodem gegaan, en daar had hij volkomen roerloos gelegen en geluisterd of het klokje liep. Het getik was goed te horen onder water, want de druk was er groter dan in de sauna; hij voelde het tot in zijn schedel. Ze namen het zakhorloge na de test uit Huttunens mond, droogden het af, en stelden toen vast dat het liep alsof het al die tijd gewoon droog in zijn broekzak had gezeten. Het vertoonde geen enkel zichtbaar gebrek. Op dit moment wees het vier uur aan.

Nadat hij zijn horloge had opgewonden, dacht Huttunen aan de tuinbouwconsulente. Hij herinnerde zich dat de vrouw had gezegd dat hij vooral niet moest schromen om langs te komen als er zich problemen voordeden bij het onderhoud van de moestuin.

Als hij nou eens echt naar haar toe ging om over groentetuinaangelegenheden te praten? Huttunen meende dat hij een uitstekende aanleiding had voor een bezoekje aan de tuinbouwconsulente, want hoewel hij de zaden al zes dagen geleden had ingezaaid, was er nog steeds geen teken van leven te zien. Hij zou haar deelgenoot kunnen maken van zijn vermoeden dat de zaden overjarig waren geweest. Als puntje bij paaltje kwam, kon hij de vrouw zelfs om nieuw, beter zaad vragen. Huttunen kwam tot de conclusie dat hij voldoende en uitstekende, bijna officiële gespreksstof had voor de tuinbouwconsulente. Niemand zou er iets van kunnen zeggen als hij nu bij haar langsging.

Huttunen pakte een soeplepel en nam een grote slok water, en stapte toen op zijn fiets om naar Siponen te rijden.

Het dorp was opmerkelijk verlaten: er graasde geen vee in de weiden, er was geen mens op het veld aan het werk. Alleen de vogels zongen, gewekt door de vroege zomerochtend, en de slaperige honden sloegen lui aan terwijl Huttunen langs de huizen fietste. Uit geen enkele schoorsteen kwam rook. De mensen sliepen nog.

De hond van Siponen ging behoorlijk tekeer toen Huttunen het erf op reed. De buitendeur zat niet op de haak; de molenaar stapte het woonhuis binnen, waar de gordijnen gesloten waren en de bewoners nog sliepen.

'Goedendag.'

De eerste die wakker werd was de knecht, Launola, die op een brits naast de haard lag en slaperig-verwonderd reageerde op de groet. Uit de slaapkamer kwam de gapende heer des huizes te voorschijn, een kleine, oude en bijziende man die eruitzag als een olifant. Siponen liep op Huttunen af, keek omhoog, herkende de bezoeker en vroeg hem om te gaan zitten. In het kielzog van de gastheer kwam ook vrouw Siponen de kamer binnen. Die was klein en verschrikkelijk dik, zo dik dat haar benen niet eens in laarzenschachten pasten. De laarzen die de boerin in de stal droeg moesten altijd eerst half worden opengesneden. Vrouw Siponen zei goedemorgen, keek op de wandklok en vroeg toen aan Huttunen: 'Wat is er nu weer aan de hand bij de molen dat je hier midden in de nacht langskomt?'

Huttunen ging bij de tafel zitten, stak een sigaret op, en bood er ook een aan Siponen aan, die bezig was een broek aan te trekken. 'Ach wat zal ik zeggen? Aardig dat u het vraagt. Ik dacht: ik ga even langs, want ik ben hier al zo lang niet meer geweest.'

De heer des huizes ging tegenover Huttunen zitten en rookte de sigaret, die hij in een sigarettenpijpje had gestoken. Hij keek de molenaar van dichtbij in de ogen en zei geen woord. Launola ging even naar buiten om te plassen en kwam daarna weer binnen, maar toen niemand hem iets zei liep hij naar zijn brits; hij draaide zich om en lag al gauw weer te snurken.

'Is de consulente thuis?' vroeg Huttunen uiteindelijk.

'Die ligt neem ik aan op zolder te slapen,' zei Siponen, en hij wees in de richting van de trap.

Huttunen doofde zijn sigaret en ging naar boven. De heer en vrouw des huizes keken elkaar aan en bleven verbaasd in de woonkamer achter. Op de trap waren de zware stappen van de molenaar hoorbaar, en vervolgens klonk er een harde bons toen Huttunen zijn hoofd stootte tegen het plafond boven aan de trap. Even later werd er geklopt en was er een vrouwenstem te horen; toen ging de deur boven dicht. Vrouw Siponen wrong zich door het trapgat om te horen wat er boven allemaal werd gezegd, maar ze kon het niet goed verstaan. Siponen siste in haar oor: 'Ga nog wat verder naar boven, zodat je het beter kunt horen, maar zorg ervoor dat de trap niet kraakt. Toe nou, schiet op en vertel me alles. Niet kraken! Verdomme, dat ik nou net een vrouw moet hebben die zo dik is dat het hele huis eronder wankelt!'

De slaperige en verbaasde tuinbouwconsulente ontving Huttunen in haar nachtjapon. Huttunen stond ineengedoken in het kamertje met de schuine wanden, hield zijn pet in zijn hand en stak zijn andere hand uit naar de vrouw om haar te begroeten. 'Goedemorgen, juffrouw de tuinbouwconsulente... Sorry dat ik op dit uur langskom, maar ik dacht: dan is ze in ieder geval thuis. Ik heb gehoord dat u van 's morgens vroeg tot 's avonds laat het dorp door fietst om mensen voor te lichten.'

'Thuis ben ik rond deze tijd zeker. Hoe laat is het eigenlijk? Nog geen vijf uur.'

'Ik heb u toch niet wakker gemaakt?' vroeg Huttunen geschrokken.

'Dat geeft niet... Ga zitten, Huttunen, dan hoeft u niet zo kromgebogen te staan. Het plafond is nogal laag in deze kamer. Maar hogere kamers zijn duurder.'

'Het is wel een mooie kamer... Ik heb bij mij in de molen niet eens gordijnen. Ik bedoel in het huis... In de molen zelf heb je ze ook niet zo hard nodig.'

Huttunen ging op een krukje naast het fornuis zitten. Hij overwoog om een sigaret op te steken, maar zag van dat voornemen af. Op de een of andere manier leek dat niet gepast, zo bij een vrouw in de kamer. De consulente zette zich op de rand van haar bed, schoof de krullen die in de loop van de nacht in de war waren geraakt van haar voorhoofd en zag er schattig uit, nu ze net wakker was. Haar nachtjapon golfde over haar omvangrijke decolleté en via de halsopening kon je het gleufje tussen haar borsten zien. Huttunen moest zijn best doen om niet te gaan staren.

'Ik heb iedere dag gewacht of de juffrouw niet langskwam bij de molen, want ik heb dat kruidentuintje meteen in orde gebracht, zoals afgesproken. U had best even kunnen komen kijken.'

Sanelma Käyrämö begon nerveus te lachen. 'Ik was van plan om volgende week bij u langs te gaan.'

'Maar het duurde zo lang. Bovendien zijn de plantjes nog steeds niet opgekomen.'

De tuinbouwconsulente zei snel dat de zaden ook nog niet hádden kunnen ontkiemen, omdat ze pas een paar dagen geleden waren ingezaaid. Meneer Huttunen mocht niet ongeduldig zijn. Hij kon zonder bezwaar terugkeren naar zijn molen; die knollen zouden te zijner tijd heus wel te voorschijn komen.

'Moet ik dan nu meteen vertrekken?' vroeg Huttunen teleurgesteld. Hij had helemaal geen zin om weg te gaan, om het even waarheen.

'Ik kom uw moestuin meteen volgende week bekijken,' beloofde de tuinbouwconsulente. 'Het is nu een wat ongewoon moment om op bezoek te komen; ik huur alleen maar een kamer in dit huis. Vrouw Siponen is erg rechtlijnig, ondanks haar contouren.'

Huttunen probeerde nog tijd te rekken: 'Maar als ik hier nou nog een halfuurtje blijf zitten?'

'Meneer Huttunen, probeert u het alstublieft te begrijpen.'

'Ik ben alleen maar hier omdat de juffrouw toch had gezegd dat ik niet moest schromen om langs te komen als er problemen waren.'

De tuinbouwconsulente voelde zich slecht op haar gemak. Ze had de molenaar maar wat graag nog even daar naast het fornuis laten zitten, die knappe en merkwaardige man, maar zoiets was absoluut niet gepast. Vreemd dat ze niet bang was voor die bijzondere man, van wie veel mensen zeiden dat hij geestelijk gestoord was, dacht Sanelma Käyrämö. Maar ze moest hem nu wel op de een of andere manier de deur uit zien te werken; hij kon echt niet langer blijven. Wat zouden ze beneden wel niet denken?

'We zullen eens op normale werktijden afspreken... In de winkel bijvoorbeeld, of in het café of zomaar ergens, of in het bos... maar niet hier en niet op dit uur.'

'Tja, dan zit er niets anders op dan maar gewoon te gaan.' Huttunen zuchtte zwaar, zette zijn pet op en gaf de tuinbouwconsulente bij wijze van afscheid een hand. Sanelma Käyrämö was ervan overtuigd dat de arme man verliefd op haar was, zo bedroefd zag hij eruit bij zijn vertrek. 'Tot ziens, Huttunen. We treffen elkaar binnenkort wel een keer, in betere omstandigheden.'

Huttunens neerslachtige bui klaarde enigszins op. Hij greep de deurklink stevig vast en maakte beleefd een buiging. Vervolgens duwde hij voortvarend de deur open.

De deur stootte tegen iets zachts en zwaars. Vanuit het trapgat weerklonk een ongelofelijke gil en vervolgens een zware dreun. Vrouw Siponen had zichzelf helemaal tot aan de deur van de zolderkamer omhoog weten te werken om daar het gesprek tussen de molenaar en de tuinbouwconsulente af te luisteren, en toen de molenaar de deur opende, knalde die met volle kracht tegen het oor van de vrouw aan, die daardoor de steile trap af vloog. Gelukkig was de boerin rond als een ton. Ze rolde soepel de trap af, helemaal naar beneden naar de hal, waar haar echtgenoot haar stond op te wachten. Er vloeide bloed uit haar oor en ze gilde zo hard dat het glas van de veranda ervan rinkelde.

Knecht Launola schoot vanuit de woonkamer naar haar toe. Huttunen kwam de trap af gelopen, gevolgd door de tuinbouwconsulente. De boerin lag kermend op de vloer. Siponen keek Huttunen woedend aan en snauwde: 'Dat komt goddomme midden in de nacht bij vredelievende mensen binnenwandelen en brengt dan de gastvrouw om zeep!'

'Ze is nog helemaal niet dood. Laten we haar in bed leggen,' sprak de knecht. De vrouw werd naar de achterkamer gedragen en op bed gehesen. Toen dat karwei achter de rug was, vertrok Huttunen. Hij sprong op zijn fiets en trapte met hoge snelheid het erf af. Siponen volgde hem tot op de veranda en riep de molenaar na: 'Als m'n vrouw verlamd is, Kunnari, dan zul je me betalen! Ik sleep je desnoods voor het gerecht!'

De hond van Siponen blafte tot het ochtendgloren.

6

Een week lang staarde Huttunen naar zijn verlaten tuintje, zonder dat hij zich in het dorp durfde te vertonen. Toen ineens kwam er een eind aan zijn deprimerende eenzaamheid. De tuinbouwconsulente kwam opgewekt naar de molen gefietst, groette Huttunen vriendelijk en begon onmiddellijk over moestuinonderhoud te praten. De slaplantjes waren al boven de grond te zien. Binnenkort zouden ook de wortels bovenkomen, zo garandeerde de consulente. Ze incasseerde het geld dat Huttunen haar nog verschuldigd was voor de zaden die ze hem de vorige keer had gegeven en gaf aanwijzingen met betrekking tot het uitdunnen van de zaailingen en het aanharken van de grond. 'Het komt allemaal neer op zorgvuldigheid,' prentte ze de molenaar in. Dolgelukkig zette Huttunen koffie, en hij bood haar een krakeling aan.

Nadat het onderwerp moestuin volledig was doorgesproken, bracht Sanelma Käyrämö het bezoekje ter sprake dat de molenaar haar had gebracht. 'Over dat voorval toen, zo vroeg in de ochtend, wilde ik het eigenlijk nog even hebben.'

'Ik zal niet nog een keer langskomen,' beloofde Huttunen beschaamd. De tuinbouwconsulente zei dat zelfs die ene keer in feite al te veel was geweest. Ze vertelde dat de vrouw van Siponen nog steeds in bed lag en weigerde op te staan, en dat ze zelfs niet meer naar de stal ging om te werken. Siponen had de dorpsarts bij de boerin ontboden.

'Dokter Ervinen heeft haar onderzocht en naar alle kanten omgedraaid, of liever gezegd: daar waren nogal wat mensen voor nodig, omdat ze zo dik is, vrouw Siponen. Hij droeg haar op om het oor te wassen en plakte er toen een pleister op – er zal wel iets mis mee zijn omdat de deurklink haar precies daar heeft getroffen. De dokter schreeuwde een paar keer in het oor en zei dat er wel degelijk nog gehoor in zat, ook al doet het mens of ze doof is. Ervinen keek met een fel zaklampje in het oog van vrouw Siponen, van heel dichtbij, en brulde toen ineens in het getroffen oor. Hij zei dat de pupil bewoog, wat betekent dat ze nog wel degelijk kan horen met dat oor. Maar Siponen geloofde het niet. Toen schreeuwden we allemaal in het oor van de boerin en keken we haar in de ogen, maar ze deed net of ze nergens vanaf wist. Siponen zei dat het nog een duur geintje wordt voor Kunnari nu zijn vrouw doof is.'

Huttunen keek de tuinbouwconsulente smekend aan. Hij hoopte niet dat er nog meer slecht nieuws kwam. Maar de consulente ging verder: 'Dokter Ervinen vond dat de boerin moest opstaan en aan het werk gaan. Maar zij beweerde dat ze armen noch benen kon bewegen en bleef liggen. Ze is vastbesloten van nu af aan verlamd te zijn. Vrouw Siponen zei dat ze nooit meer in staat zal zijn om op te staan. Ervinen had niets in te brengen. Toen hij wegging, schamperde hij alleen maar dat ze wat hem betreft kon blijven liggen tot de dag des oordeels. Siponen zelf dreigde een betere arts te ontbieden, een die officieel bevestigt dat z'n vrouw verlamd is. Hij zei: eens kijken of we dan geen cent van Huttunen loskrijgen.'

Dus zo stonden de zaken ervoor, dacht Huttunen somber. Boerin Siponen stond in de wijde omtrek bekend als de dikste en gemakzuchtigste vrouw van het dorp. Nu had ze een goed excuus om in bed te blijven. Launola, de geniepige knecht, zou zijn baas en bazin uiteraard bijvallen als hij moest getuigen.

De tuinbouwconsulente zei dat ze dit allemaal wilde zeggen omdat ze wist dat Huttunen onschuldig was; bovendien was ze erg op de molenaar gesteld. Ze vroeg of zij tweeën, zij en Huttunen, elkaar voortaan konden tutoyeren. 'Maar alleen als we met ons tweeën zijn en anderen ons niet kunnen afluisteren,' zei de tuinbouwconsulente.

Dat maakte de molenaar onwaarschijnlijk blij, en vanaf dat moment noemde de consulente hem Gunnar.

Huttunen schonk nog een kop koffie in. Toen bracht de tuinbouwconsulente een nieuw onderwerp ter sprake, een dat wat gevoeliger lag. 'Gunnar... zou ik je iets heel persoonlijks mogen vragen? Het is een beetje een gevoelige kwestie, waar hier in het dorp veel over wordt gesproken.'

'Vraag maar, ik zal niet boos worden.'

De tuinbouwconsulente vond het moeilijk om erover te beginnen. Ze dronk van haar koffie, verkruimelde haar krakeling erin, keek uit het raam van het molenhuis naar buiten, wilde al bijna over de moestuin beginnen maar besloot ten slotte toch ter zake te komen. 'In het dorp wordt vrij algemeen beweerd dat je niet echt wat je noemt normaal bent...'

Gegeneerd gaf Huttunen toe: 'Ja, ik weet het... Ze zeggen dat ik gek ben.'

'Inderdaad... Toen ik gisteren bij de vrouw van de onderwijzer op de koffie was, werd daar verteld dat je geestelijk gestoord bent... Je kunt blijkbaar gevaarlijk worden, en weet ik wat allemaal. De vrouw van de onderwijzer zei dat je in de winkel was geweest en toen zomaar ineens de weegschaal had opgepakt en in de waterput had laten zakken. Dat klopt toch zeker niet, zoiets doet een mens toch niet?'

Huttunen moest toegeven dat hij inderdaad de waag van Tervola richting putbodem had gezonden. 'Hij kan hem er wel weer uit krijgen, hoor, hij hoeft hem alleen maar omhoog te hijsen.'

'Ook over die explosies wordt nog steeds gepraat... En dan dat gehuil. Is het waar dat je 's winters huilt als een wolf?'

Huttunen schaamde zich. Ook dat kon hij niet ontkennen. 'Er is me inderdaad wel eens wat wolvengehuil ontsnapt... Maar ik bedoel daar niets kwaads mee, hoor.'

'En dan zou je ook nog allerlei dieren nadoen... en de draak steken met sommige dorpsbewoners – Siponen en Vittavaara en de onderwijzer en de winkelier... Is dat ook allemaal waar?'

Huttunen legde uit dat hij gewoon af en toe het gevoel kreeg dat hij iets geks moest doen. 'Net alsof er iets knapt in m'n hoofd. Maar echt gevaarlijk ben ik niet.'

De tuinbouwconsulente was lange tijd stil. Ze was bedroefd

en keek geëmotioneerd naar de molenaar, die tegenover haar koffie zat te drinken.

'O, als ik je toch eens kon helpen,' zei ze uiteindelijk, en ze pakte Huttunens hand vast. 'Ik vind het vreselijk dat een mens in z'n eentje moet zitten huilen.'

Huttunen schraapte zijn keel en werd rood. De tuinbouwconsulente bedankte voor de koffie en maakte aanstalten om te vertrekken. Huttunen raakte in paniek: 'Ga nog niet weg. Vind je het niet prettig om hier te zijn?'

'Als de mensen wisten dat ik hier zo lang bleef hangen, zou ik ontslagen worden. Echt, ik moet nu gaan.'

'Als ik ophoud met huilen, kom je dan nog eens een keer langs?' vroeg Huttunen, en hij legde vlug uit dat als Sanelma hem niet bij de molen durfde op te zoeken, ze dan misschien ergens anders konden afspreken, in het bos desnoods. Huttunen beloofde een geschikte plek te zoeken waar ze elkaar af en toe ongestoord zouden kunnen treffen.

De tuinbouwconsulente twijfelde: 'Dat moet dan wel een veilige plek zijn, en niet te ver weg bovendien, zodat ik niet kan verdwalen. Hier bij de molen kan ik je maar twee keer per maand opzoeken, net als de andere mensen die een moestuintje hebben. Als ik vaker langskom, wordt daar meteen over gekletst. De bond van landbouwverenigingen zou er dan wel eens moeilijk over kunnen gaan doen.'

Huttunen omhelsde de tuinbouwconsulente. De vrouw verzette zich niet. De molenaar murmelde in haar oor dat hij niet zo gek was dat er geen land met hem te bezeilen viel. Toen bedacht hij waar ze elkaar zouden kunnen treffen: de weg naar de kerk voerde over een klein beekje. Sanelma moest dat beekje volgen aan de noordkant, ongeveer een kilometer. Daar maakte het stroompje een scherpe bocht en splitste het zich in twee beddinkjes, die zo een eilandje vormde dat dichtbegroeid was met elzen. Huttunen vertelde dat niemand ooit op het Elzeneiland kwam. Het was er mooi en veilig, en bovendien was het niet al te ver weg.

'Ik leg een paar boomstammen over de beek, zodat je zonder regenlaarzen het eilandje kunt bereiken.'

De tuinbouwconsulente beloofde om de volgende zondag naar het eiland te komen, op voorwaarde dat Huttunen zich van nu af aan niet meer in de nesten zou werken.

Bereidwillig beloofde Huttunen om zich menselijk te gedragen. 'Ik blijf hier bij de Suukoski en houd me stil, en ik zal niet huilen, hoeveel zin ik er ook in heb.'

De tuinbouwconsulente benadrukte dat Huttunen bij zulk droog en zonnig weer zijn moestuin iedere avond moest besproeien. Toen ging ze weg. Dolgelukkig bleef Huttunen achter bij zijn molen; hij keek naar de grijze muren en overwoog het gebouw een kleurtje te geven. Hij besloot het rood te verven.

7

Huttunen kookte rode oker in de tuin bij de molen in een grote kookpot van honderd liter inhoud. Hij roerde door het mengsel en zorgde ervoor dat het vuur gelijkmatig brandde. Hij was tevreden en zat vol energie, en vol verwachting: overmorgen was het zondag en dan zou hij de tuinbouwconsulente ontmoeten op het Elzeneiland.

Huttunen had ruim van tevoren uit twee boomstammen een bruggetje over het beekje gebouwd. In het struikgewas had hij een hutje neergezet en meteen daarvoor een stukje grond vrijgemaakt bij wijze van tuin, en bovendien had hij de vloer van het hutje bekleed met gedroogd gras. Het was er koel, en daardoor zouden de muggen niet binnenkomen om de tuinbouwconsulente lastig te vallen. Vrouwen worden nerveus als ze belaagd worden door muggen. Sanelma was vast en zeker blij met de wijze waarop hij de dingen had geregeld, dacht Huttunen gelukkig.

De rode oker kleurde het bruine roggemeelmengsel mooi donkerrood. De verf zou diezelfde avond al klaar zijn, en tegen zondag zou de molen in een nieuw jasje steken. Het karwei kostte ook niet veel: meel had Huttunen zelf nog – alleen de rode oker, vitriool, had hij moeten kopen.

Buurman Vittavaara kwam het erf op gereden: op de kar lagen een stuk of vijf zakken met graan en daar bovenop zat de gezette eigenaar. De molenaar verheugde zich over het feit dat de buurman hem zijn overjarige graan bracht om te laten malen; hij gooide wat hout op het vuur onder de kookpot en hielp Vittavaara zijn paard vast te binden aan de stang in de muur van de molen.

'Zozo, je hebt besloten om schilder te worden,' babbelde

Vittavaara tegen de molenaar terwijl ze de zakken graan naar de molen droegen. 'Ik las op het briefje aan het hek van het kerkhof dat de molen weer draait, en zodoende breng ik dit restje gerst... Je moet als dorpelingen toch gebruik maken van je molen als je er een hebt. Zodat er geen kostbaar rivierwater gratis en voor niets de molen voorbijstroomt en verloren gaat.'

Huttunen zette de installatie in werking, opende de eerste zak en liet de inhoud ervan in de kaar lopen. Al gauw vulde de molen zich met de geur van vers gerstemeel. De mannen gingen weer naar buiten; Huttunen bood Vittavaara een sigaret aan. De molenaar vond dat hij het bij nader inzien had getroffen met deze buurman. Een man van een heel ander kaliber dan Siponen en diens vadsige vrouw.

'Dat is een uitstekende ruin die je daar hebt,' stelde Huttunen beminnelijk vast, om aan te geven dat hij de man graag mocht.

'Het is een klophengst, maar verder is-ie wel in orde.'

Toen schraapte Vittavaara zijn keel. Daaruit leidde Huttunen af dat de buurman niet alleen was gekomen om zijn gerst te laten malen. Kwam hij de groeten overbrengen van Siponen? Of van winkelier Tervola? Of van de onderwijzer?

'Even als mannen onder elkaar... als goede buren onder elkaar... ik moet je waarschuwen, Kunnari. Je bent in alle opzichten een goed mens, daar niet van... maar één bepaald gebrek heb je toch wel. Daar is in het comité voor dorpsaangelegenheden, waar ik voorzitter van ben, over gesproken.'

Huttunen doofde zijn sigaret en trapte de peuk de grond in. Wat probeerde Vittavaara hem nu te vertellen? De molenaar was op zijn hoede.

'Hoe zal ik het zeggen... Er zijn nogal wat dorpsbewoners die over je geklaagd hebben. Het moet nu eens en voor altijd afgelopen zijn met dat wolvengehuil en die andere gekkigheid. De klachten hebben zelfs het comité bereikt.'

Huttunen keek zijn buurman lelijk aan. 'Zeg nou maar eerlijk wat er over mij is geroddeld.'

‘Dat zeg ik toch net? Je moet ophouden met dat gejank. Het past een volwassen man niet om een wedstrijdje huilen te houden met de honden. Afgelopen winter, en ook nu in het voorjaar, heb je het dorp nachtenlang wakker gehouden. Mijn vrouw heeft de hele lente nog geen oog dichtgedaan en de kinderen doen het slecht op school. Mijn dochter is voorwaardelijk overgegaan. Dat krijg je ervan als je ’s nachts niet kunt slapen en de hele zomer hier bij de molen zit te luisteren naar een malende molenaar.’

Huttunen verdedigde zich: ‘Ik heb dit voorjaar minder gehuild dan normaal. Ik ben maar een paar keer even flink tekeergegaan.’

‘Je geeft af op mensen, steekt de draak met ze, zet ze voor gek. Zelfs de onderwijzer, Tanhumäki, had het erover. Je doet de gekste beesten na, en dan gooi je ook nog eens bommen in de rivier.’

‘Dat was toch maar een geintje?’

Vittavaara was op dreef. Met opgezwollen slaapaders wierp hij Huttunen voor de voeten: ‘Dat je je nog durft te verdedigen ook, verdomme! Alsof ik niet nachtenlang op de rand van het bed heb gezeten en heb gehoord hoe jij hier bij de molen als een wolf zit te huilen – zo, op deze manier, doet dit je ergens aan denken?!’

Opgewonden begon Vittavaara wolvengehuil uit te stoten; hij hief zijn handen op en draaide zijn hoofd omhoog naar de hemel. Uit zijn keel kwam een schel gekrijs dat zo luid klonk dat zijn paard ervan schrok.

‘Zo heb je het dorp angst aangejaagd. Idioot! En dan dat geacteer! Nu eens doe je een beer na of een eland, dan weer een of andere achterlijke slang, of een reiger; kijk voor de lol eens hoe dat eruitziet, kijk maar eens goed! Is dit iets voor een mens om zich mee bezig te houden?!’

Vittavaara begon over het erf te schommelen als een beer; hij gromde en sloeg in het wilde weg met zijn handen; tussendoor liep hij op handen en voeten en brulde hij zo hard dat de vastgebonden ruin angstig aan zijn bit begon te rukken.

‘Dat was een beer. Leek het ergens op?! En deze dan, hè, deze heb je ook talloze keren laten zien!’

Vittavaara huppelde om de okerkookpot, snoof en schudde zijn hoofd als een rendier, trappelde tussendoor op de grond, boog zich voorover naar het gras en deed alsof hij mos at. Toen hield hij op met zijn rendierimitatie en deed hij een lemming na: hij trok met zijn mondhoeken, ging op zijn achterste benen staan, snuffelde boosaardig naar Huttunen, en glipte onder de kar door als een korzelig knaagdier.

Huttunen zag het schouwspel aan en werd uiteindelijk boos. ‘Hou daarmee op, idioot! Wat ben jij nou voor een vent, dat je niet eens fatsoenlijk kunt acteren! Godsamme, als ik een beer nadoe is dat niet van dat achterlijke gekluns!’

Vittavaara haalde diep adem en dwong zichzelf om weer rustig te worden. ‘Ik bedoel alleen maar dat als dat overdreven gedoe niet ophoudt, het comité je in de boeien laat slaan om je naar Oulu te brengen, naar het gekkenhuis. Daar hebben we het al over gehad met Ervinen. De dokter heeft me verteld dat je geestelijk gestoord bent. Je bent een manisch-depressieve gek. Vrouw Siponen is ook al doof dankzij jou. Weet je het nog? Je hebt de weegschaal van de winkelier gestolen en in de put geworpen. Tervola heeft dagenlang op de gok z’n gort afgewogen; hij heeft daar zwaar verlies bij geleden.’

Huttunen werd woedend. Welk recht had die vent om hier naar zijn molen te komen en hem uit te schelden en te bedreigen! Hij stond op het punt om Vittavaara een flinke klap voor zijn kanis te verkopen, maar op het laatste moment dacht de molenaar aan de waarschuwingen van Sanelma Käyrämö.

‘Haal onmiddellijk je graan hier weg, tot aan de laatste korrel! Voor zo’n kerel maal ik geen grammetje meel! En haal verdomme die knol van het erf, of ik jaag ’m de rivier in!’

Vittavaara zei ijzingwekkend kalm: ‘Jij maalt als je dat wordt opgedragen. Er bestaan nog wetten op deze wereld, dat kan ik je wel vertellen. Daarginds in het zuiden kon je misschien janken zoveel je wilde, maar hier in het noorden niet. Knoop dat goed in je oren, ik waarschuw je niet nog een keer.’

Huttunen banjerde naar de molen en zette de installatie stop. Hij liet het kant-en-klare meel vrijelijk vanuit de opvangbak op de grond lopen, trapte er tegenaan en draaide toen de kaar weg van de bovenste maalsteen en richtte hem op de vloer. Vervolgens laadde hij een ongeopende zak graan op zijn rug en rende hij naar de brug, waar hij de dolk van zijn riem trok en de zak aan de zijkant opensneed. Hij schudde het graan rechtstreeks uit boven de stroomversnelling en smeet de verscheurde zak erachteraan. De andere zakken donderde hij gewoon zo in de rivier.

Vittavaara maakte zijn steigerende ruin los van de stang en stuurde hem de weg op. Daarvandaan schreeuwde hij naar de molenaar: 'Dat was je laatste stunt, Kunnari! Je hebt zojuist vijf zakken prima gerst naar de maan geholpen. Ik laat het hier niet bij zitten!'

In de rivier dreven doornatte graanzakken. Huttunen spuugde erop. De molen stond zwijgend op zijn plaats en op het erf stond de kookpot met rode oker nog te roken. Huttunen greep de vuurrode stok waarmee hij de verf had doorgeroerd en rende ermee in de richting van Vittavaara. Die sloeg zijn paard met de teugels op de rug; de ruin schoot er in galop vandoor, zo snel dat de rubberbanden van de kar ervan gierden. De dreigementen van boer Vittavaara weergalmden boven het hoefgekletter uit: 'Reken maar dat we je zullen krijgen, gek! In de boeien met zo'n schurk!'

Het water voerde het graan van Vittavaara weg. Huttunen liep vermoeid omhoog naar de molen. Hij veegde het gerstemeel dat over de grond lag uitgestrooid bijeen met de vleugel van een auerhoen en smeet het door het raam de rivier in.

8

Politieagent Portimo, gevorderd zowel qua leeftijd als qua dienstjaren, reed gemoedelijk op zijn oude fiets met ballonbanden naar de molen bij de Suukoski. Terwijl hij de heuvel af reed, stelde Portimo vast dat Huttunen bezig was zijn molen te verven. Eén muur was al klaar. Bij de tweede muur, boven de brug, stond de molenaar op een ladder rode oker op de grijze balken uit te strijken.

Kijk aan, ik ben niet voor niets dat hele eind komen fietsen, want Kunnari is thuis, dacht politieagent Portimo lui. Hij zette zijn fiets tegen de muur aan de zuidkant van de molen; die was nog niet geverfd.

'Zo, ben je de boel een beetje aan het bijwerken?' riep hij naar Huttunen, die met de verfpot in de hand de ladder afkwam.

De mannen staken een sigaret op. Huttunen bood Portimo een vuurtje aan. Godsamme, dacht hij, Vittavaara heeft geroddeld over de gerst die ik heb weggegooid. Na een paar trekjes vroeg de molenaar aan de gerechtsdienaar: 'Ben je hier in naam der wet?'

'Een politieagent zonder land brengt in ieder geval geen graan naar de molen. Het gaat eigenlijk om dat gedoe met Vittavaara.'

Nadat ze hun sigaretten hadden opgerookt en het schilderwerk aan de molen hadden besproken, kwam Portimo ter zake. Hij haalde een factuur uit zijn portemonnee en overhandigde die aan Huttunen. De molenaar las dat Vittavaara een vergoeding voor vijf zakken graan van hem verlangde. Huttunen haalde een pen en geld uit het huis, betaalde, en schreef zijn naam op het papier. Het was geen hoog bedrag, maar toch zei hij tegen Portimo: 'Dat graan was al grotendeels ontkiemd.

De rivier was nog de beste bestemming ervoor. Het was niet eens geschikt meer geweest als varkensvoer.'

Agent Portimo telde het geld en stopte de biljetten en de rekening in zijn portemonnee. Hij spuugde veelbetekenend in de stroomversnelling: 'Word nou niet te arrogant, Kunnari. Toen de korpschef over die graankwestie van Vittavaara hoorde, zei hij dat je moest worden ingerekend. Ik wist hem zodanig te kalmeren dat deze oplossing eruit kwam gerold. Vergeet niet, Kunnari, dat Vittavaara in principe gelijk had. Heeft hij het niet gehad over die gekkigheid van je?'

'Hij is zelf gek.'

'Hij heeft de korpschef verteld dat hij bij de dokter is geweest. Ervinen heeft beloofd om de papieren in orde te maken waarmee ze je kunnen laten opnemen in het gesticht. In principe hoeven ze niets anders te doen dan je op te pakken en naar Oulu te brengen, naar het gekkenhuis. Als ik jou was, zou ik voorlopig maar een beetje rustig aan doen. Die kwestie-Siponen is er ook nog. En je hebt blijkbaar de weegschaal uit de winkel meegenomen en die in de waterput laten zakken. De vrouw van de onderwijzer is langsgeweest om daarover te praten. En trouwens, Tervola zelf heeft er ook over opgebeld. Hij zei dat hij de hele weegschaal uit elkaar had moeten halen, en dat die niet meer zo nauwkeurig was als voorheen. De winkelier zei dat de mensen het ding niet meer vertrouwen. De klanten kibbelen de hele dag over de kiloprijzen.'

'Heb je voor de waag een andere rekening meegebracht? Geef maar hier, ik zal wel voor die veredelde weeghaak betalen.'

Agent Portimo liep via de laadbrug naar de kanjel en sprong achter de schaafbank op de oever; er golfde wat water over de rand van een van zijn laarzen. Hij liep langs de goot naar het gebint. Huttunen volgde hem. Aan de bovenzijde van het verdeelwerk probeerde hij een stuk of wat van de solide balken heen en weer te bewegen, maar die zaten stevig vast in de bodem.

'Je hebt deze molen weer goed in orde gekregen. Hij heeft er nog nooit beter uitgezien, behalve toen hij net nieuw was natuurlijk,' zei de agent vol lof. 'Ik weet nog dat deze molen hier bij de Suukoski werd neergezet. Dat was in 1902. Ik was zes. Er is hier heel wat graan gemalen. Tijdens de oorlog is-ie alleen in verval geraakt. Goed dat je hem weer in orde hebt gemaakt; nu hoeven we niet meer helemaal naar Kemi en Liedakkala voor dakspanen of meel.'

Enthousiast vertelde Huttunen dat hij van plan was om ook het andere uiteinde van de kanjel te vernieuwen, en dat niet alleen. 'Ik dacht dat ik hier misschien een zaag zou kunnen installeren. De stroomversnelling levert genoeg energie op. Ik hoef hier alleen maar een tweede schoepenrad aan te brengen, of dat van de schaafbank groter te maken, en dan daarvandaan een riem achter de schaaf langs te leggen. Je moet dat natuurlijk wel bekaden, zodat het frame dichtbij genoeg komt te liggen. Als de riem te lang is en eraf vliegt, kan dat je je leven kosten. Al heel wat zagers zijn gedood door rondvliegende riemen.'

De agent keek enigszins ongelovig naar de plaats waar de zaag moest komen. Huttunen lichtte toe: 'Als je daar zestig paardenvrachten vol met stenen en grind stort, heb je een geschikte plek voor de zaag. Daarginds, verder naar boven, is ruimte voor een tijdelijke stapelplaats voor het hout en voor opslagruimte, voor het geval er veel gezaagd moet worden.'

'Jaja, nu snap ik het. Maar je kunt niet tegelijkertijd zagen en dakspanen schaven.'

'Uiteraard niet, als je hetzelfde rad gebruikt. Ik ben uiteindelijk maar een man alleen.'

'Inderdaad.'

Agent Portimo maakte zich een voorstelling van de nieuwe zagerij. Hij keek Huttunen welwillend in de ogen en zei toen ernstig: 'Met al die dingen in het vooruitzicht, en met de molen zo goed op orde kun je echt maar beter overwegen om voorgoed op te houden met gek doen. Ik zeg je dit als vriend. Als je gedwongen naar Oulu wordt overgebracht, raakt de molen opnieuw in verval, en wie weet wat voor iemand we dan voor jou in de plaats krijgen.'

Huttunen knikte met een serieus gezicht naar de agent. De mannen liepen het verdeelwerk weer af. Portimo pakte zijn fiets die tegen de muur van de molen stond. Hij zwaaide naar Huttunen bij wijze van afscheid. De molenaar dacht: dat is de aardigste man van het dorp, ook al is hij dan agent.

Door Portimo moest hij aan Sanelma Käyrämö denken. Dat waren nou eens twee vriendelijke en begripvolle mensen. Morgen zou Huttunen de consulente ontmoeten op het Elzeneiland, als het niet regende. Op de radio hadden ze voorspeld dat het tot de avond droog zou blijven. Gelukkig hing er een hogedrukgebied boven het Fenno-Scandinavisch schiereiland.

Huttunen ging verder met het verven van de molen. Als hij de hele nacht doorschilderde, zou de Suukoski morgenochtend worden opgesierd door een rode molen. Hij had gehoord dat er door het hele land variétévoorstellingen met dezelfde naam werden opgevoerd door een groep vrouwen uit Helsinki. Ze waren zelfs in Kemi en in Rovaniemi geweest. De vrouwen zouden zulke korte rokjes dragen dat hun jarretels en slipjes zichtbaar waren.

Het was plezierig om met de kwast in de weer te zijn in de lichte en koele zomernacht. Hoewel zijn handen moe werden, voelde Huttunen zich niet slaperig, want hij had twee fijne vooruitzichten: de molen die mooi in de nieuwe verf zou staan en de ontmoeting morgen bij het eilandje met de tuinbouwconsulente. Huttunen werkte de hele nacht ijverig door. Toen de zon die zondagochtend opkwam en de noordoostelijke muur van de molen bescheen, was het karwei geklaard. De molenaar droeg de ladder en de overgebleven emmers rode oker naar het berghok. Hij nam een bad in de rivier, liep toen twee keer om de molen heen, en genoot van het resultaat van zijn schilderwerk. De molen was als nieuw!

In opperbeste stemming ging Huttunen het molenhuis binnen om daar een stuk Suomi-worst te eten en een mok karnemelk te drinken. Vervolgens ging hij op weg naar het Elzeneiland. Het was vroeg in de ochtend, en de vermoeide molenaar sliep op de bladeren in het koele hutje in met een gelukkige, verwachtingsvolle glimlach op zijn gezicht.

9

Huttunen werd wakker omdat het laken voor de ingang van het hutje bewoog. Van buiten klonk de verlegen stem van een vrouw: 'Gunnar... hier ben ik.'

Huttunen duwde zijn slaperige hoofd via de deuropening naar buiten. Hij trok de verlegen tuinbouwconsulente naar binnen, de witte ruimte in die zo lekker rook. De vrouw was gespannen en bezweet, en begon snel te praten: ze had bij nader inzien toch niet moeten komen, ze moesten elkaar niet op deze manier ontmoeten, vrouw Siponen lag nog steeds in bed en was niet van plan om ooit nog op te staan... Hoe laat was het eigenlijk? Het was wel een mooie dag trouwens.

Huttunen en de tuinbouwconsulente zaten op het bed van gedroogd gras, keken elkaar in de ogen en hielden elkaars hand vast. De molenaar had de vrouw best willen omhelzen, maar toen hij een poging deed, schoof de consulente geschrokken bij hem vandaan. 'Daarvoor ben ik niet gekomen.'

Huttunen nam er genoegen mee om de knie van de vrouw te strelen. Sanelma Käyrämö dacht: hier zit ik nu met een geestelijk gestoorde man, op een verlaten eilandje ver weg in het woud. Hoe had ze dit risico ooit kunnen nemen? Gunnar Huttunen kon met haar doen wat hij wilde. Hij kon haar wurgen, verkrachten... Waar zou hij haar lijk verstoppen? Hij zou vast stenen aan haar voeten binden en haar verdrinken in de beek. Alleen haar haren zouden in de stroom komen bovendrijven; gelukkig had ze geen permanent. Maar als Gunnar haar nu eens in stukjes hakte en die ergens in de grond begroef? Sanelma Käyrämö stelde zich de messneden voor, in haar hals, haar middel en haar dijen. Ze werd er helemaal eng van, maar niet zodanig dat ze haar hand los wilde rukken van die van de molenaar.

Huttunen keek de vrouw geëmotioneerd in de ogen. 'Ik heb van de week de molen geschilderd. Helemaal rood. Agent Portimo is hem gisteren komen bewonderen.'

Er ging een rilling door de tuinbouwconsulente heen. Waarom was de politieagent langs geweest? Huttunen vertelde over het graan van Vittavaara, en dat hij daarvoor betaald had. 'De korpschef liet me het volle pond betalen voor graan dat al ontkiemd was. Gelukkig ging het maar om vijf zakken.'

De tuinbouwconsulente begon er nu sterk bij Huttunen op aan te dringen dat hij zich door dokter Ervinen liet onderzoeken. Snapte Gunnar dan niet dat hij ziek was? 'Lieve Gunnar, je geestelijk evenwicht staat op het spel. Ik smeek je, ga met dokter Ervinen praten.'

'Ervinen is maar een gewone dorpsarts. Wat weet die nou van geestesziektes? Hij is zelf gek,' probeerde Huttunen zich te verzetten.

'Als je nou eens naar hem toe ging en hem bijvoorbeeld om medicijnen vroeg, omdat je je niet als een normaal mens gedraagt. Er bestaan tegenwoordig van die kalmerende tabletten. Ervinen geeft je die heus wel. Als je geen geld hebt, kan ik het je wel lenen.'

'Ik schaam me een beetje, dat ik naar de dokter moet om zulke privédingen te bespreken,' zei Huttunen nederig, en hij trok zijn hand weg van die van de tuinbouwconsulente. De vrouw keek hem teder aan, streelde zijn haar, liet haar hand op zijn hoge en hete voorhoofd rusten. Ze dacht: als ik me nu aan hem geef, word ik vast zwanger. Het zou meteen de eerste keer raak zijn. Het is niet veilig nu. Was het eigenlijk ooit veilig, echt veilig, voor een vrouw, ooit? Zo'n grote man hoefde je maar één keer te nemen, meer was er niet voor nodig: er zou meteen een kind van komen. Een zoon. Je moest er toch niet aan denken. Eerst zou haar buik steeds groter worden, en al in het najaar zou het lastig worden om te fietsen. De bond van landbouwverenigingen zou in zo'n geval geen verlof geven. Gelukkig was papa al in de Winteroorlog gesneuveld; die zou zoiets niet overleven.

De tuinbouwconsulente stelde zich voor wat voor een kind ze de molenaar zou schenken: een grote baby, met een volle bos haar en een lange neus. Hij zou al bij de geboorte minstens een meter lang zijn. Ze zou hem niet de borst durven geven, het dwaze kind dat door een gek was verwekt. Hij zou niet brabbelen als een normale baby, maar al snel beginnen te huilen als een wolf, net als zijn vader. Dreinen zou hij wel. Gewone kinderkleren zouden hem niet passen; ze zou al een pofbroek voor hem moeten naaien terwijl hij nog in de wieg lag. Op vijfjarige leeftijd zou het kind al een baard hebben en bij het ochtendgebed op school zou hij wolvengehuil uitstoten. Tijdens de biologieles zou hij alle mogelijke beesten nabootsen, zodat onderwijzer Tanhumäki hem halverwege de klas uit moest sturen. Ze zou niet meer bij de vrouw van de onderwijzer op de koffie durven gaan. De rest van de dag zou Huttunens zoon door het dorp denderen en verkiezingsposters van aanplakborden scheuren. En wat hij dan 's avonds samen met zijn vader allemaal zou verzinnen... o, afschuwelijk. 'Nee. Ik ga er nu vandoor. Ik had gewoon niet moeten komen. Stel je voor, misschien heeft iemand me wel gezien.'

Huttunen legde zijn hand op de schouder van de vrouw. Ze verliet het hutje niet.

Wat had die man toch dat zo kalm en vertrouwenwekkend was dat ze zich maar niet van hem kon losmaken? Sanelma Käyrämö wilde helemaal niet weggaan. Ze had de hele dag wel in dit koele hutje met de witte lakens willen blijven, en de hele nacht erbij. Ze bedacht dat ze normaal gesproken bang was voor gekken, maar niet voor deze. Iets in Gunnar oefende zo'n aantrekkingskracht op haar uit dat ze er met haar verstand niet bij kon.

'Ik zou het vreselijk vinden als ze je zouden inrekenen en naar Oulu zouden brengen.'

'Zo gek ben ik nou ook weer niet.'

De tuinbouwconsulente zweeg. Volgens haar was Gunnar Huttunen meer dan gek genoeg om naar Oulu te worden afgevoerd. Ze had al voldoende over de knettergekke Kunnari horen praten. Kon ze maar met hem alleen zijn, zo alleen dat niemand hen ooit samen zou zien! De tuinbouwconsulente vond de gekte van Gunnar Huttunen eigenlijk helemaal niet vervelend, wel leuk zelfs; op dat punt kon ze hem niet afvallen. Wat kan een mens er nou aan doen dat hij niet goed bij zijn hoofd is? De dorpelingen begrepen dat niet.

Sanelma Käyrämö fantaseerde dat ze trouwden. Gunnar zou haar aan de hand meevoeren naar de kerk; ze zouden in de echt verbonden worden in de oude dorpskerk. De nieuwe was te groot en te troosteloos. Eind september, op St-Michielsdag, dat zou een geschikt tijdstip zijn. Midzomer was te vroeg; daar kreeg ze geen kleding meer voor geregeld. Ook voor Gunnar moesten ze een donker pak laten maken, zo een dat hij later nog kon gebruiken voor begrafenissen. Eind september dus de trouwdag. Het kind zou dan het daaropvolgende voorjaar geboren worden. Lentebaby's zijn enig; die kun je 's zomers heel goed gezond groentesap geven als aanvulling op de melk. De tuinbouwconsulente stelde zich de aankomende baby nu voor als een klein meisje met schattige rode koontjes.

Gedrieën zouden ze in het rode molenhuis wonen. De baby zou 's avonds inslapen bij het dromerige geklater van de beek. Hij zou nooit dreinerig zijn, en ook Gunnar zou hem naar zijn bedje brengen. De wieg, die Gunnar zelf zou maken, zouden ze met emaillak lichtblauw verven. Sanelma zou uit haar kamer bij Siponen de gordijnen meenemen, en in ieder geval het dressoir van vlammend berkenhout. Er moest een hanglamp komen met daaronder vier rieten stoelen. Of in ieder geval twee. De radio zou op de vensterbank worden neergezet zodat die van buitenaf zichtbaar was. In de slaapkamer moest absoluut een tweepersoonsbed komen, met aan weerskanten een nachtkastje. Boven één ervan kwam een spiegel. Als jonge moeder en echtgenote zou ze iedere week de vloer dweilen en de matten kloppen. Bij winkelier Tervola zouden ze een rammelaar kopen. Soms zouden ze met het hele gezin boodschappen doen; op de heenweg zou Gunnar de kinderwagen duwen. Als hij in het dorp bleef hangen om een pilsje te drinken en over zaken met betrekking tot de molen te spreken, was dat helemaal niet erg. Ze zou samen met de vrouw van de onderwijzer een eindje kunnen oplopen.

Nee, het was allemaal onmogelijk. Als ze niet snel wegging uit dit hutje, zou ze een kind krijgen – een kind dat gek is, van een man die gek is.

Op de een of andere manier kon de tuinbouwconsulente maar niet vertrekken. Ze lag de hele zondag met de molenaar in het geurige hutje, tot het avond werd. Ze waren gelukkig, praatten over van alles en nog wat, en Huttunen streelde de kuiten van de vrouw. Pas toen het koeler werd, bracht Huttunen de tuinbouwconsulente terug naar de weg, en daarvandaan fietste ze naar Siponen. De molenaar draaide zich om en liep in gedachten verzonken de andere kant op, terug naar de molen bij de Suukoski.

Prima dag. Ik hou van de consulente, zo dacht hij.

Het rode schijnsel van de ondergaande zon deed de molen zo mooi gloeien dat Huttunen zin kreeg om van pure liefde en gelukzaligheid uit volle borst als een wolf te huilen. Toen herinnerde hij zich dat Sanelma Käyrämö wilde dat hij bij dokter Ervinen langsging. Hij pompte de achterband van zijn fiets op en ging op weg. Het was bijna elf uur, maar de molenaar was klaarwakker.

10

Ervinen woonde in een oud houten huis tegenover het kerkhof, aan het einde van een lange laan van berkenbomen. De wacht- en spreekkamer en het eenpersoonshuishouden van de man bevonden zich onder één dak. Toen Huttunen aanklopte, deed de dokter zelf open, een pezige, slanke man van een jaar of vijftig. Omdat het al laat op de avond was, had Ervinen zich in kamerjas en pantoffels gestoken.

'Goedendag dokter. Ik kom op het spreekuur,' begroette Huttunen de arts.

Ervinen begeleidde de patiënt naar binnen. Huttunen keek de kamer rond. De wanden waren behangen met schilderijen waarop jachttaferelen stonden afgebeeld. Naast de open haard hingen opgezette dierenkoppen, en aan de muren en op de grond waren overal huiden van wilde beesten te zien. In de kamer rook het naar pijptabak. Het was een mannelijk-sober ingerichte woning, die tegelijkertijd dienst deed als zitkamer, bibliotheek en eethoek. Er was in tijden niet schoongemaakt, maar Huttunen vond het er heel aangenaam.

De molenaar streelde het elandenvel dat voor de fauteuil lag en vroeg of de dokter zelf alle dieren had geschoten waarvan de overblijfselen in zo groten getale de kamer sierden.

'Het grootste deel heb ik hoogstpersoonlijk gedood, maar er zitten ook dingen bij die ik van wijlen mijn vader heb geërfd; die lynx daar bijvoorbeeld, en deze boommarter hier aan de muur naast de open haard. Die krijg je tegenwoordig bijna niet meer, zo zeldzaam zijn ze geworden. Hier in het noorden heb ik voornamelijk op vogels gejaagd. En natuurlijk op vossen, en een aantal van de elanden heb ik samen met de gemeentesecretaris geschoten.'

Ervinen raakte op dreef. Hij begon te vertellen over hoe hij tijdens de oorlog in Oost-Karelië samen met de bataljonscommandant bijna dertig elanden had omgelegd. Ervinen was de arts van de legerafdeling geweest, en daardoor had hij wat meer bewegingsvrijheid gehad. Hij had ook veel gevist, en veel gevangen. 'Majoor Kaarakka en ik hebben een keer zestien zalmen uit de Änättijoki gehaald!' Huttunen vertelde op zijn beurt dat hij het afgelopen najaar behoorlijk wat forel en vlagzalm in de Myllyjoki had gevangen. Wist de dokter dat die ook vrij veel in beekjes te vinden waren, met name in de bovenloop?

Enthousiast stapte Ervinen door de kamer. Zelden had hij de gelegenheid om over jagen en vissen te praten met een man die verstand van zaken had. Aan alles was te merken dat de molenaar zich in deze vaardigheden had verdiept. Ervinen zei dat het verdomde jammer was dat de dam van Isohaara aan de monding van de Kemijoki werd gebouwd, waardoor de zalmtrek tot stilstand kwam. Wat zou het een genot zijn om zalm te vangen in de Kemijoki en die dan bij de gloed van een kampvuur te verschalken. Maar het rijk wilde elektriciteit hebben. En als je moest kiezen tussen een klein ongemak en een groot nut, dan won het laatste het natuurlijk.

Ervinen nam twee kelken uit de hoekkast en schonk er helder vocht in. Terwijl hij het glas naar zijn lippen bracht, concludeerde Huttunen dat het sterkedrank was. Het brandde in zijn lange keel, vloeide traag naar beneden naar zijn maag en bleef daar voelbaar liggen deinen. Huttunen voelde onmiddellijk oprechte sympathie en kameraadschappelijk respect jegens de dokter. Deze keuvelde wat over de konijnenjacht en het type honden dat daarbij werd ingezet. Vervolgens liet hij Huttunen zijn wapens zien, waar hij een hele wand vol van had: een jachtgeweer van zwaar kaliber dat uit een Japans gevechtsgeweer was geboord, een sierlijk geweer van het merk Sako, een karabijn en twee buksen.

'Ik bezit alleen maar een eenloopse buks van Russische makelij,' zei Huttunen bescheiden. 'Maar het was de bedoeling om het komend jaar een wapen met kogels aan te schaffen. Ik ben afgelopen winter al bij de korpschef geweest voor een vergunning, maar die is me geweigerd. Hij zei dat het zo te horen ook beter was om me die buks af te nemen. Wat hij daar nou mee bedoelde? Nou ja, ik hou toch ook meer van vissen.'

Ervinen hing de wapens terug aan de wand. Hij leegde zijn glas en vroeg toen op formelere toon: 'Waar heeft de molenaar last van?'

'Ach, ze zeggen toch dat ik een beetje... zeg maar aan de geschifte kant ben... U weet wel.'

Ervinen ging in de met een berenvel beklede schommelstoel zitten en keek Huttunen onderzoekend aan. Toen knikte hij en zei hij vriendelijk: 'Dat is natuurlijk ook wel zo. Ik ben maar een gewone huisarts, maar ik zal er toch niet ver naast zitten als ik beweer dat Huttunen een neurasthenicus is.'

Huttunen voelde zich ongemakkelijk. Het was zo gênant om over deze dingen te praten. Natuurlijk wist hij en erkende hij dat hij niet helemaal normaal was; dat had hij altijd al geweten. Maar jemig, wat hadden anderen daar nou mee te maken? Een neurasthenicus... Het was heel goed mogelijk dat hij een neurasthenicus was. En wat dan nog?

'Bestaan er pilletjes tegen zo'n ziekte? Als de dokter daar nou eens een potje van voorschreef, dan zijn de dorpelingen ook weer rustig.'

Ervinen vond het een emotioneel moment: daar zat een man voor hem, een doodgewone man, die leed aan een aangeboren zenuwziekte – een milde vorm, maar daarom niet minder in het oog springend. Hoe kon hij daar iets aan veranderen? Dat ging niet. Zo'n man moest gewoon trouwen en er dan niet meer aan denken. Maar waar haalt een gek een echtgenote vandaan? Vrouwen waren sowieso al bang voor zo'n grote kerel.

'Als arts moet ik nog even doorvragen... Is het waar dat u de gewoonte hebt om 's nachts te huilen als een wolf, met name 's winters?'

'Inderdaad is me de afgelopen winter wel weer wat gehuil ontglipt,' gaf Huttunen beschaamd toe.

'Wat beweegt de molenaar ertoe om op die manier tekeer

te gaan? Is het een obsessie, dat u niet anders kunt dan huilen?'

Huttunen zou er het liefst vandoor zijn gegaan, maar toen de dokter zijn vraag herhaalde, moest hij wel antwoorden: 'Het gaat... gewoon vanzelf... Eerst krijg ik een overweldigende behoefte om te kermen. Ik voel een druk in mijn hoofd, en dan moet ik eraan toegeven, echt op volle sterkte. Nou ja, "moeten" is een groot woord, maar als ik alleen ben, komt er nou eenmaal gehuil uit. Het lucht iedere keer weer op. Even flink janken, en klaar.'

Ervinen bracht Huttunens gewoonte ter sprake om dieren en mensen na te doen. Waarom deed hij dat? Wat beoogde de molenaar met dergelijk gedrag?

'Nou, soms voel ik me gewoon heel vrolijk. Dan heb ik zin om gein te trappen, al loopt het inderdaad weleens uit de hand. Maar meestal ben ik toch gewoon somber. Ik doe dat niet vaak, dat imiteren.'

'En als u somber bent, moet u huilen als een wolf?' vroeg Ervinen scherpzinnig.

'Ja, als ik somber ben, lucht dat op.'

'Hebt u de gewoonte om in uzelf te praten?'

'In een goede bui kan ik inderdaad hele verhalen ophangen,' gaf Huttunen toe.

Ervinen liep naar de hoekkast, nam daar een klein medicijnflesje uit en overhandigde het aan Huttunen. Hij legde uit dat er tabletjes in zaten die de molenaar kon innemen als hij zich erg gedeprimeerd voelde. Maar hij mocht er beslist niet te veel slikken. Eén pilletje per dag was voldoende.

'Deze stammen nog uit de oorlog. Ze mogen zelfs niet meer gemaakt worden. Neemt u ze alleen als de nood bijzonder hoog is; ze werken uitstekend. Maar dus alleen als de huildrang echt niet te onderdrukken is.'

Huttunen stopte het flesje in zijn zak en maakte aanstalten om te vertrekken. Ervinen zei echter dat hij nog niet van plan was om te gaan slapen, en dat de gast gerust nog een glaasje kon drinken. Hij schonk de molenaar bij en nam zelf ook nog wat.

Zwijgend nipten de heren aan de drank. Toen begon Ervinen opnieuw over de jacht te praten. Hij vertelde dat hij voor de oorlog een keer in Turtola was wezen jagen, tegen het einde van de winter. Hij had twee Karelische spitshonden bij zich gehad om op beren te jagen; die waren er destijds nog in Turtola. Ervinen had van een boer een revier gekocht waar zich een berenhol bevond. Te paard waren ze er over de bosweg naartoe gereden. Toen ze er nog een kilometer van verwijderd waren, hadden ze het paard achtergelaten. De rest van de rit hadden ze geskied, met de honden aangelijnd.

'Je hebt er geen idee van hoe zenuwachtig je kunt zijn als je voor het eerst op berenjacht gaat. Dat is nog spannender dan oorlog.'

'Dat kan ik me goed voorstellen,' zei Huttunen, en hij nam nog een slok.

Ervinen vulde zijn glas bij en ging toen verder: 'Ik had destijds een paar uitstekende honden. Die hoefden maar een berenhol te ruiken of ze doken er meteen op af! De sneeuw stoof alle kanten op toen ze naar binnen gingen – kijk, zo!'

Ervinen liet zich op handen en voeten vallen en begon zijn honden na te doen, zoals ze de slapende beer zijn hol uit joegen.

'Komt goddomme die beer z'n hol uit! Hij moest ook wel. De honden grepen hem direct bij z'n achterste – zo, op deze manier!'

Grommend van woede sloeg Ervinen zijn tanden in het berenvel dat over de schommelstoel lag uitgespreid, met zoveel kracht dat de vacht op de grond zeilde. De arts schudde de huid zo hard op en neer dat hij zijn mond vol haren kreeg. 'Ik kon niet schieten, want ik had m'n honden wel kunnen raken!'

Opgewonden spuugde de dokter de berenharen uit zijn mond. Tussendoor schonk hij nog eens bij en toen vervolgde hij de voorstelling. Nu eens imiteerde hij zijn uitzinnige honden, dan weer de woedende beer. Hij leefde zich zo sterk in de situatie in dat het zweet hem uitbrak. Toen hij uiteindelijk de beer had weten te doden, deed hij of hij de tong van het beest tot diep in de keel afsneed en hem de honden toewierp. Hij maakte daarbij zulke weidse gebaren dat de asbak omviel, maar dat had de jager niet in de gaten. Hij stak zijn dolk in de strot van het dier en liet het bloed van de koning van het woud in de sneeuw vloeien. Hij boog zich over het denkbeeldige karkas en begon het warme bloed van het zojuist gevelde roofdier te drinken, maar omdat dat er niet echt was, goot hij een kelk vol sterkedrank naar binnen. Ten slotte stond hij op en nam hij met een vuurrood hoofd plaats in de schommelstoel.

De voorstelling had zoveel indruk gemaakt op Huttunen dat hij niet langer kon blijven zitten, maar uit zijn stoel opschoot en op zijn beurt een reiger begon te imiteren.

'Twee jaar geleden, het was zomer, zag ik in Posio een reiger in het moeras. Hij gorgelde zo, op deze manier – kijk! Zo pikte hij kikkers op uit het water! Zo flipte hij ze in zijn bek!'

Huttunen liet zien hoe de reiger kikkers aan zijn snavel spietste, hoe hij zijn lange nek strekte en zijn vleugels ophief, en hoe hij gorgelde op hoge toon.

Verbijsterd sloeg de dokter het schouwspel gade. Hij bevatte niet wat er in zijn patiënt was gevaren. Stak die de draak met hem, of was de man echt zo geschift dat hij zomaar ineens een reiger ging nadoen, een reiger die hij bovendien niet eens had geschoten? Het schelle geklepper van Huttunen ergerde Ervinen. Hij concludeerde dat de malende molenaar op zijn eigen waanzinnige wijze bezig was hem voor gek te zetten. Ervinen stond op uit zijn stoel en zei op afgemeten toon: 'Hou daarmee op, beste man. Ik tolereer dat soort geintjes niet in mijn huis!'

Huttunen hield op met gorgelen. Hij bedaarde en zei met zachte stem dat het niet zijn bedoeling was geweest om de dokter te irriteren. Hij wilde alleen laten zien hoe de bosdieren zich in hun natuurlijke omgeving gedragen.

'De dokter imiteerde zo-even toch ook een beer? Dat deed u uitstekend!'

Ervinen werd woest. Hij had enkel en alleen een beeld willen geven van de berenjacht, en dat betekende niet dat een ander maar meteen op zo'n smakeloze en schaamteloze wijze zijn voorbeeld mocht volgen. Niemand had het recht om zich in zijn huis aan dergelijke gekkigheid over te geven. 'Maakt u dat u wegkomt!'

Huttunen was verbijsterd. Om zoiets onbenulligs werd de dokter kwaad? Vreemd, zo opgefokt als mensen uiteindelijk bleken te zijn. De molenaar probeerde zijn excuses aan te bieden, maar Ervinen wilde het er niet meer over hebben. Onverzettelijk wees hij naar de deur; hij wilde geen geld hebben voor de pilletjes en nam Huttunen diens half leeggedronken kelk af.

Huttunen snelde met gonzende oren naar buiten. Hij was onthutst en overstuur, rende door de tuin de berkenlaan in zonder zelfs maar aan zijn fiets te denken. De arts liep de veranda op en zag hoe zijn patiënt zich uit de voeten maakte, en hoe de lange man in de richting van het kerkhof rende.

'Ik laat me daar een beetje voor gek zetten door een gek! Die vent heeft ook al geen verstand van jagen. Ongelikte beer!'

11

Op de hoek van het kerkhof stond Huttunen stil. Hij voelde zich niet lekker, geestelijk noch lichamelijk. In zijn maag zat de sterkedrank van Ervinen en in zijn hoofd diens haat – hoe had de dokter toch zo kwaad kunnen worden? Eerst schonk hij hem bij en vervolgens schold hij hem uit. Een onvoorspelbare vent, vond Huttunen.

Hij had zin om te huilen, om zo zijn verdriet van zich af te schudden, maar durfde dat niet.

Ineens herinnerde Huttunen zich de tabletten die Ervinen hem had gegeven. Hij diepte het flesje op uit zijn zak, schroefde de dop eraf en liet een hoeveelheid gele pilletjes in zijn hand stromen. Hoeveel moest hij er ook alweer nemen? Konden zulke nietige tabletjes wel het gewenste effect hebben?

Huttunen wierp een halve handvol in zijn mond. Hij maalde de smerig smakende tabletjes tot moes en slikte ze meteen door. 'Aargh, jakkes!'

De pillen van Ervinen waren zo bitter dat Huttunen in hoog tempo naar de pomp bij het kerkhof moest lopen om water te drinken. De molenaar bleef staan bij de zerk van ene Raasakka, die reeds lang geleden de geest had gegeven, en wachtte op de uitwerking die de tabletten zouden hebben.

Binnen een mum van tijd begon de molenaar te suizebollen. De zenuwtabletten waren sterk en vermengden zich met zijn door alcohol verdunde bloed. Zijn misselijkheid verdween. Zijn hart begon steeds sneller en zwaarder te kloppen. De ene na de andere gedachte kwam in hem op, in hoog tempo. Zijn voorhoofd was heet, zijn tong heel droog. Hij kreeg zin om iets te doen, het maakte niet uit wat. De grafstenen rondom hem zagen er tamelijk onafgemaakt uit, als goedkope geschuurde keien, die bovendien kriskras door elkaar en op de verkeerde plaats waren neergezet. Het was een goed idee om daar wat orde in te scheppen. Ook de oude bomen op het kerkhof leken maar gewoon daar te staan waar het ze het beste uitkwam; het was beter om ze allemaal om te hakken en nieuwe bomen te planten, netjes op rij. Huttunen maakte zich vrolijk over het oude houten kerkje met de rode muren, en de nieuwe grote kerk van geelgeschilderde planken was ronduit lachwekkend.

De molenaar schaterde het uit en lachte om alles wat hij om zich heen zag: de grafstenen, de bomen, de kerken en ook het hek dat om het kerkhof heen stond.

Een onbedwingbare behoefte aan actie dreef de molenaar weg van de begraafplaats. Hij herinnerde zich dat hij zijn rijwiel tegen de muur van Ervinens huis had laten staan. Hij spurtte terug, zo snel dat de tranen hem in de ogen sprongen en zijn pet af vloog. Op het grind in de tuin bleven diepe sporen achter toen de sprinter afremde en om het huis heen liep om zijn fiets te pakken. Daar stond-ie!

Ervinen zat voor de open haard en nipte van zijn drank. Hij dacht na over het geval-Huttunen. Hij betreurde het enigszins dat hij zijn geduld had verloren met zo'n doodgewone, eenvoudige vent. Wellicht had de molenaar niets kwaads bedoeld met zijn streken. Misschien had de arme kerel echt zo'n bedroevend smakeloos gevoel voor humor en uitte dat zich in dergelijk onverdraaglijk gedrag? Een dokter mocht zich nooit opwinden in het bijzijn van een patiënt. Wat hadden dierenartsen het toch gemakkelijk! Die stelden in zo'n geval gewoon vast dat de zieke dol of simpel was geworden en gaf opdracht om het beest af te maken. En dat was dat: de eigenaar zou zijn koe of paard een spuitje laten geven en het desbetreffende dier zou de veearts verder met rust laten.

Terneergeslagen deed Ervinen zijn ogen dicht, om ze meteen geschrokken weer te openen: buiten klonk een doffe knal. Meteen daarachteraan hoorde de dokter de stem van de molenaar. Ervinen greep een geweer van de muur, knoopte het koord van zijn kamerjas dicht en snelde naar buiten, zo gehaast dat zijn sloffen bijna van zijn voeten vlogen.

Huttunen kwam de hoek om gezeild met zijn fiets onder de arm. Hij was volledig doorgedraaid: zijn ogen puilden uit en er kwam schuim uit zijn mond. Hij maakte weidse en ongecontroleerde bewegingen.

'Idioot, je hebt toch niet van die tabletten ingenomen?!' schreeuwde Ervinen naar Huttunen, die hem nauwelijks hoorde of zag. 'Ga onmiddellijk slapen, verdomme!'

De molenaar duwde de arts met wapen en al aan de kant. Hij klom op zijn fiets. Ervinen greep met beide handen de bagagedrager beet. Zijn geweer viel op de grond, maar Huttunen was al op snelheid en dan legt een vederlichte arts maar weinig gewicht in de schaal. Een twintigtal meters liet Ervinen zich meeslepen achter de fiets; toen moest hij loslaten omdat hij zijn pantoffels verloor, en niemand remt voor zijn plezier op blote voeten een voortrazende fietser af op een erf vol grind. Ervinen hoorde hoe Huttunen brulde terwijl die de berkenlaan door sjeesde. Hij kon geen zinnig woord onderscheiden in het geschreeuw.

Op volle kracht brallend en kabaal makend fietste Huttunen door het kerkdorp. Hij ging bij bijna alle huizen langs, wekte de mensen, groette hen, kletste, zong, huilde, sloeg met deuren en schopte tegen muren. De hele dorpskern schudde onder het geweld van de molenaar. De honden jankten, de vrouwen jammerden en de dominee kermde.

Hoofdcommissaris van politie Jaatila werd gebeld. De autoriteiten dienden in te grijpen om de molenaar te kalmeren. Net op het moment dat Jaatila aan de telefoon zat, draaide Huttunen diens erf op; de molenaar rende de trap op en schopte tegen de deur. Jaatila kwam hem tegemoetlopen.

Huttunen vroeg om water; hij had zo'n droge mond. Maar de korpschef bood de bezoeker bepaald geen water aan: hij liep naar binnen om zijn wapenstok te halen, en gaf de molenaar daar zo grondig mee van langs dat die sterretjes zag. Huttunen strompelde de trap af en het erf op en vervolgde, met de handen om het hoofd gevouwen, zijn weg.

De korpschef belde met agent Portimo, die reeds op de hoogte was: 'De telefoon staat hier rood, al een halfuur lang. Ze zeggen dat Huttunen weer een aanval heeft.'

'Sla hem in de boeien en gooi hem in het gevang. Deze onverkwikkelijke toestand heeft al veel te lang geduurd.'

Agent Portimo trok zijn rubberlaarzen aan, laadde zijn pistool en greep een paar handboeien en een stuk touw. Vervolgens ging hij op zoek naar Huttunen. Hij was bang: de molenaar was buiten zinnen. De verplichtingen die het beroep van politieagent met zich meebracht, drukten soms zwaar en onaangenaam op de schouders van een eenzame, oude man.

Ik bid u, lieve Heer, laat hem kalmeren. Dat is beter voor ons allemaal, dacht Portimo uit de grond van zijn hart.

Het was niet moeilijk om te weten te komen waar de verdachte uithing. De lotgevallen van Huttunen weergalmden in de zomernacht. Er kwam een ongelofelijk kabaal bij het huis van Siponen vandaan; de agent concludeerde dat de molenaar inmiddels daar was aanbeland. Hij werd er zo te horen niet al te gastvrij ontvangen.

Op het erf van Siponen werd Huttunen door een indrukwekkende hoeveelheid dorpsbewoners stevig op de huid gezeten: winkelier Tervola, onderwijzer Tanhumäki, de dominee en diens vrouw, een aantal minder in aanzien staande dorpelingen, boer Siponen zelf en diens knecht Launola. De hond des huizes draaide rond de benen van de groep mannen en probeerde van tijd tot tijd Huttunen in zijn achterwerk te bijten – hij was niet voor niets getraind voor de berenjacht. Vol afschuw volgde de tuinbouwconsulente de strijd die op het erf werd gestreden; ze bad en ze jammerde. De verlamde vrouw van Siponen lag vergeten in het bed waaraan ze voor de rest van haar leven gekluisterd was, maar dat zinde haar niet: ze werkte zich moeizaam overeind en stond op, nieuwsgierig en nijdig. Niet gehinderd door haar levensbedreigende kwaal spoedde de boerin zich naar het venster om te aanschouwen hoe het volk zich op de malende molenaar van de Suukoski stortte.

Door met z'n allen te schoppen en te slaan wisten ze Huttunens temperament weer te beteugelen. Toen agent Portimo ter plaatse arriveerde, namen ze die meteen zijn wapenstok af, en daarmee werd Huttunen zo onbedaarlijk afgetuigd dat het er echt slecht voor hem uitzag. Met alle kracht die nog in hem was greep Huttunen knecht Launola bij de nek, en hij kneep zo hard dat je zelfs boven alle kabaal uit diens gepijnigde janken kon horen.

Geconfronteerd met zo'n overmacht, en uitgeput door alle dramatische gebeurtenissen, was de molenaar gedwongen zich gewonnen te geven. Portimo klikte de handboeien dicht om zijn polsen en de winkelier sleepte samen met de onderwijzer de buit naar de wagen, waar ze hem stevig vastgebonden op legden. De dominee ging op Huttunens hoofd zitten, terwijl er een paard voor de wagen werd gespannen. Huttunen beet de geestelijke in diens billen, maar daarbij ontstond geen blijvende schade, althans niet voor de domineesvrouw. Siponen klom op de kar en haalde de zweep over zijn knol. Zo werd Huttunen naar het gevang gebracht.

Ter hoogte van het kerkhof werd het transport tegengehouden door dokter Ervinen, die de kar tegemoet kwam rennen. Met zijn geweer in de hand riep hij: 'Halt! Laat mij dit geval onderzoeken!'

Ervinen keek de op de kar vastgekluisterde molenaar even in de ogen. Hij stelde ter plaatse de diagnose: 'Zo gek als een deur.'

Huttunen staarde de arts onbenullig aan, herkende hem niet en schreeuwde niet meer. Ervinen doorzocht de zakken van de molenaar, vond het medicijnflesje en liet dat snel in zijn eigen jaszak glijden. Vervolgens veegde hij het schuim weg rond de mond van de geestelijk gestoorde. Tot slot verkondigde hij: 'Houd hem ook in de gevangenis vastgebonden. Ik maak morgenvroeg de papieren voor Oulu klaar.'

De zweep ging over de paardenkont. Het transport verdween in de richting van het politiebureau van het kerkdorp. Ervinen zag hoe agent Portimo het voorhoofd van de arrestant met zijn eigen zakdoek afveegde.

Eenmaal thuis klopte Ervinen het zand uit zijn sloffen en hing hij het geweer terug aan de wand. Het medicijnflesje dat hij Huttunen had afgenomen zette hij weer in de kast. Toen hij zag hoe weinig tabletjes er nog in zaten, schudde hij bedroefd het hoofd. Hij nam een slok van zijn eigen spiritueuze medicijn rechtstreeks uit de fles en kroop onder de wol met zijn pantoffels nog aan zijn voeten.

Boerin Siponen zette koffie voor de winkelier, de onderwijzer en de dominee, die de onverschrokken spitshond van Siponen aaide. Te midden van dat alles herinnerde ze zich ineens haar ongeneeslijke aandoening; ze sloeg theatraal een hand tegen de borstkas en zeeg ineen op de grond, om zich vervolgens zo verlamd mogelijk terug naar de slaapkamer te slepen. Daar beklaagde ze haar lot, dat had toegeslagen via een niet te genezen kwaal die verhinderde dat ze zich ooit nog zou verheffen.

Sanelma Käyrämö deed de hele nacht geen oog dicht. Ze huilde onder haar lakens om haar eigen Gunnar, die als gevolg van een onbegrijpelijke speling van het lot was afgevoerd. In het kleine kamertje ging het lijden van de eenzame vrouw over in liefde en wanhoop.

Vastgebonden viel Huttunen in het gevang in slaap. Pas de volgende dag werd hij wakker, in een personenauto, waar hij constateerde dat hij zich op de achterbank bevond, in de boeien geslagen. Naast hem zat agent Portimo. Zachtaardig, bijna verontschuldigend zei die tegen de molenaar: ‘We zijn al bijna bij Simo, Kunnari.’

12

De psychiatrische inrichting was gevestigd in een groot, somber gebouw van rode baksteen. Het deed eerder denken aan een kazerne of een gevangenis dan aan een ziekenhuis. Agent Portimo keek ernaar en zei: 'Dat ziet er niet best uit... Maar reken me het niet persoonlijk aan, Kunnari; ik ben onschuldig. Ik heb je slechts uit hoofde van mijn beroep hierheen gebracht. Als ik het voor het zeggen had, zou ik je laten gaan.'

Huttunen werd ingeschreven bij de patiëntenadministratie van de inrichting. Hij kreeg kleren van het ziekenhuis: een versleten pyjama, pantoffels en een steek. De broek was te kort, net als de mouwen van het hemd. Een riem kreeg hij niet. Zijn geld werd hem afgenomen, evenals alle overige bezittingen.

Huttunen werd door de weergalmende gangen van het gebouw meegevoerd naar een ruime kamer waarin al zes patiënten waren ondergebracht. Hij kreeg een bed toegewezen en hem werd gezegd dat hij maar gewoon moest doen of hij ziek was. De deur naar de gang viel met een dreun dicht en een zware sleutel werd omgedraaid in het slot. De verbinding met de buitenwereld was verbroken. Huttunen begreep dat hij nu toch in het gesticht was beland.

De kamer was koud en naargeestig. Het meubilair bestond uit zeven ijzeren bedden en een tafel die met bouten aan de betonnen muur was bevestigd. In een van de muren zat een hoog raam met tralies ervoor. Daar kon je zien dat de buitenmuur bijna een meter dik was. In de muren zaten hier en daar scheuren, die met witkalk waren gedicht. Midden in het plafond hing een helder brandende lamp zonder kap.

Zijn medepatiënten lagen of zaten op hun bedden. Ze keken nauwelijks op toen een nieuweling hun onderkomen betrad. Op het bed dat tegen dat van Huttunen aan stond, zat een bejaard, bibberend mannetje met gesloten ogen onverstaanbaar te mompelen. In het bed daarnaast bevond zich een wat jongere, kale vent, die naar de hoek van de zaal zat te staren zonder ook maar één keer met zijn ogen te knipperen. Een derde man was jonger dan de anderen, een typisch scharminkel. Zijn gezichtsuitdrukkingen wisselden onophoudelijk: nu eens keek hij vrolijk, dan weer bedroefd, dan weer gepijnigd. Van tijd tot tijd fronste hij zijn voorhoofd, maar dan ineens plooide de trillende mond zich weer in een verveelde glimlach.

Bij de deuropening stond een bed alleen. Daarop lag een gezette en in ieder opzicht gezond uitziende man; hij had een boek in zijn hand en zat te lezen.

Achteraan in de kamer zaten nog twee somber kijkende mannen die graag in elkaars chagrijnige gezelschap leken te verkeren: ze staarden elkaar onophoudelijk met flitsende ogen aan, maar spraken geen woord.

Alles bij elkaar genomen vormden de bewoners een troosteloos, apathisch gezelschap. Huttunen probeerde kennis te maken met deze waarachtig zwaargestoorde mannen. Hij lachte eventjes, groette hen en vroeg aan zijn buurman: 'En, hoe gaat-ie?'

Hij antwoordde niet. De lezende man bij de deur was de enige die teruggroette. Huttunen probeerde iets te weten te komen over de heersende etiquette en vroeg waar iedereen zo-al vandaan kwam, maar tevergeefs. De knorrige kerels gaven geen blijk van een verlangen naar nadere kennismaking. Huttunen zuchtte terneergeslagen en liet zich op bed vallen.

Later die avond kwam er een verzorger binnen; hij had een rood gezicht, en zijn mouwen waren opgestroopt alsof hij hoopte op een handgemeen. De stevige verzorger vroeg aan Huttunen: 'Hebben ze jou hier vanochtend binnengebracht?'

Huttunen antwoordde bevestigend. Hij sprak zijn verwondering uit over het feit dat de andere patiënten geen woord met hem wisselden.

'Dit zijn de sombere en stille jongens. Nieuwelingen worden meestal eerst in deze kamer gestopt. Dat is beter, met die onrustige types is het altijd meteen herrie.'

De verzorger legde Huttunen uit wat er van hem werd verwacht: 'Je gedraagt je fatsoenlijk en je houdt je gedeisd. Twee keer per dag krijg je te eten. Eén keer in de week is er sauna. Pissen mag je zo vaak je wilt, in die kast daar staat een emmer. Als je moet schijten, moet je dat apart melden. Maandag komt de dokter.'

De verzorger ging weer weg en deed de deur op slot. Huttunen herinnerde zich dat het nu donderdag was. Hij zou pas maandag de dokter te spreken krijgen. Dat betekende dat hij nog wel eventjes de tijd had. Hij liet zich op bed vallen en probeerde te slapen. De pillen van Ervinen werkten nog dermate dat hij insliep, maar vervolgens lag hij de hele nacht wakker.

's Avonds kwam de verzorger langs om de patiënten naar bed te dirigeren. Ze gehoorzaamden braaf. Al gauw ging het felle licht aan het plafond uit; de verzorger draaide op de gang de knop om.

De molenaar luisterde naar zijn slapende makkers. Twee of drie van de patiënten snurkten. Er hing een bedompte lucht in de kamer; ergens in een hoek liet iemand van tijd tot tijd een wind. Huttunen voelde er veel voor om de windenlater te wekken, maar herinnerde zich toen dat in de hoek de somberste patiënten sliepen. 'Laat ze maar waaien dan, stakker.'

Huttunen dacht dat je op een plaats als deze inderdaad snel gek zou worden als je niet gauw weer buiten stond. Het was afschuwelijk om in zo'n donkere kamer te liggen, omsingeld door geestelijk gestoorden. Wat had je daar nou aan? Was hier ooit iemand beter van geworden? Het was allemaal zo gesloten, zo strikt geregeld dat een mens niet eens over de geringste behoefte zelf een beslissing mocht nemen. Zelfs naar de wc moest je worden begeleid; de verzorger keek toe of de patiënt er geen zootje van maakte. Het was vernederend.

De eerste paar nachten lag Huttunen wakker. Hij zweette, draaide en zuchtte in bed. Hij voelde behoefte om te huilen als een wolf, maar wist zich te beheersen.

Overdag verstreek de tijd sneller. Huttunen kreeg van de overige patiënten soms zelfs kort antwoord op zijn vragen. Het jonge scharminkel met de telkens wisselende gezichtsuitdrukkingen kwam nota bene naar Huttunen toe om over zichzelf te vertellen. De arme vent sprak zo warrig dat de molenaar er geen wijs uit werd. Huttunen knikte wat terwijl de jongen sprak en zei instemmend: 'Inderdaad, zo gaan die dingen.'

In de eetzaal was het rumoerig en onrustig, maar toch zorgden de maaltijden voor afwisseling in de eentonige dagen. Veel patiënten aten met hun vingers, smeerden pap uit over hun gezicht, gooiden borden om en lachten monotoon maar uit volle borst, hoewel dat ten strengste was verboden.

De kamer van de patiënten werd dagelijks gedweild door een venijnige vrouw die de gewoonte had om de kamerbewoners volledig verrot te schelden. Ze mopperde dat de zieken luilakken waren, nietsnutten, viezeriken. Tegen Huttunen zei de vrouw nijdig: 'Zo'n grote vent, en dat wordt maar gewoon gek!'

Af en toe kwam de verzorger de kamer in gelopen om de patiënten hun medicijnen te geven. Hij deelde de pillen uit en zag erop toe dat ze ook in zijn bijzijn werden ingenomen. Als iemand zijn tabletje niet meteen doorslikte, stroopte hij zijn mouwen op, wrikte hij de kaken van de patiënt open en duwde hij de pillen diens keel in. Of je nou wilde of niet, je moest de voorgeschreven medicijnen innemen. Toen Huttunen vroeg waarom hij niets kreeg, gromde de man humeurig: 'Maandag schrijft de dokter jou wat voor. Hou je nu maar gewoon gedeisd, zodat we je niet bij de herrieschoppers hoeven te stoppen.'

Huttunen informeerde hoe het er daar aan toeging.

'Daar schoppen ze herrie. Van dittem!'

De verzorger zwaaide een van zijn behaarde vuisten onder Huttunens neus langs. Huttunen trok zijn hoofd terug, buiten het bereik van de verzorger. Hij had een hekel aan dat gore en gewelddadige mannetje dat de gewoonte had om 's avonds de patiënten te meppen en te stompen die niet meteen op zijn bevel onder de lakens glipten. Huttunen was van plan om maandag, als hij de dokter had gesproken en de inrichting weer kon verlaten, bij wijze van afscheid een stukje ziekenhuisgang met die etter aan te dweilen. Maar tot die tijd kon hij zich beter rustig houden.

Op maandag werd Huttunen naar het kantoor gedirigeerd om met de arts te spreken. Dat was een viezige, bebaarde man die de gewoonte had om steeds zijn bril van zijn neus te nemen en dan weer terug te zetten. Van tijd tot tijd diepte hij uit zijn zak een smerige zakdoek op waarmee hij zorgvuldig de glazen poetste. Hij bevochtigde die met zijn adem en droogde ze vervolgens onophoudelijk. Huttunen vond de instellingsarts een nerveuze, onverschillig ogende, dom overkomende vent.

De molenaar begon over zijn ontslag. De arts bladerde even door de papieren die voor hem lagen en zei toen nijdig: 'U bent hier nog maar pas geleden binnengebracht. We kunnen u echt niet meteen weer laten gaan.'

'Maar ik ben eigenlijk helemaal niet gek,' probeerde Huttunen zo gezond mogelijk uit te leggen.

'Nee, natuurlijk niet. Wie is hier nou gek in deze inrichting, nietwaar? Ik ben de enige hier die niet goed bij z'n hoofd is, dat is algemeen bekend.'

Huttunen vertelde dat hij molenaar was. Hij was hard nodig bij de Suukoski. Het was nu zomer en hij moest de molen opknappen zodat die in het najaar weer gebruiksklaar was.

De arts vroeg waarom de molen nou net met het oog op de herfst in orde moest worden gemaakt.

'Nou, omdat er in Finland juist dan wordt geoogst. De boeren brengen hun graan in het najaar naar de molen om het te laten malen.'

De arts was zeer geamuseerd door het antwoord van de molenaar. Hij nam de bril van zijn hoofd, begon die te poetsen, en mompelde begripvol. Nadat hij de bril weer op zijn neus had geplaatst, zei hij tamelijk kortaf: 'Zullen we concluderen dat u voorlopig wel even genoeg hebt gemaald?'

De dokter vroeg of Huttunen had gevochten in de oorlog.

Toen hij daarop een bevestigend antwoord kreeg, glinsterden zijn ogen even veelbetekenend. Hij wilde weten in welke streek de patiënt was geweest. Huttunen verklaarde dat hij in de Winteroorlog op de Karelische landengte had gediend, en tijdens de laatste oorlog in Oost-Karelië.

'Aan het front?'

'Ja... Kerels als ik vond je aan het front.'

'Ging het er hard aan toe?'

'Soms.'

De arts schreef iets in zijn schriftje. Hij mompelde half in zichzelf: 'Oorlogspsychose... Dat vermoedde ik ook al zo'n beetje.'

Huttunen probeerde te protesteren. Hij beweerde dat hij tijdens de oorlog geen enkele zenuwziekte had gehad, net zomin als nu trouwens. Maar de arts gebaarde hem de kamer te verlaten. Toen Huttunen aandrong op ontslag, keek de dokter op van zijn papieren en zei hij: 'Gevallen van oorlogspsychose zijn zeer ernstig... vooral als ze pas zoveel jaar na de eigenlijke gevechtshandelingen tot uitbarsting komen. U hebt echt langdurige zorg nodig. Blijft u er rustig onder; we weten echt wel weer een vent van u te maken.'

De verzorgers brachten Huttunen terug naar de afdeling. De deur werd zo hard achter hem dichtgeslagen dat de hele kamer ervan schudde.

Vermoeid ging Huttunen op zijn bed zitten. Hij stelde vast dat hij nu toch echt in een doodlopende steeg was beland: hij was een gevangene in deze gevoelloze inrichting, overgeleverd aan de willekeur van een of andere idiote arts; een man die veroordeeld was tot het troosteloze gezelschap van zijn depressieve kamergenoten. Zouden ze hem hier jarenlang vasthouden? Zou hij misschien sterven binnen deze stenen muren? Het enige lichtpuntje in zijn leven zou voortaan gevormd worden door de scheldende schoonmaakster en die lichtgeraakte lummel van een verzorger. De sleur van alledag zou alleen onderbroken worden door de bewaakte bezoekjes aan het toilet en de maaltijden aan de trog. Zwaar zuchtend ging Huttunen liggen, en hij sloot zijn ogen. Maar hij kon niet slapen. Hij voelde zware druk in zijn hoofd, had zin om wolvengehuil uit te stoten maar durfde dat toch niet, zo voor iedereen hoorbaar.

Na enige tijd schrok Huttunen op omdat de man uit het bed bij de deur naast hem stond. 'Pssst, doe net of je niets merkt.'

Huttunen opende zijn ogen en keek de man vragend aan.

'Ik ben niet gek, maar deze makkers weten dat niet. Laten we daar bij het raam even praten. Ga jij eerst, ik kom zo achter je aan.'

Huttunen liep naar de muur met het raam. Al gauw sloop zijn geheimzinnige medepatiënt naar hem toe. Die keek naar buiten – het leek wel of hij tegen zichzelf sprak.

'Zoals ik net al zei: als puntje bij paaltje komt, ben ik eigenlijk helemaal niet gek. En ik geloof ook niet dat jij nou zoveel geschifter bent dan ik.'

13

De man was een jaar of veertig, had een breed gezicht en zag er goed doorvoed uit. Hij sprak op vriendelijke en rustige toon: ‘Ik ben Happola. Maar laten we niet al te amicaal doen, zodat die gekken niets in de gaten krijgen.’

Huttunen vertelde dat hij een paar dagen geleden nog een doodnormale molenaar was geweest. Hij zei dat hij had geprobeerd de ziekenhuisarts zover te krijgen dat hij hem liet terugkeren naar zijn molen, maar het had de dokter niet behaagd hem zijn vrijheid terug te geven.

‘Ik zat in het onroerend goed. De oorlog heeft de bedrijfsvoering alleen een beetje in de war geschopt, omdat ik hierheen moest. Het is tamelijk lastig om lopende zaken van hieruit af te handelen – dat zou beter gaan als ik op vrije voeten was. Maar zodra ik tien jaar heb doorgebracht in deze inrichting, houd ik op met gek doen. Ik heb een huis in Heinäpää, misschien dat ik daar een zaak of een werkplaats begin.’

De man vertelde dat zijn huis nu werd verhuurd en dat het geld rechtstreeks op de bank werd gezet. Hijzelf betaalde helemaal geen verblijfskosten in dit ziekenhuis.

Happola zei dat hij al in 1938 een grote huurwoning had gebouwd in Heinäpää, bij Oulu. Hij had het pand meteen aan een stuk of vijf gezinnen verhuurd. Toen brak de oorlog uit en moest Happola noodgedwongen naar het front. Hij bracht de hele Winteroorlog door op ski’s in Suomussalmi.

‘Dat was een gevaarlijke tijd. Heel wat mannen van onze compagnie zijn gesneuveld. Toen besloot ik dat ik geen tweede keer meer naar het front zou gaan als deze oorlog ooit ten einde kwam.’

In de periode tussen de Winter- en de Vervolgoorlog had

Happola nieuwe huurders in zijn woning genomen, die in de plaats kwamen van degenen die gesneuveld waren. Hij had goede zaken gedaan, en was zelfs voornemens om te trouwen. Maar in het vroege voorjaar van 1941 waren er Duitse soldaten naar Oulu gekomen, en terwijl de lente voortschreed begon de wereld er steeds oorlogszuchtiger uit te zien. Happola begon te overwegen hoe hij kon voorkomen dat hij wederom onder de wapenen zou worden geroepen als er opnieuw oorlog uitbrak. 'Ik begon met m'n been te trekken en beweerde dat ik slecht zag. Maar de arts weigerde me af te keuren. Iemand had tegen hem geklikt dat ik kerngezond was. Ik vergat namelijk af en toe om mank te lopen en m'n ogen samen te knijpen.'

Happola werd niet naar de militie overgeplaatst. Het zag er slecht voor hem uit – de geur van de oorlog is niet prettig als je een neus voor zaken hebt.

'Toen besloot ik om te doen of ik gek was. In eerste instantie moesten de mensen lachen en dachten ze dat het een spelletje was. Maar ik gaf niet op, ik dacht maar aan één ding: ik ga niet opnieuw de oorlog in. Het was geen sinecure: doen of je gek bent is niet voor iedereen weggelegd. Je moet je verstand erbij houden en volharden, anders gelooft niemand je.'

Huttunen vroeg geïnteresseerd: 'Hoe gek was je? Deed je weleens een huilende wolf na?'

'Nee, waarom? Zoiets doen gekken toch niet? Ik begon onzin uit te kramen. Ik wilde dat mensen gingen denken dat ik paranoïde was. Ik beschuldigde de buren ervan dat ze gedreigd hadden mijn huis plat te branden. Beweerde dat iemand had geprobeerd me te vergassen, levend, in de garage. Als artsen me medicijnen voorschreven riep ik dat ze me wilden vergiftigen. Ik liet die dingen ook in de krant zetten. Dat gaf pas echt chaos. Ik deed aangifte. Ging naar de politie en zei dat een bankdirecteur had geprobeerd me failliet te laten verklaren. Meer was er niet voor nodig: ik werd hiernaartoe overgeplaatst, in vliegende vaart. Het was op het nippertje: een week later viel Hitler Rusland aan, en een paar dagen later vertrokken wij Finnen met dezelfde bestemming. Maar ditmaal mooi zonder mij!'

Happola had de hele oorlog in de psychiatrische instelling uitgezeten. Ze waren hem als een hopeloos geval gaan beschouwen. Hij was zes kilo aangekomen – in oorlogstijd.

'Wat dat betreft was het hier prima toeven, hoewel de tijd wel langzaam ging met al die gekken om me heen.'

Toen Finland zich terugtrok uit de oorlog en een wapenstilstand aanging, begon Happola tekenen van vooruitgang te tonen. Toen brak echter de Lapse oorlog uit, en zijn psychische aandoening greep hem andermaal in de kraag. Pas toen Duitsland zich gewonnen gaf, herwon Happola zijn gezonde verstand. Hij vroeg toestemming om terug te keren in de burgermaatschappij, net als alle andere mannen.

'Lieten ze me godverdomme niet gaan! De artsen klopten me op de schouders en zeiden: rustig nu maar Happola, rustig nu maar.'

Happola had zijn huis op naam van zijn zuster gezet omdat hij bang was dat de staat zich de bezittingen van handelingsonbekwamen zou toe-eigenen.

De man was enigszins verbitterd. Hij was altijd een helder denkende Oulunaar geweest, maar dat geloofde nu niemand meer.

'Waarom ga je er niet gewoon vandoor?' vroeg Huttunen.

'Waar kan ik naartoe? In de onroerendgoedbranche kun je je niet verstoppen. Ik moet in Oulu blijven omdat mijn huis hier staat. Maar wacht maar tot er tien jaar zijn verstreken na het einde van de oorlog; dan marcheert deze jongen naar het spreekuur van de geneesheer-directeur en geeft hij opening van zaken.'

'Waarom ga je hem niet meteen vertellen dat je de hele tijd alleen maar hebt gedaan alsof?'

'Daar heb ik de laatste jaren veel over nagedacht. Maar dat gaat niet zomaar. Ik zou dan wel onmiddellijk weer buiten staan, maar daar zou ik niet veel aan hebben aangezien ze me zonder omhaal in de gevangenis zouden stoppen. Doen alsof je ziek bent is namelijk een oorlogsmisdaad, en zoiets verjaart pas na tien jaar.'

Huttunen gaf toe dat het geen gek idee was om het dwaasheidsdelict de kans te gunnen te verjaren. Het zou nogal zuur zijn om vanuit het gekkenhuis rechtstreeks in het gevang te belanden.

'Maar hoe heb je dan van hieruit je zaken kunnen regelen? Voor de ramen zitten tralies en de deuren zijn op slot.'

'Ik heb een eigen set sleutels – een paar jaar geleden gekocht van een verzorger. Lastig hoor, om 's nachts in de stad zaken te moeten doen. Het gebeurt maar zelden dat je er midden op de dag even tussenuit kunt glippen zonder dat iemand het merkt. Een paar keer per jaar moet ik overdag op pad om achterstallige huur op te halen, maar voor de rest regel ik de lopende zaken 's nachts. Zwaar is het wel, de verantwoordelijkheid voor zo'n huis, vooral als ze ook nog denken dat je gek bent.'

'Maak je geen zorgen. Van mij denken ze ook dat ik niet goed bij m'n hoofd ben,' zei Huttunen troostend.

'Hmm, bij jou zit er waarschijnlijk echt ergens een schroefje los. Maar ik moet al bijna tien jaar doen alsof. Anderen hebben maar vijf jaar verloren door de oorlog; ik heb twee keer zoveel tijd moeten inleveren. Het was wel zwaar.'

Happola beklaagde enige tijd zijn lot, maar al snel zag hij ook de zonzijde: 'Het voordeel is natuurlijk wel dat er nu heel wat geld op de bank staat. Ik heb al die jaren gratis geleefd. Ik ben een redelijk welvarend man als ik hieruit kom.'

Happola bood Huttunen stiekem een sigaret aan. Hij vertelde dat hij die meebracht uit de stad, en soms, als hij zich heel erg verveelde, dronk hij een fles sterkedrank onder de dekens.

'Maar vrouwen kun je hier beter niet mee naar binnen slepen, dat hebben ze zo in de gaten. En de vrouwen in dit gesticht zijn zo getikt dat je ze maar beter zelfs geen klein béétje kunt prikkelen.'

Zwijgend rookten de mannen verder. Huttunen dacht na over Happola's lotsbestemming. Ontsnappen uit deze inrichting leek onmogelijk, of de patiënt nu uit eigen beweging was binnengekomen of met geweld was gedwongen.

Happola liet Huttunen zweren dat die zijn geheim niet verder zou vertellen. Huttunen vroeg zich af of Happola's huurders hem niet zouden aangeven wanneer hij zijn geld kwam innen.

'Dat kunnen ze maar beter niet doen. Als ze gaan lopen klikken, zet ik ze zonder pardon op straat. Gelukkig is er nog steeds zo'n gebrek aan woonruimte in Oulu dat huurders het zich niet kunnen veroorloven om hun klep open te trekken. De huur moet op tijd betaald worden, of de huisbaas nou gek is of niet.'

14

Midzomer in de psychiatrische inrichting in Oulu deed in de verste verte niet denken aan een feest van licht en vreugde. In de zaal van de herrieschoppers deed men weliswaar de hele nacht geen oog dicht en werd er geschreeuwd en kabaal gemaakt, maar dat was niet uit vreugde over de langste dag, maar de dagelijks terugkerende nachtelijke praktijk. Happola vertelde dat in de inrichting bij geen enkele feestdag werd stilgestaan. Alleen met kerst gaf men in die zin blijk van teergevoeligheid dat ook de gesloten afdelingen zich mochten verheugen in het bezoek van een groep leden van de pinkstergemeente die troosteloze hymnen kwam zingen. Volgens Happola hing er dan altijd een enigszins sombere sfeer, want de psalmzingers waren zo bang voor de patiënten van de gesloten afdelingen dat ze hun liederen in hoog tempo afwerkten, en voor alle zekerheid op dreigende toon.

'Maar we zijn hier dan ook niet gekomen om te feesten,' stelde Happola sarcastisch vast.

In de week na midzomer werd Huttunen naar het kantoor van het ziekenhuis geroepen. Twee verzorgers begeleidden hem naar het spreekuur van de arts.

De arts had zich verdiept in Huttunens papieren. Hij bepotelde zijn bril op de gebruikelijke efficiënte wijze en vroeg de patiënt om tegenover hem plaats te nemen. Tegen de verzorgers zei hij: 'Gaan jullie bij de deur zitten, voor het geval dat.'

Aan Huttunen deelde de dokter mede dat hij nu diens medische geschiedenis had doorgenomen, alsmede de verwijsbrief die dorpsarts Ervinen over Huttunen had opgesteld.

'Het ziet er niet best uit. Zoals ik vorige keer al concludeerde, lijdt u aan een uiterst ernstig geval van oorlogspsychose. Ikzelf was tijdens de oorlog legerarts. Ik ken dit soort gevallen goed.'

Huttunen sprak hem tegen. Hij zei dat hij nergens last van had en dat hij weg wilde uit het ziekenhuis. De arts nam niet de moeite om daarop in te gaan, maar bladerde door het *Tijdschrift voor Militaire Geneeskunde*. Huttunen zag dat het in 1941 was gepubliceerd. De dokter nam het artikel 'Over oorlogspsychoses en neuroses tijdens de oorlog en daarna' voor zich.

'Zit u niet zo mee te gluren. Dit is niet voor u bestemd,' bromde de arts, en hij poetste zijn bril. 'Er is heel wat wetenschappelijk onderzoek verricht naar deze dingen. Hier staat dat in de jaren 1916-1918 in het Engelse leger dat in de loopgraven in Vlaanderen vocht, een derde van de soldaten als gevolg van psychoses en neuroses permanent ongeschikt was om aan het front te dienen. Het is kenmerkend voor oorlogspsychoses en -neuroses dat ze met name geneigd zijn zich te openbaren bij mensen met een fundamenteel zwakke persoonlijkheid, en dat ze, wanneer ze zich eenmaal gemanifesteerd hebben, bij steeds geringere externe aanleiding terugkeren. Vervolgens wordt hier nog gesteld dat in het Finse leger in de generaties van 1920-1939 ongeveer dertien- tot zestienduizend mannen met een zwakke persoonlijkheid rondliepen, van wie waarschijnlijk een aanzienlijke meerderheid heeft meegevochten in de oorlog.'

De arts richtte zijn blik op en staarde over het bureau heen naar Huttunen. 'De vorige keer gaf u toe dat u in beide oorlogen actief bent geweest.'

Huttunen knikte, maar zei dat hij niet begreep hoe daaruit viel af te leiden dat hij geestelijk gestoord was. 'Ik was toch bepaald niet de enige.'

De dokter lepelde nog meer gegevens op uit het artikel. De verzorgers staken ondertussen een sigaret op. Ook Huttunen had daar wel zin in, maar hij wist dat het patiënten verboden was om op dat punt aan hun trekken te komen.

'Geestelijk minderbedeelden worden in de oorlog voortgedreven door een primitief overlevingsinstinct... De stimulerende gemoedstoestand die ertoe leidt dat mensen bereid zijn zich op te offeren en die in ons leger heerste, heeft op hen geen effect; zij proberen daarentegen op alle mogelijke manieren om moeilijke omstandigheden en onprettige ervaringen te ontwijken. Dit Sven Dufva-type, zoals door Runeberg beschreven, behoort zonder enige twijfel tot de zeldzame uitzonderingen.'

De arts keek Huttunen kwaad in de ogen. Toen bladerde hij verder in het artikel; hij las voor zichzelf een aantal passages die hij had onderstreept en vervolgde toen hardop: 'De reactie uit zich bij de geestelijk minderbedeelde als een toestand van verwardheid, die gekenmerkt wordt door gebrabbel, kinderlijk gedrag en een verstoord bewustzijn. Vaak is de geestelijk minderbedeelde dan onzindelijk: hij besmeurt de muren van zijn kamer met zijn uitwerpselen, eet die op, enzovoort.'

De arts richtte zich tot de verzorgers die bij de deur zaten te keuvelen en informeerde of de patiënt in kwestie dergelijke symptonen had vertoond. De oudste drukte zijn peuk uit in een bloempot die op de vensterbank stond en meldde: 'Bij mijn weten heeft-ie in ieder geval nog geen stront gegeten.'

Huttunen protesteerde hevig. Het was onbeschaamd van de dokter om hem van dergelijke viezigheid te beschuldigen. Hij stond opgewonden op van zijn stoel, maar toen ook de beide verzorgers omhoogkwamen slikte hij zijn bitterheid in en ging hij weer zitten. De jongste van de twee verplegers zei langs zijn neus weg: 'Als je hier stennis gaat lopen maken, kunnen we je maar beter terug naar de afdeling slepen, is het niet, dokter?'

De arts knikte naar de verplegers. Hij keek Huttunen streng aan. 'Probeert u te kalmeren. Ik heb alle begrip voor het feit dat uw zenuwgestel niet helemaal in orde is.'

Huttunen dacht: als ik het me kon veroorloven, zou ik alle drie die idioten bij elkaar pakken en erop los rammen.

De dokter ging verder met zijn referaat, nu meer voor zichzelf dan voor de verzorgers of de patiënt. 'Shockreacties die ontstaan in samenhang met indringende fysieke en psychische ervaringen, zoals na luchtaanvallen en zware granaatinslagen, als gevolg van het bedolven raken onder ingestorte gebouwen en van tweegevechten waarbij niet alleen geweldige inspanningen worden geleverd maar ook direct levensgevaar dreigt, uiten zich dikwijls in zowel lichamelijke als geestelijke symptomen. Lichamelijke symptomen zijn vaak verlies van gehoor of gezichtsvermogen, psychogene verlammingen en zwakte van het spierstelsel. Geestelijke symptomen zijn desoriëntatie, geremdheid en amnesie, die een toestand van volledige verwardheid tot gevolg kan hebben. Een shockpsychose duurt meestal niet lang, en nadien is er korte tijd sprake van vermoeidheid, slapeloosheid en de neiging waanvoorstellingen te zien. In veel gevallen echter maakt de shockpsychose de weg vrij voor een bepaald reactiepatroon, dat láter in moeilijke omstandigheden tot uiting komt.'

De arts hield op met lezen. Hij nam Huttunen nauwlettend op en zei half tegen zichzelf: 'Maakt een molen niet ongeveer hetzelfde rommelende geluid als een bommenwerper?'

'Zoveel kabaal maakt-ie nu ook weer niet,' siste Huttunen nijdig. 'Ik ben tijdens de oorlog nooit onder instortende gebouwen bedolven geraakt, als de dokter daar soms op doelt.'

De arts zei nadrukkelijk: 'Shockpsychoses zijn vaak gerelateerd aan hersenschuddingen die het gevolg zijn van luchtdrukverschillen. De genezing daarvan duurt vrij lang. Je kunt er zelfs blijvende symptomen aan overhouden. Iemand die zoiets heeft meegemaakt is meestal niet meer geschikt om aan het front te dienen, en evenmin voor functies die veel verantwoordelijkheid met zich meebrengen. Is het werk van een molenaar niet bijzonder veeleisend? Ik stel me zo voor dat je zowel de zorg draagt voor het graan als voor het functioneren van de hele installatie.'

Huttunen mompelde dat de taak van een molenaar niet zwaarder was dan om het even welk werk. De arts besteedde verder geen bijzondere aandacht meer aan Huttunen, maar las daarentegen nog een onderstreepte alinea in het artikel: 'Het komt relatief veel voor dat iemand die een shockreactie heeft ondergaan en daar volledig van is genezen, na het afzwaaien met economische problemen te maken krijgt, of met andere moeilijkheden, en als gevolg daarvan een neurose krijgt. In dergelijke gevallen moet men ervan uitgaan dat de aanval van neurose zijn basis vindt in de zwakke persoonlijkheid van de patiënt en in nieuwe omstandigheden die losstaan van de oorlogservaringen.'

De arts schoof het tijdschrift aan de kant. 'Ik heb een duidelijke diagnose van u. U bent psychisch ziek, manisch-depressief, en zenuwzwakte en neurasthenie maken deel uit van uw ziektebeeld. De oorzaak van dit alles is een oorlogspsychose.'

De dokter poetste tussendoor zijn bril op.

'Ik begrijp u wel, hoor. U hebt het vast heel moeilijk gehad. In deze papieren staat dat u de gewoonte had om wolvengehuil uit te stoten, met name in de winter en 's nachts. Verder doet u dieren na... Deze dingen moeten nog worden uitgezocht, met name de neiging om te huilen. Ik heb in mijn loopbaan nog niet veel patiënten meegemaakt die zo'n sterke drang hadden om wolvengehuil te laten horen. Meestal nemen de patiënten genoegen met gewoon janken en jammeren.'

De arts informeerde bij de verzorgers of de patiënt sinds zijn komst in het ziekenhuis al wolvengehuil had voortgebracht. 'Dat hebben we nog niet gehoord, in ieder geval. Maar we melden het meteen als het zover is.'

'Laat hem maar huilen. Op een geluid meer of minder komt het hier niet aan.'

Tegen Huttunen zei de geneesheer: 'Zoals u hoort, krijgt u speciale toestemming om te janken. Ik zou u desondanks willen vragen om de nachtelijke uren te ontzien. Te midden van de andere patiënten zou zoiets onrust kunnen veroorzaken.'

Verbitterd zei Huttunen: 'Mooi dat ik hier geen gehuil laat horen.'

'U kunt gerust vrijelijk uw stem gebruiken. Ik ben aanhanger van de theorie die ervan uitgaat dat uit de klanken die de patiënt voortbrengt veel kan worden afgeleid met betrekking tot zijn ziekte.'

'Ik doe het niet. Geen zin.'

De arts probeerde Huttunen op andere gedachten te brengen: 'Kunt u wellicht hier nu even wat wolvengehuil produceren, gewoon bij wijze van proef? Het zou interessant zijn om te horen hoe u huilt wanneer u daarvoor in de stemming bent.'

Rustig benadrukte Huttunen dat hij niet geestelijk gestoord was, hoogstens een beetje eigenaardig. Maar om je heen zag je vandaag de dag vaak nog vreemdere gevallen. De arts was opnieuw in de weer met zijn bril. Pissig voegde Huttunen hem toe: 'Volgens mij is dat ding nu wel schoon. Moet u hem nou echt de hele tijd zo zitten schuren?'

De arts zette de bril gehaast terug op zijn neus. 'Dit is slechts een onschuldige gewoonte – herhalingsdwang, snapt u dat dan niet?'

De dokter gebaarde de verzorgers dat ze de patiënt moesten meenemen. Huttunen werd bij beide armen gegrepen en de gang op gesleept. Ze gaven hem een por in zijn lendenen om hem sneller te laten lopen. In de patiëntenkamer dwongen ze Huttunen om languit op zijn bed te gaan liggen. De deur werd dichtgesmeten en de sleutel nijdig omgedraaid.

15

Die dagen werd het Huttunen duidelijk dat ze hem niet uit het ziekenhuis zouden vrijlaten, nu niet en wellicht nooit niet. Hij probeerde de arts nog een keer te spreken te krijgen, maar die wilde hem niet langer te woord staan en schreef de molenaar daarentegen medicijnen voor die de vadsige verpleger hem met geweld dwong door te slikken.

Huttunen dacht aan zijn rode molen bij de Suukoski, herinnerde zich tuinbouwconsulente Sanelma Käyrämö en de zonnige zomer waarvan hij niet meer te zien kreeg dan de tralies hem toestonden. Hij voelde zich verschrikkelijk terneergeslagen. Hij probeerde een praatje te maken met zijn medepatiënten, maar die zwakbegaafden begrepen geen woord van wat hij zei; alleen met Happola kon Huttunen af en toe stiekem fluisteren.

Er gingen een paar dagen voorbij. Huttunens onrust werd steeds groter. Hij lag de hele dag in zijn eentje in bed en dacht onophoudelijk na over de wrede wending die zijn lot had genomen. Met zijn blik mat hij de tralies in het raam op; die scheidden hem van de buitenwereld, koud en onherroepelijk. Je kreeg ze met geen mogelijkheid aan de kant gedrukt, en de deur was op slot. In de eetzaal probeerde Huttunen uit te vogelen of die misschien een mogelijkheid tot ontsnappen bood, maar er waren altijd een paar flinke verzorgers aanwezig die de boel in het oog hielden. Er was geen beginnen aan. Huttunen bedacht dat hij in het ergste geval nooit meer verticaal deze inrichting zou verlaten. Pas als hij dood was, zou hij worden overgeplaatst, naar het mortuarium, waar een brute patholoog zijn lichaam met een bijl in medisch-wetenschappelijk hanteerbare stukjes zou hakken.

Soms voelde Huttunen zich 's nachts zo in het nauw gedreven en slecht op zijn gemak dat hij moest opstaan en urenlang door de donkere kamer moest lopen, steeds hetzelfde rondje, zoals dieren in de dierentuin dat doen. Huttunen voelde zich een gevangene zonder vergrijp, een veroordeelde zonder veroordeling. Hij had niets dat zijn onderhandelingspositie kon versterken, en dus ook geen hoop op vrijlating. Hij bezat niets – geen rechten, geen plichten, geen alternatieven. Hij had alleen zijn eigen gedachten, zijn eigen behoefte aan vrijheid, die steeds sterker werd en die hij op geen enkele manier kon bevredigen. Huttunen had het gevoel dat hij gestoord begon te worden in deze kamer, waarin hij werd omsingeld door apathische zwakzinnigen.

Op een dag begon het scharminkel, de jongen met de onbewuste neiging om gezichten te trekken, tegen Huttunen over zijn leven te praten. Het arme joch sprak volkomen verward, en wat hij vertelde was nauwelijks te volgen.

Het was een afschuwelijk verhaal. Het joch was door een zwakbegaafde en ongetrouwde moeder op de wereld gezet. Hij had honger geleden en slaag gehad zolang hij zich kon herinneren. Nadat zijn moeder om de een of andere reden naar de gevangenis was afgevoerd, was de jongen op een veiling verkocht, zoals in die tijd in Finland nog gebeurde. Hij was bij een notoire dronkenlap terechtgekomen, die hem keihard had laten werken. Hij had zijn zuipende eigenaar en diens gore knechten moeten bedienen, en aangezien hij ook toen al een scharminkel was geweest, was hij als dank voor alles op werkelijk afgrijselijke wijze behandeld. Een school hadden ze hem nooit laten bezoeken, zelfs geen ziekenhuis, hoewel hij dysenterie en tyfus en minstens twee longontstekingen had gehad. Toen hij ten slotte als vijftienjarige een keer een stuk spek uit de schuur had gestolen, had zijn eigenaar hem voor het gerecht gesleept, waarna hij met dezelfde snelheid was afgevoerd naar het gevang. In de cel was hij bijna een jaar lang afgetuigd door een perverse seriemoordenaar. Toen hij uiteindelijk werd vrijgelaten, hield hij zich een hele zomer lang in hooischuren verborgen, waar hij zich hoofdzakelijk met bessen, miereneieren en kikkers had gevoed. In het najaar, toen het hooi werd binnengebracht, werd hij betrapt. Ze brachten hem niet nog een keer naar de gevangenis, maar voerden hem af naar de inrichting. Sindsdien ging het eigenlijk best goed met hem.

Het scharminkel huilde. Huttunen probeerde hem telkens te kalmeren, maar de jongeman kon zijn tranen niet bedwingen. Huttunen voelde zich nog bedroefder dan eerst. Hij vroeg zich af waarom het leven toch zo door-en-door verrot moest zijn.

Al gauw vergat het scharminkel het hele verhaal; hij liep terug naar zijn bed en ging daar zitten. Zijn gezichtsuitdrukking was afwisselend vrolijk, onzeker en geschrokken. Huttunen trok een deken over zijn hoofd en dacht: nu word ik gek.

De twee volgende nachten sliep Huttunen helemaal niet. Overdag at hij niet, en hij stond niet op uit bed. Toen Happola hem laat op de avond stiekem een sigaret aanbood, draaide Huttunen zich om naar de muur. Vlieg op met die peuken – hij kon toch al niet slapen en het eten deed hem kotsen.

's Nachts liep Huttunen weer door de kamer. De andere patiënten sliepen, snurkten. De sombere oude kerels bij de achtermuur lieten van tijd tot tijd hun winden. Het scharminkel jammerde zachtjes en huilde zieligjes in zijn slaap. Huttunen voelde zware druk in zijn hoofd, de aderen in zijn slapen deden zeer. Zijn keel was kurkdroog. Geestelijk zat hij volledig aan de grond.

Zachtjes begon Huttunen te huilen als een wolf. Het geluid kwam klagend omhoog uit zijn keel, gedempt, toen iets sterker, en ineens liet Huttunen met alle kracht die in hem was zo'n enorm gehuil horen dat alle bewoners van de kamer overeind schoten in hun bed en dekking zochten tegen de achtermuur.

Huttunen gaf zich helemaal, liet alle pijn, vrijheidsdrang, eenzaamheid en neerslachtigheid die in hem zat gaan. Het leek alsof de stenen kamermuren scheurden onder het snijdende gehuil, alsof de ijzeren bedden weergalmden door de machtige stem. De lamp aan het plafond zwaaide heen en weer, en ging toen aan. Drie verzorgers sjeesden de kamer binnen en sjorden Huttunen terug in zijn bed, dat rammelde terwijl de mannen op de rug van de molenaar gingen zitten en net zo lang op hem in hakten tot hij stil was.

Toen de verzorgers weer weg waren en de lamp weer was gedoofd, kwam Happola naar het bed van Huttunen en fluisterde hij: ‘Goddomme, dat was schrikken!’

Uitgeput sprak Huttunen: ‘Ik hou het hier niet langer vol. Leen me die sleutels van je, ik smeer ’m.’

Happola had begrip voor Huttunen. Hij merkte echter op dat vluchten geen zin had: het ziekenhuis zou hem binnen de kortste keren weer oppakken. Maar Huttunen bleef bij zijn besluit. ‘Als ik hier niet snel wegkom, verlies ik m’n verstand.’

Happola kon daarmee instemmen. Hij wist heel goed hoe onaangenaam het was om achter gesloten deuren in een ziekenhuis te liggen terwijl je graag naar buiten wilde.

Die avond werden er afspraken gemaakt. Happola’s zakeninstinct stond niet toe dat er werd gevlucht zonder dat er iets tegenover stond; hij gaf aan dat zes zakken gerstemeel een passende betaling vormden. Huttunen vond dat een heel redelijke prijs.

‘Breng die zakken naar me toe op het station in Oulu zodra je je zaakjes aan het rollen hebt gekregen,’ lichtte Happola toe. ‘Het heeft geen haast, maar betalen moet je wel. Dat moest ik destijds uiteindelijk ook voor die sleutels. En anderen heb ik ook niet gratis naar buiten geholpen.’

Happola vertelde dat hij drie jaar geleden een zwakbegaafde vrouw had geholpen te ontsnappen, die sinds ze haar vrijheid had herwonnen de meest gewilde hoer van de Botnische Golf en omstreken was geworden.

‘Dat was een heel aantrekkelijke tante. Wel een beetje onrustig. Ze woont tegenwoordig in Oulu, maar ze werkt in Raahe en Kokkola, en soms zelfs in Pori. Ze heeft me rijkelijk betaald voor die sleutels. Vergeet jij dat meel dus ook niet.’

Een paar dagen later zou Happola voor zaken naar de stad

moeten. Diezelfde nacht zou voor Huttunen geschikt zijn om uit het ziekenhuis te ontsnappen.

Toen in de inrichting iedereen op één oor lag, opende Happola de deur van de kamer met de sleutel. Stilletjes slopen de mannen door de lange gangen naar de keuken van het grote gebouw en de erachter gelegen wasserij. In het magazijn van de wasserette vonden ze Huttunens burgerkleding terug, die net als de kleding van de andere patiënten in een kartonnen doos was gepakt. Huttunens doos stond in de voorste rij bovenop; hij was immers als een van de laatsten in de inrichting beland. Hij trok zijn eigen kleren aan, snoerde de riem aan en inspecteerde zijn portemonnee. Er was wel wat geld uit gehaald, maar vreemd genoeg niet alles. Huttunen vouwde de kaftan, steek en sloffen op, deed ze in de lege doos en zette die weer op zijn plaats.

'Moet jij geen andere kleren aantrekken?' vroeg Huttunen aan zijn vriend, die in zijn pyjama door de gang van het ziekenhuis slofte.

'In de zomer gaat het ook zo wel. Het is iets anders als ik overdag naar de stad moet. Ik heb een net pak in een kast in de wasserij hangen, maar 's nachts is het niet nodig om dat aan te trekken. Daar raakt de broek alleen maar van uit de vouw.'

De mannen stapten via een zijdeur naar buiten, het knarsende grindpad op. Ze liepen een met een dennenbos bedekte heuvel op. Op de top stond een oude watertoren van rode baksteen. Huttunen draaide zich om om nog een blik achter zich te werpen. In het dal lag in alle rust het machtige en sombere gebouw waarin de psychiatrische inrichting was gevestigd. In geen enkel venster brandde licht; de vluchters werden niet achtervolgd. Het was ongelofelijk eenvoudig geweest om uit dat spookhuis te ontsnappen.

Door een venster in de muur waarachter de vrouwenafdeling zich bevond, weerklonk eentonig gejammer. Een onrustige patiënt ging tekeer.

Er ging een rilling door Huttunen heen toen hij het troosteloze gekerm van de vrouw hoorde. Hij had zelf ook behoefte om wolvengehuil te laten horen, alsof hij de arme vrouw wilde antwoorden wier onbekende pijnen haar ertoe brachten om zo kommervol te klagen. Net op het moment dat Huttunen van plan was om eens luid en duidelijk uit te halen, zei Happola met zachte stem: 'Liisa Kaistikainen. Die maakt al bijna drie jaar ononderbroken lawaai. Komend najaar is het precies drie jaar, ik weet nog goed dat ze gebracht werd. Ze was in dekens vastgebonden. De eerste tijd hebben ze het met een mondprop geprobeerd, maar de afdelingsarts heeft die toen verboden omdat haar tanden eraan gingen.'

Vanaf de voet van de watertoren liep er een pad naar de stad. Zwijgzaam gingen de mannen in de schemerige zomernacht op weg naar Oulu, de Witte Stad van het Noorden.

16

In Heinäpää stond het houten huis van Happola. Het had één verdieping. De verf was in de oorlogsjaren afgebladderd, maar voor het overige was het goed bewoonbaar. De hond op het erf herkende Happola, en kwispelde ook Huttunen hartelijk toe. Happola pakte zijn sleutelbos en zocht de sleutel van de woning. Op de trap zei hij trots: 'En, wat vind je ervan? Niet iedereen die zo gek is als een deur bezit deuren als deze! Dit huis is afbetaald en er staat nog geld op de bank ook. Ik zou contant een auto kunnen kopen zonder met m'n ogen te knipperen, als ik maar een vergunning kreeg. Ik heb ook wel geprobeerd toestemming te krijgen om een auto in te voeren, maar de staat beriep zich op mijn krankzinnigheid.'

In het trappenhuis waren heel wat deuren. Op elke stond een andere naam.

'Huurders... en boven wonen er nog meer.'

Happola opende een van deuren. Er stonden twee bedden in de kamer, een tafel, en een paar stoelen. In een van de bedden lag een vrouw van middelbare leeftijd. Slaperig zei ze: 'Ah, huisbaas... is het alweer zover?'

'Je hoeft je niet uit te kleden. Ik heb alleen maar een vriend meegebracht die hier een tijdje blijft. Maak morgenochtend iets te eten voor hem, maar laat hem verder met rust.'

De vrouw ging liggen en viel al snel weer in slaap. Happola begonnen plannen te maken voor Huttunens toekomst.

'Als ik jou was, zou ik die molen verkopen en naar Amerika verhuizen. Als Jenkiedoedel niet lukt, dan smeer je 'm naar Spanje. Een majoor die ik ken is daar vlak na de oorlog heengegaan en ze zeggen dat het hem goed gaat. Voorziet in z'n levensonderhoud met het verbouwen van kruidnagel... Hoort er veel land bij die molen van je?'

‘Niet meer dan een paar hectare, maar de molen is in goede staat en er zit een bijna nieuwe schaafbank bij. Ik heb de molen zelfs nog geschilderd voordat ze me te pakken kregen. Hij heeft dubbele stenen, voor meel en voor gort. Hij is startklaar. De kanjel is bovenaan helemaal vernieuwd en onderaan gerepareerd. Je kunt nog jaren malen zonder iets te hoeven vervangen,’ vertelde Huttunen trots over zijn bezit.

Happola pleegde wat telefoontjes her en der in de provincie. Hij bood Huttunens molen te koop aan, maar vond geen afnemer.

‘Vrij lastig, zaken doen zo ’s nachts. De onroerendgoedbranche lijkt op één oor te liggen. Ik moet overmorgen overdag nog maar eens wat rondbellen. In Kajaani ken ik een bedrijfsleider die wel eens geïnteresseerd zou kunnen zijn. Maar nu moet ik gaan. Ik moet onder de dekens liggen morgenochtend, als ze erachter komen dat jij bent verdwenen.’

Happola bood Huttunen een sigaret aan bij wijze van afscheid en glipte toen geruisloos het huis uit.

Huttunen keek de kamer rond: smerig behang, een lappenkleedje op de grond, in de hoek een kachel. Die had gerookt, dat kon je zien aan het roetige luik erboven. Op het nachtkastje lagen papillotten, en er stond een glas water met een kunstgebit erin.

Huttunen kleedde zich uit en legde zich te slapen in het andere bed. Toen stond hij opnieuw op en deed hij het licht uit. Hij moest plassen, maar durfde de vrouw niet wakker te maken om te vragen waar de wc was. Enigszins benauwd sliep hij tot aan de ochtend.

Huttunen werd wakker door het geruis van water. Zijn nood werd onmiddellijk vele malen hoger. Er brandde licht in de kamer, maar de vrouw was weg. Huttunen kleedde zich aan en bleef onrustig wachten tot de vrouw zou terugkeren van het toilet. Toen ze de kamer binnenkwam, glipte Huttunen zo snel de wc in dat hij geen tijd had om goedemorgen te zeggen.

De vrouw zette koffie en bood boterhammen en zoete

broodjes aan. Huttunen vertelde dat hij gevlucht was uit het gekkenhuis.

'Happola heeft mij ook die inrichting uit geholpen. Hij heeft me sindsdien niet met rust gelaten: twee keer in de week komtie langs voor een wip.'

De vrouw had haar haren gekamd, haar lippen geverfd en ringen in haar oren gedaan. Ze droeg een nauwsluitende rode rok en een witte blouse met volants. Ze was een volslanke, zachte verschijning. De vrouw vertelde dat ze genoodzaakt was de hoer uit te hangen om in haar levensonderhoud te kunnen voorzien. Happola had een hoge prijs gevraagd voor de sleutels en de woning. Maar anders was ze allang terug geweest in die inrichting.

'Beter een hoer in vrijheid dan gek in een gesticht. Daar kan ik altijd nog naar terug als ze me nergens anders meer willen. Zo gek ben ik ook nog wel.'

Huttunen bedankte haar voor de koffie en maakte aanstalten om te vertrekken. De vrouw was verbaasd: 'Ga je weg zonder seks, ook al weet je wat voor vlees je in de kuip hebt?'

Haastig maakte Huttunen een buiging bij de deur en toen schoot hij naar buiten. Eenmaal in de tuin werd hij overweldigd door de gedachte aan tuinbouwconsulente Sanelma Käyrämö: het koele hutje en het geurige gras veilig op het Elzeneiland, de heldere stem van de vrouw, de lichte aanraking van haar handen en het gekietel van haar haren in zijn neus. Huttunen liep naar het station. Onderweg kocht hij een neutrale ansichtkaart en een postzegel.

Huttunen stapte in de trein die in noordelijke richting reed. Oulu lag achter hem, de stad die een zo onaangename rol had gespeeld in zijn leven. Bij de brug van Tuira haalde Huttunen de kaart te voorschijn. Hij adresseerde het aan de psychiatrische inrichting. De tekst luidde: Aan de dokter. Ben dat gekkengesticht ontvlucht. Als u dat al niet gemerkt heeft. Verdwijn naar Zweden en dan naar Noorwegen om de speurhonden te ontlopen. En bovendien ben ik niet gek. U stond zeker wel effe te kijken, met die pasgepoetste bril. Huttunen.

In Kemi postte Huttunen de kaart op het station. Hij grijnsde al bij de gedachte dat ze hem nu in Zweden en Noorwegen zouden zoeken. Voordat de trein vertrok, kocht hij in de stationsrestauratie tien hardgekookte eieren.

Huttunen stapte uit op het station van Asemakylä. Hij liep niet verder over de weg die naar het kerkdorp leidde, maar koerste door de bossen rechtstreeks op de Suukoski af.

De molenaar werd overspoeld door grote vreugde toen hij thuiskwam: in de zomerse zonneschijn stond de mooie rode molen op zijn oude vertrouwde stekje. Huttunen inspecteerde het verdeelwerk, de kanjel, de schaafbank en de turbine. Alles was in goede staat. De wereld om hem heen heette de molenaar hartelijk welkom; de beek vloeide vriendelijk ruisend onder de molen door, als een dierbare kameraad.

De deur van de molen was dichtgespijkerd. De molenaar trok hem met geweld open, zo hard dat de spijkers en de stukken hout over het erf vlogen.

Het molenhuis was volledig overhoopgehaald. Alles was doorzocht. Ook het bed was afgehaald, de servieskast was opengetrokken, en er ontbraken diverse pannen. Alle etenswaren waren verdwenen uit de kast. Zelfs de zak met aardappels die Huttunen daar had bewaard, lag er niet meer.

Zijn buks hing niet meer aan de muur. Had de korpschef die geconfisqueerd, of was hij gestolen?

Er lag zelfs geen knäckebröd meer in de voorraadkast. Uitgehongerd at Huttunen de laatste eieren op die hij in Kemi had gekocht en hij dronk er water uit de ton bij.

Huttunen inventariseerde zijn inboedel en stelde verbolgen vast dat er het een en ander was verdwenen: zijn koffer, zijn zondagse pak, de buks, een paar stukken gereedschap, de grote ketel, het laken en de kussensloop met het bloemetjesmotief, en alles wat ook maar enigszins eetbaar was... Furieus liet Huttunen zich op zijn bed neervallen, zich afvragend welke vandaal voor dit alles verantwoordelijk was. Toen sprong hij ineens op; hij liep naar de hoek van de kamer, hurkte neer bij de plint en maakte de vloerplank los die daartegenaan lag. Hij stak zijn hand diep in de vulling op de tussenvloer. De hand zocht en zocht met maaiende bewegingen en groef diep in het zaagsel. De blik op het gezicht van de molenaar werd steeds gespannener, zelfs wanhopig op een gegeven moment, maar ineens lichtte zijn gelaat vol vreugde op. Kirrend van genoegen sloop de molenaar terug naar het midden van de kamer met in zijn vuist een stoffig spaarbankboekje.

Huttunen liet een imposant wolvengehuil aan zijn keel ontsnappen, met de kracht waarmee hij dat voorheen had geproduceerd, in die goeie ouwe tijd. Hij schrok van zijn eigen geluid en kroop naar het raam om te kijken of iemand zijn uitbarsting had gehoord. Het erf was verlaten, en de molenaar kalmeerde. Hij veegde het zaagsel van het spaarbankboekje af. Er stond nog geld op de rekening. Voor de rest zag het er in veel opzichten beroerd voor hem uit.

Huttunen ging bij het raam zitten om naar zijn groentetuin te kijken, die het goed had gedaan tijdens zijn verblijf in Oulu. Het was te zien dat iemand er in de tussentijd voor had gezorgd: er stond geen sprietje onkruid tussen de jonge plantjes van de knolgewassen, de rijen waren keurig aangeharkt en uitgedund. Huttunen vermoedde dat tuinbouwconsulente Sanelma Käyrämö het tuintje tijdens zijn afwezigheid had onderhouden.

Duizelig van geluk rende Huttunen naar buiten om zijn moestuin grondig te besproeien. In de paadjes tussen de rijen groente door waren de afdrukken van kleine vrouwenvoeten zichtbaar.

Goddelijk, die groente, dacht Huttunen.

17

Twee dagen achtereen keek molenaar Huttunen vanuit het raam van het molenhuis naar zijn moestuintje. Hij hoopte van harte dat tuinbouwconsulente Sanelma Käyrämö de heuvel bij de molen af zou komen fietsen en aan de slag zou gaan met de knolgewassen.

Al het wachten was voor niets. De tuinbouwconsulente kwam niet. Somber dacht Huttunen dat de voorlichtster onverantwoord handelde door de groentetuin zo lang onberoerd te laten.

Het was alweer een tijd geleden dat Huttunen voor het laatst goed had gegeten. Hij dacht aan de dikke pap in de psychiatrische inrichting in Oulu die hij met lange tanden naar binnen had gelepeld. Op dit moment liep hem zelfs bij de gedachte daaraan het water in de mond. En dan de eieren die hij in de stationsrestauratie in Kemi had gekocht! Daar zou hij nu achter elkaar een mand vol van op kunnen! Nu moest hij genoegen nemen met water. Als bijgerecht veegde hij nog een handje overjarig meel tussen de planken in de vloer vandaan. Maar dat stilde zijn honger niet, en bovendien zat er zoveel troep tussen dat hij ervan gruwde.

Op de avond van de tweede dag werd de molenaar door de honger zijn huis uit gedreven. Hij kroop naar beneden, opende het luik in de vloer dat toegang bood tot de turbinekamer en glipte daarlangs naar buiten. Hij baande zich door het bos een weg naar de winkel van Tervola. Hij had zo'n honger dat hij niet eens meer goed voor zich uit kon kijken: de wilgentakken op de oever van de rivier sloegen hem in het gezicht, de tranen sprongen in zijn ogen, hij kreeg een brok in zijn keel. Het was geen brok eten, maar een brok ellende.

Huttunen hield lange tijd de winkel en het erf van Tervola in de gaten, om zich ervan te vergewissen dat er geen dorpelingen in de buurt waren. Toen hij er zeker van was dat alleen de winkelier en zijn gezin aanwezig waren, klopte hij op de achterdeur. Tervola deed open. Toen hij zag wie de ongenode gast was, probeerde hij de deur dicht te doen, maar Huttunen wist een van zijn stelten ertussen te wurmen.

'Je mag er eigenlijk niet in, Kunnari. De zaak is gesloten.'

Huttunen vroeg of hij in de winkel even onder vier ogen met de winkelier kon praten. Met tegenzin ging Tervola zijn gast voor de winkel in; hij liet de deur naar het woonhuis open, zodat zijn vrouw het gesprek kon volgen. Huttunen ging op een paar aardappelzakken zitten, nam een fles pilsner uit een krat en begon langzaam te drinken. Toen somde hij zijn boodschappenlijst op: 'Een kilo worst, een halve kilo spek, boter, ook een pond, twee pakjes sigaretten van het merk Työkansa, koffie, suiker, twee kilo piepers, tabak.'

'Ik verkoop niet aan gekken.'

Huttunen haalde geld uit zijn portemonnee. 'Ik betaal je desnoods twee keer de prijs, maar verkoop het me nou want ik sterf van de honger.'

'Ik zei toch dat de zaak gesloten is? Ik verkoop je helemaal niets. Was maar gewoon daarginds in Oulu gebleven. Je bent voortvluchtig, en dat is een misdrijf.'

Tervola dacht even na voordat hij verder ging: 'We hadden het hier zo lekker rustig toen jij weg was. Het hele dorp genoot ervan. Het is beter als je weer vertrekt. Ik verkoop je niets.'

Huttunen zette het lege flesje terug in het krat en wierp een paar munten op de toonbank. Toen zei hij rustig: 'Ik ga hier niet weg zonder voedselvoorraad. Ik heb goddomme donderdag voor het laatst gegeten, in Oulu – of was het woensdag?'

Hoofdschuddend trok Tervola zich terug achter de toonbank. Maar toen Huttunen aanstalten leek te maken om achter hem aan te komen, bracht de winkelier snel de gewenste boodschappen bijeen. Hij nam suiker en koffie van de plank, pakte zoute worst, spek en boter, en haalde meel en aardappelen uit de bakken. Hij zette alles voor Huttunens neus neer op de toonbank: hij kwakte de zakken en pakjes zo hard op de glasplaat dat die ervan rinkelde. Hij gooide er nog een paar pakjes sigaretten en een pakje met tien doosjes lucifers bij. 'Hier, neem mee. Steel het maar!'

Huttunen bood geld aan, maar Tervola wilde het niet hebben.

'Steel het maar, neem het maar gewoon mee! Ik moet jouw geld niet, maar stelen mag je. Wat kan een oude man als ik tegen een gek beginnen.'

Huttunen was al begonnen de boodschappen bijeen te pakken. Hij zette de spullen terug op de toonbank. Nijdig zei hij tegen Tervola: 'Ik heb nog nooit van m'n leven gestolen, en dat doe ik ook nu niet. Ik wil betalen.'

Maar de winkelier weigerde het geld. Hij schoof de bankbiljetten terug naar de molenaar, ook al probeerde die ze de hele tijd opnieuw aan hem te slijten.

Tervola mat nog een paar kilo gort en een kilo rozijnen af, deed die in zakken, smeet ze op de toonbank en snauwde: 'Steel die ook maar!'

Huttunen kon er niet langer tegen om zo behandeld te worden. Hij spurtte de winkel uit via de buitendeur, die was afgegrendeld. De schroeven van het slot vielen rinkelend op de grond toen de molenaar naar buiten denderde.

Winkelier Tervola kwam op de veranda staan om te zien welke richting de molenaar was opgerend. In de tuin zag hij niemand, maar vanuit het bos klonk geritsel. Hij stelde vast dat het Huttunen was die daar liep. Hij liep zijn zaak weer in en zette snel alle boodschappen terug in de rekken. Vervolgens liep hij naar het woonhuis om de politie te bellen.

Winkelier Tervola vertelde agent Portimo dat Huttunen was ontsnapt uit het gesticht. De voortvluchtige was langs geweest in de zaak en had met geweld geprobeerd om eten te kopen, maar Tervola had hem niets verkocht. 'Kunnari had wel geld. Maar ik heb voet bij stuk gehouden en het niet aangenomen. Hij is net het bos ingeglipt, dus je moet maar achter hem aan gaan en hem in de kraag grijpen. Anders zitten we straks weer met dat wolvengehuil.'

Na het telefoontje zette agent Portimo zuchtend zijn politiepet op en vertrok hij op zijn fiets in de richting van de molen bij de Suukoski.

Huttunen zat uitgehongerd in het molenhuis, met zijn hoofd steunend in zijn handen. Het was al laat op de avond. Nog even en de nacht zou invallen, de eenzame en hongerige nacht. De molenaar dronk wat water uit de soeplepel en ging vermoeid weer bij het venster zitten. Als tuinbouwconsulente Sanelma Käyrämö nu toch eens de heuvel af kwam fietsen, dan zou alles zich weer ten goede keren.

Maar er kwam een oudere man naar beneden peddelen. Huttunen herkende hem: het was agent Portimo.

18

Agent Portimo stalde zijn fiets tegen de muur en kloste de molen binnen. Hij stelde vast dat de buitendeur uit de hengels was gerukt. Dat kon er heel goed op duiden dat de molenaar weer thuis was. Op de trap riep Portimo op beminnelijke toon: 'Het is de politie maar, Huttunen. Geen paniek!'

Huttunen vroeg Portimo om te gaan zitten. De agent bood de molenaar een sigaret aan. Het was voor Huttunen de eerste sinds lange tijd. Diep inhalerend zei hij: 'Daarginds in Oulu namen ze je zelfs je sigaretten af.'

Portimo vroeg of ze hem in Oulu hadden vrijgelaten. Zachtjes bekende Huttunen: 'Ik ben ontsnapt.'

'Dat vermoedde Tervola al toen hij belde. Als je nou eens met mij meeging?'

'Al schiet je me ter plekke neer: ik ga niet weg.'

De agent kalmeerde Huttunen en zei dat niemand het hier over schieten had. De winkelier had alleen maar gebeld. Huttunen vroeg of aan de korpschef was gemeld dat hij gevlucht was. Portimo antwoordde dat ze nog niets uit Oulu hadden vernomen en dat de korpschef nog niet wist dat Huttunen was teruggekeerd in het dorpje.

'Waarom ben je dan hiernaartoe gekomen om me te arresteren, als je toch geen officieel aanhoudingsbevel hebt?'

Portimo gaf toe dat hij dat inderdaad niet had. Maar ja, de winkelier had gebeld. 'Ik heb nog drie maanden achterstallige betalingen openstaan bij Tervola. Daarom ben ik min of meer gedwongen om te doen wat hij zegt. Wie leeft van een politieloontje kan het zich niet veroorloven om winkeliers tegen zich in het harnas te jagen. Ik heb een zoon in Jyväskylä die pedagogie studeert, hij wordt leraar. Het is niet goedkoop hoor, om zo'n gozer een opleiding te geven. Kun je je Antero niet meer herinneren? Die zat hier altijd de hele zomer naar jou te luisteren. Zo'n slungel met van die lange armen en benen.'

'O ja, die... Maar nu even wat anders: ik heb hartstikke honger. In de winkel verkochten ze me geen eten, hoewel ik er wel voor wilde betalen. Ik ben geen dief. Zo meteen is het drie dagen geleden dat ik voor het laatst behoorlijk heb gegeten, en ook dat was van die godvergeten pap. Neem maar van mij aan dat ik barst van de honger.'

Portimo beloofde dat hij wat het eten betreft met zijn vrouw zou overleggen. Maar het moest geen gewoonte worden. En het eten zou ook niet naar de molen gebracht worden, maar ergens anders heen, naar het bos desnoods.

'Als politieagent moet je voorzichtig zijn als je mensen helpt die gezocht worden. Aan een misdadiger geef ik geen eten, maar jij bent een beetje een bijzonder geval. En jou ken ik.'

Portimo bood hem nog een sigaret aan.

'Kunnari, zou je er niet gewoon verstandig aan doen om deze molen te verkopen en naar Amerika te gaan? Naar wat ik ervan gehoord heb, is gek zijn daar geen schande, daar lopen ze gewoon vrij rond. Ze zouden je met rust laten, zolang je maar hard werkt.'

'Ik versta en spreek geen Engels. En naar Zweden kan ik ook niet, want ik spreek de taal niet. En op mijn leeftijd leer je die ook niet zo een-twee-drie.'

'Dat is wel zo... Maar je kunt niet in de molen blijven wonen. Met een beetje pech zit er morgen een arrestatiebevel bij de post. In dat geval ben ik genoodzaakt je op te pakken en terug te brengen naar Oulu. Ook de politie moet zich aan de wet houden, weet je.'

'Maar waar kan ik heen?'

Portimo begon een plan te smeden: als de molenaar nou eens het woud in verdween? Het was nu toch zomer, en mooi weer bovendien. Hij zou eerst een tijdje in de bossen in Lapland kunnen wonen, ondertussen kunnen proberen om via-via zijn molen te verkopen, en dan stilletjes naar het buitenland kunnen verhuizen.

'Neem je gewoon een lesboek mee de bossen in en ga je daar zitten lezen. Als je de taal hebt geleerd en de molen verkocht dan – hups, ga je door het woud de Torniojoki over naar Zweden en daarvandaan de wijde wereld in.'

Huttunen overwoog het voorstel. Het was waar dat hij niet lang meer in het molenhuis kon blijven. Maar het bos in vluchten leek hem ook niet alles. Hoe moest hij daar zien te overleven?

'In de oorlog had je toch van die deserteurs die zich in de bossen schuilhielden, soms jarenlang?' Portimo raakte op dreef. 'Als de eerste de beste wegloper dat kan overleven, dan kun jij het helemaal. En als ze je te pakken krijgen, word je echt niet geëxecuteerd door de krijgsraad. Ze karren je gewoon terug naar Oulu.'

Terwijl de mannen zaten te praten, was de nacht ingevallen. Portimo zat bij het raam en hield het erf in het oog, zodat ze niet overrompeld konden worden door een of andere buitenstaander. Maar het was stil buiten.

Huttunen vroeg wie zijn voedselvoorraad had weggehaald en zijn gereedschap had gepikt. Portimo zei dat hij samen met de korpschef voor alle zekerheid de bijl en de buks had meegenomen. Het eten was door de echtgenote van de dominee opgehaald en uitgedeeld aan armlastige vrouwen.

'Moest ze nou echt ook die zak met piepers meenemen? Die zouden heus niet bedorven zijn onder in de kast.'

'Daar weet ik niets van. Misschien dachten ze wel dat je een jaar of wat in Oulu zou blijven.'

'Goddomme, moest ik me daar een beetje meel van de vloer zitten likken! Het leven van een gek is soms behoorlijk beroerd. En ik ben niet eens echt gek. Daar in Oulu zaten er een paar tussen, die waren echt knetter.'

Portimo schrok op en wees naar het raam. 'Kunnari, kijk eens... Wie graaft daar in de groentetuin?!'

Huttunen schoot zo snel naar het raam dat zijn stoel omver

viel. In de schemer was iemand aan het werk in de moestuin – een vrouw. Huttunen zag meteen dat het tuinbouwconsulente Sanelma Käyrämö was, die gehurkt zat bij het bietenbed en onkruid wiedde. Huttunen spurtte zo hard naar buiten dat zijn voeten slechts om de vijf treden de trap raakten.

Portimo zag door het venster hoe de molenaar over de meiknollen heen op de tuinbouwconsulente af beende, haar in zijn armen sloot en haar een klinkende zoen op haar mond gaf. In eerste instantie schrok ze zich wezenloos, maar toen ze de bezoeker herkende liet ze zich in zijn armen vallen en zich door hem omhelzen en tegen zich aandrukken.

Toen er even later enthousiast gepraat klonk uit de moestuin, opende Portimo het raam en siste hij het stel toe: 'Stil! Straks hoort iemand jullie en bellen ze de politie nog! Naar binnen, en snel een beetje!'

De tuinbouwconsulente en de molenaar liepen naar boven, naar het woonhuis; hun gezichten gloeiden van geluk. Ze waren lange tijd stil, totdat de agent zijn keel schraapte en zei: 'Onze Kunnari zit een beetje in een lastig parket, of wat vindt de consulente?'

Die knikte. Ze was wat verlegen, zo in het bijzijn van de agent. Portimo ging verder: 'We hebben het gehad over wat Kunnari zou moeten doen. Hij zou 'm bijvoorbeeld de bossen in kunnen smeren. In ieder geval tot aan de herfst. Kijken hoe de situatie zich ontwikkelt.'

De tuinbouwconsulente knikte nogmaals en wierp een blik op Huttunen, die hiermee leek in te stemmen. Op zo ambtelijk mogelijke toon zei Portimo: 'Zullen we afspreken, consulente, dat we in het openbaar net doen alsof we van het hele bestaan van deze man niets af weten? Voor een ambtenaar der wet ligt het nogal gevoelig om iemand in deze situatie bij te staan... Ik bedoel dus dat we 'm stiekem helpen.'

Aldus werd overeengekomen, en er werd ook afgesproken dat de tuinbouwconsulente Huttunen nog diezelfde avond eten zou brengen, dat ze bij de vrouw van Portimo zou ophalen.

Alle drie verlieten ze de molen. Huttunen nam een deken

en een regenjas mee en trok rubberlaarzen aan. Ook hing hij een dolk aan zijn riem.

Op de weg nam Portimo afscheid van Huttunen; hij greep zowaar diens hand vast. 'Probeer op de een of andere manier vol te houden, Kunnari. De omstandigheden zijn verward, niet de mensen. Geloof me als ik zeg dat ík niet op je zal jagen.'

Nadat Portimo was vertrokken, liepen de molenaar en de tuinbouwconsulente naar het Elzeneiland. De tuinbouwconsulente ging bij Portimo langs om een pan met aardappelen en vleessaus op te halen. Hoewel het eten onderweg enigszins was afgekoeld, smaakte het de hongerige molenaar uitstekend. De man at zwijgend, bijna devoot. Zijn forse adamsappel bewoog op en neer in zijn keel. De tuinbouwconsulente vond dat zo ontroerend dat ze haar ene hand op de schouders van de etende molenaar legde en met de andere zijn haren streelde. Waren er wat grijze plukjes in gekomen sinds de vorige keer dat ze elkaar hadden gezien? In de schemer van het hutje kon ze het niet met zekerheid zeggen.

De tuinbouwconsulente spoelde de pan om in het stroompje. Huttunen bracht haar naar de oever van het eiland, maar volgde haar niet de beek over. De tranen sprongen hem in de ogen toen de vrouw in het duister van de nacht in het elzenbos verdween.

Huttunen keerde bedroefd terug naar het hutje, ging op het bed van gedroogd gras liggen en dacht: nu ben ik alleen. De nacht was volkomen geruisloos; er was zelfs geen enkele vogel te horen.

DEEL II

De jacht op de kluizenaar

19

Het leven van molenaar Gunnar Huttunen had een sombere wending genomen: hij was molenloos, dakloos. Hij had de samenleving de rug toegekeerd, en de samenleving hem. Wie weet hoe lang het nog zou duren voordat hij zich weer onder de mensen zou kunnen vertonen?

Huttunen zat op de oever van het beekje en luisterde naar het ruisen van de stroomversnelling die van verre bronwater langs de eenzame man voerde. Huttunen dacht dat als hij een pijnlijk abces in zijn borst had gehad, de anderen hem met rust zouden hebben gelaten, medelijden met hem zouden hebben gehad, hem geholpen zouden hebben, hem de mogelijkheid zouden hebben gegund om ziek te zijn in hun midden. Maar omdat het zijn geest was die afweek van die van andere mensen, werd hij niet getolereerd maar weggejaagd en uit hun gezelschap geweerd. En toch zat hij liever zo eenzaam en alleen dan in de kamer met het getraliede venster, te midden van depressieve en apathische zielepoten.

Een forel of een vlagzalm sprong op uit het donkere beekje. Huttunen schrok op. De kring in het water gleed langs hem en brak uiteen, smolt samen met de stroom. Huttunen bedacht dat hij van nu af aan nooit meer brood met spek zou eten zoals hij dat bij zijn molen had gedaan. Hij moest zich instellen op een leven waarin alleen vis en wild op het menu stonden.

Huttunen beroerde het koude water met zijn hand en stelde zich voor dat hij een forel was, zo een van minstens een kilo. In gedachten begon de molenaar tegen de stroom op te zwemmen; hij kronkelde en glibberde tussen de stenen in het ondiepe water, rustte af en toe uit in de tegenstroom van een met mos bedekte steen, zwaaide met zijn staart, klapte zijn kieuwen open en dicht, duwde zijn bek tegen het wateroppervlak, maar zwom dan weer snel verder, maakte vaart met zijn staart. Het water suisde langs zijn kieuwen terwijl hij steeds verder stroomopwaarts zwom in de nachtelijke beek. Maar toen kreeg hij zin in een sigaret; hij liet zijn bestaan als vis voor wat het was en begon na te denken over zijn leven.

Voor één ding was hij bang: stel dat hij door het leven in de wildernis nu echt zijn verstand zou verliezen? Als hij lang genoeg in één en dezelfde richting keek, leek het wel of er een blikken hoepel om zijn schedel werd aangespannen. Hij moest zijn hoofd krachtig schudden voordat het knellende gevoel wegging.

Huttunen stond op, brak een paar elzentakken af zonder precies te weten waarom, gooide die in de donkere beek en zei tegen zichzelf: 'In deze omstandigheden kun je wel gek worden.'

Somber stapte Huttunen het hutje binnen. In zijn hoofd bruiste het door de veelheid aan gedachten, de ene nog vreemder dan de andere, en hij viel maar moeizaam in slaap. Pas toen de eerste vogels 's ochtends begonnen te zingen sliep Huttunen even in, en hij werd omsingeld door beklemmende dromen, zo erg dat hij badend in het koude zweet wakker werd.

Huttunen waste zich in het water van de beek, dat nog heel fris was zo 's ochtends vroeg. De zon was al op. Hij had opnieuw honger. Toch was zijn humeur al wat beter: hij barstte van de dadendrang en had zin om iets te doen. In zijn hoofd werden plannen gesmeed voor een leven als kluizenaar.

De tuinbouwconsulente zou hem weliswaar in het begin voedsel kunnen brengen, maar lang zou een vrouw die weinig verdiende zo'n grote man niet kunnen onderhouden; dat snapte Huttunen ook wel. Hij begon een lijst op te stellen van benodigdheden die zijn eenzame bestaan in het bos zouden vergemakkelijken: een bijl, een dolk, een rugzak, borden, kleding... die dingen waren nu meteen nodig. Huttunen besloot om naar de Suukoski te gaan om de spullen op te halen. Zo vroeg op de ochtend was de kans dat ze hem al zochten in de buurt van de molen heel klein. Huttunen rende het woud door naar de Suukoski, liet zich in de turbinekamer onder de molen zakken en klom daarlangs door het luik omhoog de molen en het woonhuis in.

Hij zocht in de kast naar zijn rugzak. Die was vrij nieuw; het was een gelukkig toeval dat hij die destijds nog gekocht had. In de oorlog, met name tijdens de aftocht, had Huttunen de armzalige ransel die hij van het leger had gekregen vervloekt: die zat altijd propvol, schuurde en bonkte tegen je lendenen en drukte op je sleutelbeenderen, met name als je rende, en er paste niets in maar hij was wel loodzwaar. Deze rugzak daarentegen was ruim en stevig; de brede hengsels waren afgewerkt met dikke, zachte stukken vilt. Hij had een riem die over de buik liep en een heleboel verschillende riempjes om spullen mee vast te maken. Hij was als het tuig en de deken van een klein paard in een. Huttunen begon hem te vullen.

Een pan, een koffiepot, een koekenpan, een mok, een lepel, een vork. Had hij nog meer servies nodig? Huttunen stopte een paar flesjes met suiker en zout in de tassen van de rugzak, en een fles kamferdruppels en jodium. Hij nam ook wat laxeerpoeder mee; andere medicijnen had hij op dit moment niet in huis.

Zijn bontmuts vouwde hij in een deken en die rolde hij op tot een compact pakket. Hij scheurde een oud flanellen hemd in vier repen die hij als beenwindsels kon gebruiken: twee van het voorpand en twee van het achterpand. Dat moest genoeg zijn, als je de wollen sokken meerekende die Huttunen aan zijn voeten had. Zijn leren laarzen met de rubberen neuzen waren gelukkig heel, maar toch was het geen slecht idee om een paar stukken rubber mee te nemen voor het geval dat. Verheugd inspecteerde Huttunen de leren zolen van zijn laarzen: hij schuurde bij het lopen nooit met zijn voeten tegen elkaar, en hij had absoluut geen x-benen. Daarmee spaarde je je laarzen. Klossen kost je al gauw twee paar laarzen per jaar, zelfs al loop je niet veel.

'De slijpsteen en de vijl...'

Huttunen stopte die in een vakje van zijn rugzak. Uit het berghok haalde hij de spanzaag; hij verwijderde het frame, rolde het blad op, deed er papier omheen en hing het zo aan de zijkant van zijn rugzak. Hij ging naar buiten om de waslijn op te rollen. Op de heuvel bij de Suukoski zouden voorlopig geen wasjes wapperen in de wind.

Een handvol drieduimsspijkers. Een kam, een spiegel, zijn scheermes, scheerkwast en scheerzeep. Een pen en een schrift met ruitjespapier. Dat had hij allemaal nodig. Moest hij ook een paar boeken meenemen? Alle boeken die hij in de kast had staan had hij al vele malen gelezen; het had geen zin om die mee het bos in te slepen. De radio? Die was te zwaar. En al zou hij de radio op zich nog wel kunnen tillen, de anodebatterij en de accu wogen nog veel meer.

Huttunen zette de radio aan. Tijdens het ochtendnieuws werd over de strijd in Korea gesproken. Dat ze zin hebben om daar iedere dag over te praten, dacht Huttunen. De boeren waren dol op de Koreaanse oorlog – heel wat mannen waren rijk geworden door bos te verkopen toen de conjunctuur door de oorlog naar een hoogtepunt werd gevoerd. En wie had nou een grote vracht balken of een onmetelijke opslagplaats vol met boomstammen nodig als je die ook kon verkopen en voor dat geld een tractor kon aanschaffen? Vittavaara en Siponen hadden in het voorjaar een dusdanige hoeveelheid hout verkocht dat ze financieel flink wat jaren vooruit konden. Geërgerd zette Huttunen de radio uit. 'Goddomme, en dan heeft die vrouw van Siponen nog het lef om in d'r nest te gaan liggen en de invalide uit te hangen. Ik geef Siponen geen cent voor dat wijf.'

Hij had naald en draad nodig, en een paar knopen. Huttunen scheurde uit een oude schoolatlas een bladzijde waarop Oost-Lapland stond afgebeeld. Jammer dat hij geen kompas had. Twee paar ondergoed en een lange onderbroek. Wanten en sloffen voor in de laarzen. Ah, de bontmuts was al ingepakt. Huttunen rolde de leren jas met de schapenwollen voering op en bond die vast boven op de rugzak.

'Wie weet, misschien moet ik de komende winter wel koukleumen in het woud. Dure jas, die heb ik na de oorlog nog in Kokkola gekocht.'

De schaaf, de beitel, de priem en het vingerdikke boorijzer van de handboor. Daar kon je alle houtsoorten moeiteloos mee bewerken. Moest hij de schaaf wel meenemen? Was het misschien toch beter om die thuis te laten? Huttunen realiseerde zich dat hij een schaaf nodig zou hebben om ski's te maken, voor het geval hij ook de winter in het woud zou moeten doorbrengen. Het had geen zin om de ski's die hij nu had mee te nemen. Hij stelde zich voor hoe hij die nu, midden in de zomer, op zijn schouders met zich mee zou dragen: 'Als iemand dat zag, zou die denken dat ik gek was.'

Huttunen liet de schaaf in de rugzak glijden. Een kaars, lucifers, de verrekijker. Een van de lenzen was wazig sinds de verrekijker in Syväri een keer nat was geworden, maar door de andere zag je nog goed. Nu zou hij de tijd hebben om het beschadigde oculair uit de kijker te halen en ze op te poetsen. Een schaar, en dan het visgerei: een net, een stuk of tien kunstvliegen en blinkerds, visdraad, haken, spinners, een stukje lood. Daarmee moest hij nu zijn maaltijden bijeen zien te scharrelen; gelukkig had hij die dingen allemaal. Ook van de vliegen had hij er tientallen. Huttunen had er de winter ervoor eindeloos veel geknoopt.

De rugzak was intussen zo volgepropt dat hij moeilijk was op te tillen. Huttunen probeerde te raden hoe zwaar hij was. Het ding trok hem bijna omver.

Huttunen worstelde zich met de rugzak van het molenhuis naar de molen en daarvandaan achter de rivier langs het bos in. Het zweet brak hem onmiddellijk uit nu hij zo'n zware rugzak zo snel meezeulde. Huttunen verborg hem tussen de sparren en keerde terug naar het molenhuis. Het was hem te binnen geschoten dat de zinken emmer misschien ook dienst zou kunnen doen in de wildernis. Die nam wel wat ruimte in beslag, maar woog weinig.

Met de emmer in zijn hand ging Huttunen na of hij nog iets essentieels was vergeten. Hij dacht dat hij alles nu wel had. Hij wierp nog een blik op de groentetuin en overwoog om een paar meiknollen mee te nemen, aangezien die al groot genoeg waren om te worden gegeten.

Aan de rand van de moestuin stond een groep mannen. Het waren er een stuk of vijf en ze stonden in een kring om de korpschef heen. Huttunen ging ervan uit dat ze waren gekomen om hem te halen. Bliksemsnel dook hij naar de trap. De emmer kletterde neer in de deuropening; Huttunen was bang dat het geluid buiten te horen was. Hij opende het luik dat naar de turbinekamer leidde en gleed naar beneden met de emmer in zijn armen. Tegelijkertijd werd de deur van de molen opengetrokken en kwamen de mannen de molen binnen. Huttunen herkende de stem van agent Portimo toen die zei: 'Gisteren was hier in ieder geval niemand. Misschien is hij het bos in gegaan?'

De mannen liepen precies boven Huttunens hoofd; het luik van de turbinekamer knarste. Gemorst meel dwarrelde door een kier tussen de planken. De molenaar zat in een benarde houding in de krappe ruimte en hoopte dat niemand de molen in beweging zou zetten, want in dat geval was het met hem gedaan: de schoepen van de turbine zouden hem vermorzelen – het was er te krap om ze te ontwijken. Vanuit de muur aan de kant van de bovenloop van de rivier druppelde water in Huttunens nek; blijkbaar liep dat langs de goot. Die moest hij van het najaar afdichten; hij merkte dat hij het dacht.

Huttunen herkende de stemmen van Vittavaara, Siponen, winkelier Tervola, de agent en de korpschef. Er waren nog wat mannen bij, de onderwijzer wellicht, en Launola, de knecht van Siponen. Hij hoorde Vittavaara zeggen: 'Hij is hier wel geweest. Kijk maar hoe zorgvuldig dat meel daar is weggeveegd.'

De mannen liepen de trap op. Ze riepen Huttunens naam. De korpschef schreeuwde vanaf de trap dat het zinloos was om tegenstand te bieden: 'Kom gewoon rustig naar buiten. Wij zijn in de meerderheid!'

Al gauw moesten de mannen vaststellen dat het molenhuis verlaten was. Teleurgesteld liepen ze terug. Vittavaara zei: 'Hij heeft in ieder geval wel de molen in orde gemaakt voordat-ie gek werd.'

De mannen gingen naar buiten; alleen Vittavaara bleef achter in de molen. Zo te horen zette hij het drijfwerk in gang: Huttunen hoorde het lager van de bovenste steen klakken. Vittavaara brulde naar degenen die al naar buiten waren gegaan: 'Zullen we de molen eens testen? Stel dat hij dit najaar in handen komt van de gemeente. Kunnen we zelf ons eigen graan malen.'

Huttunen schrok zich wezenloos. Als de molen in werking werd gesteld, zou hij geplet worden. Het was niet moeilijk om hem op gang te brengen: je hoefde alleen maar de schuif van de schaafbank te sluiten, en het water dat vanaf het verdeelwerk met grote snelheid kwam toegestroomd zou de turbinekamer in worden gevoerd en de turbine aan het draaien brengen. En dan zou eerst het gerinkel van de emmer en vervolgens het gerammel van zijn botten te horen zijn.

Huttunen drukte zich uit alle macht tegen de schoepen van de turbine en zette de emmer tegen zijn borstkas – het ding werd helemaal in elkaar geperst. Huttunen was vastbesloten: als de turbine ging draaien, zou hij zo goed hij kon weerstand bieden. In gedachten berekende hij hoeveel paardenkracht de machine zou ontwikkelen bij deze waterstand, zo midden in de zomer. Hij zou alles in de strijd moeten gooien als hij van zins was om in leven te blijven.

Hij hoorde hoe de korpschef buiten terugriep dat er nu geen tijd was om de molen van die gek in gang te zetten. Maar iemand had intussen de schuif van de schaafbank weten te bereiken, en uit het geruis van het water concludeerde Huttunen dat die momenteel werd dichtgedaan. De eerste gutsen spoten de turbinekamer binnen, en meteen was de molenaar doornat. Huttunen duwde de schoepen met alle kracht van zich af. Het werd hem zwart voor de ogen. In gedachten zei hij tegen zichzelf dat hij in de strijd met het waterrad flink tegenstand zou bieden. Hij moest nu vechten voor zijn leven.

Al snel spoot het water ongeremd vanuit de goot naar binnen. Huttunen dreigde te verdrinken in de kolkende stroom; hij proeste en duwde. De watermassa bracht het rad op volle kracht op gang. Maar Huttunen liet het geen centimeter in beweging komen. Hij had de smaak van bitterzout in zijn mond; het voelde alsof de aderen in zijn hoofd op knappen stonden. Maar hij gaf niet op. Als hij het water nu vrij spel gaf, zou dat betekenen dat hij zijn greep op het leven opgaf.

'Hij draait niet,' brulde Vittavaara vanuit de molen. 'Dat kloteding is helemaal vastgelopen.'

Buiten klonk geschreeuw dat Huttunen niet kon verstaan. Toen werd de watertoevoer minder, en al snel stopte die helemaal. Iemand had de schuif van de schaafbank opengezet. Doornat mocht Huttunen concluderen dat hij zijn molen de baas was geweest. Zijn hele lichaam trilde door de onmetelijke inspanning die hij had geleverd. De emmer was tussen zijn borstkas en de turbine samengedrukt tot een platte schijf. Er zat water in zijn oren, en hij was misselijk.

Vanaf het erf klonk de stem van de korpschef: 'Laten we gaan. Portimo blijft hier vannacht de wacht houden.'

'Hij heeft uit pure nijd zijn molen onklaar gemaakt,' zei Siponen, die bij de kanjel vandaan kwam. Toen verliet de groep mannen het erf.

Huttunen bleef nog even in de turbinekamer zitten. Toen alle stemmen waren weggeëbd, glipte hij daar weg en verdween hij in het bos, met de geplette emmer onder de arm. Hij nam de zware rugzak op zijn schouders en ging druipend van het water op weg, dieper het woud in. Hij was uitgeput en leeg, maar hij moest nu meteen verdwijnen uit de omgeving van de Suukoski. De mannen zouden vast en zeker de bossen achter de molen uitkammen.

20

Huttunen zwoegde met zijn rugzak een paar kilometer het bos in. Hij klom een lage heuvel op die begroeid was met oude dennen en flanste daar een tijdelijk onderkomen in elkaar. Hij maakte een kampvuur van droge takken en droogde in de gloed daarvan zijn kleren. Nadat hij zich had aangekleed, sloeg hij de geplette emmer weer recht: hij nam een vuistgrote steen en hakte er net zo lang op tot het ding weer enigszins zijn oude vorm terughad. Jammer dat hij zijn bijl niet had meegenomen.

Ook een kamp bouwen was lastig zonder bijl. Bomen vellen voor brandhout en palen hakken voor een afdak doe je niet even met een dolk. Zonder bijl in het bos ben je als man meteen onthand.

Huttunen doofde het vuur en verstopte zijn rugzak aan de voet van een spar. Agent Portimo had zijn bijl in beslag genomen; het loonde de moeite om die terug te halen. Huttunen zette resoluut koers richting kerkdorp.

Inbreken in het berghok van de agent was niet moeilijk, aangezien de heer des huizes de zoektocht naar Huttunen leidde. Zijn vrouw ging naar de winkel; toen het huis leeg was, kalmeerde Huttunen de hond en daarna liep hij naar de berging.

Het schuurtje van de onbemiddelde dorpsagent bood een trieste aanblik. In de hoek stond een kleine hoeveelheid gehakte houtjes voor het fornuis – hoogstens genoeg voor een dag of twee. Tegen de achtermuur lag ongeveer drie kuub tot blokken gehakte boomstronken opgestapeld. Die waren nog vochtig, en als er niet snel brandhout van werd gemaakt zouden ze niet op tijd droog zijn voor de winter.

Bij de deur lag een onbestemde bos broze takken. Die had

de agent bijeengesprokkeld op het land van zijn buren, want zelf bezat hij geen bos. Armzalig en miserabel.

Portimo's bijl hing aan de wand. Het was een onooglijk en onhandig ding: er zaten scheuren in het blad en hij was roestig. In het oog zat een ruwe steel die zo droog was dat hij losjes wiebelde, en de wig was brokkelig. Huttunen zette de steel steviger op het huis en sneed hem wat slanker, verbeterde zo de greep.

De spanzaag zag er al niet veel beter uit. Huttunen probeerde hem uit op een blok hout: het ding was bot en trok naar rechts. Huttunen had medelijden met de armlastige agent. Hier in de berging was geen droog stuk brandhout te vinden, of zelfs maar een behoorlijk stuk gereedschap.

Of toch: in het hakblok was een bijl geslagen die er bekend uitzag – die van Huttunen. De molenaar trok hem los, streek langs het blad en concludeerde dat de bijl nog scherp was.

Voor hij weer wegging besloot Huttunen om wat houtjes te hakken voor het fornuis van Portimo, als een soort vergoeding voor het feit dat hij zijn bijl had teruggehaald. Of eigenlijk was de molenaar de agent wel wat hulp verschuldigd: die was genoodzaakt dag in dag uit door de bossen te struinen, nota bene met als doel om hem, Huttunen, op te sporen.

Huttunen hakte een grote hoeveelheid houtjes en stapelde die netjes op tegen de muur van het berghok, en toen het erop leek dat de vrouw des huizes terugkeerde van de winkel, glipte Huttunen het bos weer in. Met op zijn schouder een glimmende bijl.

Huttunen liep langs de telefoonlijn. Daar was het makkelijk lopen, omdat er een pad lag. De lijn leek naar de winkel te gaan. Huttunen liep door het woud achter de winkel langs en vervolgde zijn weg over het paadje. Hij bedacht dat Tervola uitgerekend via deze lijn de autoriteiten had gewaarschuwd.

'Klotepalen.' Nijdig keek Huttunen naar de telefoonpalen. In het gezang van de draden dacht hij te horen hoe Tervola met charmante stem naar de groothandel in Kemi belde om zijn bestelling te doen: vlees, worst, kaas, koffie, tabak. Huttunen werd overvallen door een hongergevoel. Het deed hem duizelen. Hij stopte bij de voet van een paal, plaatste zijn bijl ertegenaan en zocht een geschikt punt om op te slaan.

'Als ik 'm hier omhak, houdt in de winkel van Tervola de telefoon op met rinkelen.'

De bijl lag zo lekker tegen de voet van de paal aan dat Huttunen de verleiding niet kon weerstaan en sloeg. De vogels die op de telefoondraad zaten vlogen er over een afstand van twee kilometer vandoor. Hij sloeg opnieuw, en opnieuw; de draden jankten en de hele lijn rommelde. Al snel begon de dikke pilaar te wankelen, en na nog een paar slagen kraakte hij onderaan bij de voet en viel hij log om. De isolatoren vielen te pletter en de draden zwiepten het bos in. Huttunen veegde het zweet van zijn voorhoofd en beoordeelde zijn prestatie: 'De lijn van de winkelier is voorlopig even bezet.'

Het was niet Huttunens gewoonte om een karwei half af te maken. Hij hakte meteen ook de telefoonpaal in balken van twee meter lang en stapelde die op. De draden rolde hij op en legde hij op de stapel. Als de mannen van de telefoonmaatschappij te zijner tijd langskwamen om de lijn te herstellen, was de helft van het werk al gedaan; ze hoefden alleen nog maar de balken op de kar te leggen en een nieuwe pilaar de grond in te slaan.

Nu de telefoon van Tervola toch het zwijgen was opgelegd, kon Huttunen net zo goed meteen even de winkel binnenstappen. Eens zien of de winkelier nu van zins was om hem eten te verkopen, zeker nu hij ook de bijl zo gerieflijk in de hand hield.

Er waren heel wat mensen in de winkel. Het rustige gegons van stemmen hield op en veranderde in een angstige stilte toen Huttunen binnenkwam met de bijl op zijn schouders. Zo hier en daar glipte er een klant weg, hoewel de meesten nog geen tijd hadden gehad om hun bestelling te doen.

Winkelier Tervola dook het woonhuis in. Het was duidelijk te horen dat er driftig een nummer werd gedraaid en tegen de centrale werd gebruld. Maar de verbinding was verbroken. De politie nam niet op, en ook de korpschef kon niet gebeld worden. Doodsbenauwd keerde Tervola terug in de winkel.

Huttunen plaatste de bijl op de toonbank en begon zijn bestelling op te noemen: 'Tabak, een paar blikjes vlees, een kilo zout, worst, brood.'

Bereidwillig deed de winkelier afstand van de goederen. Toen hij de worst woog, legde Huttunen speels zijn wapen op de waag en zei hij: 'Kijk eens, Tervola, wat een licht bijltje.'

De bijl legde zakelijk gezien niettemin dermate veel gewicht in de schaal dat de winkelier de rekening ruimschoots naar beneden afrondde, en toen Huttunen al op het punt stond te vertrekken, vroeg Tervola of hij verder nog iets nodig had.

Bij de deur zei de molenaar bij wijze van afscheid: 'Nee, dank u, dat was alles.'

Vanuit de beschutting van het bos zag Huttunen hoe het volk de winkel uit kwam gestormd. De mensen liepen zo snel als hun benen hen dragen konden richting Portimo. Huttunen had zin om zich te goed te doen aan de worst, maar het was verstandiger om nu terug te keren naar het kamp. Het was nu geen geschikt tijdstip om te eten.

21

De hele dag door hoorde Huttunen in zijn kamp vanuit de verte in het bos honden blaffen en mannen brullen. In het dorp heerste de noodtoestand nu de molenaar uit het gekkenhuis was gevlucht. Om beter zicht te hebben op het verloop van de gebeurtenissen klom Huttunen in een grote Schotse spar die bij zijn kamp stond, een oude naaldboom. Hij moest twee keer klimmen, omdat hij de eerste keer zijn verrekijker aan de voet van de stam liet liggen en met het blote oog niet goed te zien was wat er in het dorp gebeurde.

Door de lens van zijn eenogige verrekijker zag Huttunen dat er op de wegen in en rond het dorp nogal wat bedrijvigheid heerste. Honden renden los in het rond en de mannen reden van hot naar her op hun fietsen. Op de kruising stond een aantal boeren met een geweer op de rug. Er liepen er blijkbaar ook een stuk of wat in het bos, maar dat kon Huttunen niet zien vanuit zijn spar.

De molenaar klom weer naar beneden. Hij doofde zijn kampvuur en pakte voor alle zekerheid zijn rugzak in. De tuinbouwconsulente had beloofd Huttunen die nacht op het Elzeneiland te ontmoeten. Als de bedrijvigheid in het dorp zo doorging, was de kans groot dat de voorlichtster geen gelegenheid had om naar de afgesproken plek te komen.

Pas toen de zon onderging, werd het weer rustig in het dorp. De honden werden vastgebonden en de boeren keerden terug naar huis om te eten. Huttunen ging op weg naar het Elzeneiland.

Er was overdag iemand op het eiland geweest: het hutje was weg. De touwen en palen waren her en der de bosjes in gesmeten. Huttunen raapte de stokken weer bij elkaar en rolde het touw op. 'Ze laten ook altijd van alles slingeren.'

Huttunen was bang dat Sanelma Käyrämö niet naar het eiland zou durven komen, maar ze kwam toch. De vrouw sloop angstig over de loopbrug die Huttunen had gemaakt het eiland op, met aan haar arm een mand waar een melkfles uitstak. Huttunen omhelsde haar en at. Ondertussen vertelde ze wat er in de loop van de dag allemaal in het dorp had plaatsgevonden.

Er was nu een opsporingsbevel uitgevaardigd voor Huttunen. Hij had niet met die bijl moeten staan zwaaien in de winkel, zei de tuinbouwconsulente berispend. 'En dan nog met je bijl de worst wegen ook. Tervola zal ongetwijfeld een aanklacht indienen wegens winkelvredebreuk. De korpschef heeft een brief gekregen van de autoriteiten in Oulu waarin staat dat je ontsnapt bent en dat je arrestatie wordt verlangd. De hoofdcommissaris heeft gezegd dat het nu allemaal heel officieel is.'

Huttunen beëindigde de maaltijd. Maar de tuinbouwconsulente was nog niet klaar: 'Je hebt ook nog een telefoonpaal geveld. Er moest een reparatiedienst komen, helemaal uit Kemi, en de lijn is nog steeds niet in orde. De vrouw van de centrale vertelde me dat je voor het omhakken van die paal een flinke gevangenisstraf tegemoet kunt zien, als de telegraafmaatschappij toevallig een slechte bui heeft.'

Huttunen was lange tijd stil en staarde wat naar de donkere rivier. Toen diepte hij zijn portemonnee op uit zijn zak; hij haalde het bankboekje te voorschijn en overhandigde dat aan de tuinbouwconsulente.

'Ik heb geld nodig. Wil jij alles wat op deze rekening staat voor me opnemen? Je kunt mij niet van je eigen geld onderhouden, dat wordt te duur voor je.'

Huttunen schreef een machtiging op een stukje papier dat hij uit het schriftje met de blauwe ruitjes had gescheurd. Ook Sanelma Käyrämö noteerde haar naam, en als getuigen voerde Huttunen twee personen op: meneer De Reiger en mevrouw De Wolf. Beiden hadden een zeer karakteristiek handschrift. Huttunen zei dat er niet zo ontzettend veel geld op de rekening stond, maar wel voldoende om de herfst mee door te komen als hij zuinig leefde – wellicht haalde hij er zelfs het begin van de winter mee. 'Ik heb overwogen om te gaan vissen, om zo de kosten voor het eten wat te drukken,' legde Huttunen de tuinbouwconsulente uit.

Die vroeg of ze elkaar voortaan ergens anders konden ontmoeten, aangezien men het Elzeneiland had ontdekt. Overdag had Vittavaara de lakens van Huttunens hutje meegenomen naar het dorp, en ze keurig opgevouwen aan de korpschef overhandigd. Later die dag waren de echtgenotes van de korpschef en de onderwijzer naar de oever van de rivier gegaan om de was te doen. Ook het laken van Huttunen was gewassen; de tuinbouwconsulente had gezien hoe het aan de lijn hing te drogen.

De twee spraken af om elkaar voortaan bij de splitsing bij de Reutuaapa te treffen, op zo'n vijf kilometer afstand van de kerk, aan de oostkant van de Kemijoki. De tuinbouwconsulente beloofde om over een week op de fiets daarheen te komen. Het was verstandiger om elkaar even een tijdje niet te zien, nu de speurtochten op hun hoogtepunt waren. De dorpelingen hielden Sanelma Käyrämö sowieso al in de gaten. 'Het ziet er niet al te best uit momenteel... maar één ding is in ieder geval wel positief: je groentetuintje doet het uitstekend. De wortels zijn zelfs al eetbaar, en nog even en de meiknollen zijn zo groot als een mensenhoofd. Ik kom regelmatig het onkruid wieden en de grond bemesten, maak je daar maar geen zorgen over. Als het dorp weer rustig is, moet je er maar wat verse groente voor jezelf weghalen, lieve Gunnar. Dan krijg je in ieder geval wat vitaminen binnen. Je hebt er geen idee van hoe belangrijk vitaminen zijn voor de mens. Vooral hier in het bos kun je die goed gebruiken.'

Daarna keerde de tuinbouwconsulente snel weer terug naar het dorp. Ook Huttunen verliet het Elzeneiland, en verdween in de nacht.

De volgende dag bracht de tuinbouwconsulente een bezoek aan directeur Huhtamoinen van de Coöperatieve Bank. De directeur vroeg de consulente om te gaan zitten, wilde al bijna een sigaar aanbieden, maar deed het doosje toen dicht en stak er zelf ook geen op. Sanelma Käyrämö overhandigde hem het spaarbankboekje van Huttunen en de machtiging. 'Molenaar Gunnar Huttunen belde vanuit Oulu en vroeg mij of ik al zijn geld wilde opnemen. Hij zei dat je in de kantine van het ziekenhuis met je eigen geld moet betalen.'

De bankdirecteur inspecteerde het spaarbankboekje, monkelde wat en las de machtiging. 'Heeft de heer Huttunen u deze documenten via de telefoon doen toekomen?'

Haastig legde de consulente uit dat de papieren die ochtend met de post waren gekomen; postbode Piittisjärvi had ze gebracht.

De bankdirecteur begon haar op een vaderlijke, bijna belerende toon toe te spreken: 'Mejuffrouw weet vast wel dat we hier te maken hebben met het bankgeheim. Ik heb de medewerkers, oftewel kassier Sailo en juffrouw Kymäläinen, er altijd nadrukkelijk op gewezen dat het bankgeheim onschendbaar is. Dat is nog gewichtiger dan het beroepsgeheim van een arts. In het algemeen zijn er drie hoofdregels in het bankwezen die nooit vergeten mogen worden. Ten eerste, dus a), moeten de bankrekeningen altijd tot op de cent nauwkeurig worden bijgehouden. Fouten, van welke aard dan ook, kunnen niet geaccepteerd worden. Ten tweede, oftewel b), moet de bank liquiditeit bezitten. Achteloos leningen uitdelen strekt zelfs een grote financiële instelling niet tot eer. Zelfs de industrie zal steun moeten ontberen als de eigen positie van de bank ook maar enigszins in gevaar komt. En ten derde, oftewel c), de belangrijkste regel: de bank dient zorg te dragen voor smetteloze inachtneming van het bankgeheim. Gegevens van cliënten mogen in geen geval uitlekken. Niet zónder de toestemming van de cliënt en niet mét diens toestemming. Ik zou haast zeggen dat het bankgeheim heel goed vergeleken kan worden met het staatsgeheim, zeker in tijden van vrede.'

Tuinbouwconsulente Sanelma Käyrämö begreep niet waarom Huhtamoinen een verhandeling over het bankgeheim gaf.

Ze vroeg of de bankdirecteur soms van plan was Huttunens spaargeld niet aan haar uit te betalen.

'Iedereen weet toch dat molenaar Gunnar Huttunen is ontsnapt uit de psychiatrische inrichting in Oulu? Ik heb reden om te denken dat u, juffrouw Käyrämö, de taak op u hebt genomen om zijn lopende zaken voor hem te regelen, aangezien hij in meer dan één opzicht verhinderd is daar zelf voor te zorgen.'

De bankdirecteur sloot het spaarbankboekje en de machtiging op in de brandkast. 'Ik moet u mededelen, juffrouw Käyrämö, dat deze bank u de spaargelden van de heer Huttunen niet kan uitbetalen. Huttunen is onbekwaam verklaard. Bovendien is hij op de vlucht. U begrijpt natuurlijk wel dat het bankwezen geen gelden kan uitkeren aan een man die in verband met een geestelijke aandoening niet in staat is om langs te komen en ze zelf op te nemen. Bovendien heeft Huttunen geen adres. Misschien bent u wel de enige die weet waar hij zich schuilhoudt. Ik vraag u niet waar hij is, ik ben geen politieagent. Ik ben een dienaar van de geldeconomie, en vanuit het oogpunt van criminaliteit bekeken raakt deze zaak mij niet. U begrijpt zeker wel wat ik bedoel?'

'Maar het is toch zeker Huttunens geld?' probeerde de tuinbouwconsulente nog te pleiten.

'In principe is het natuurlijk het eigendom van Huttunen. Dat ontken ik niet. Maar ik keer geen geld uit aan mensen, zoals ik al zei, zonder dat daar een zekere mate van formaliteit bij komt kijken. In dit geval zouden de gelden rechtstreeks het bos in gestuurd worden, als ik het zo letterlijk mag uitdrukken. Wat zou er van de wereld terechtkomen, lieve juffrouw, als banken de spaargelden en rentes van hun clientèle gewoon in het moeras lieten verdwijnen?'

De tuinbouwconsulente begon te snikken. Hoe moest ze dat nou aan Huttunen uitleggen?

Huhtamoinen schreef een boodschap op het papiertje: 'De Coöperatieve Bank weigert om uw spaargelden of de rente daarop uit te keren aan iemand anders dan aan u persoonlijk, en in uw geval wordt bovendien schriftelijke toestemming van de autoriteiten verlangd. Hoogachtend, A. Huhtamoinen, kasbeheerder.'

'Maar zoals ik reeds zei, respecteer ik het bankgeheim. Als iemand komt vragen – korpschef Jaatila bijvoorbeeld, om maar wat te noemen – wat u beoogde met uw bezoek aan de bank vandaag, dan haal ik slechts achteloos mijn schouders op en zwijg ik in alle talen. Als het gezag erop staat dat ik vertel waar de heer Huttunen uithangt, is mijn naam haas, ook al wist ik waar hij was. Dat bedoel ik met het bankgeheim. Dat is echt heilig. Ik zal de politie verklaren dat u hier was om een lening aan te vragen, bijvoorbeeld... Zullen we zeggen: voor de aanschaf van een naaimachine?'

'Ik heb al een naaimachine,' snikte Sanelma Käyrämö.

'Nou ja, dan zeggen we dat u hier was voor advies, dat u bijvoorbeeld wilde weten of het vandaag de dag als particulier belegger verstandig is om spaargeld te investeren in staatsobligaties. Om eerlijk te zijn: dat is het niet. Gezien de conjunctuur in Korea is het momenteel verstandig voor een ieder die over extra gelden beschikt om te investeren in onroerend goed. De grondprijs zal in de nabije toekomst aanzienlijk stijgen, in tegenstelling tot de opbrengst uit staatsobligaties. Alles hangt natuurlijk af van de duur van de oorlog in Korea, maar we kunnen er wel van uitgaan dat er de komende maanden nog geen vrede tot stand zal komen in Azië, in ieder geval niet voor de zomer. Let op mijn woorden. Maar nu begeef ik me reeds op breder terrein – mijn verontschuldigingen, juffrouw Käyrämö.'

Zodoende keerde de tuinbouwconsulente met lege handen terug van de bank. Ze had zin om te huilen, maar ze slikte haar tranen in terwijl ze langs de nieuwsgierige employés naar buiten liep. Pas daar, op de weg, zette Sanelma Käyrämö haar fiets stil en huilde ze, tranen met tuiten en ontroostbaar. De bank had het geld van haar geliefde Gunnar afgenomen, en Sanelma Käyrämö zelf moest nog meer dan twee weken wachten op de volgende betaaldag.

22

Reutuaapa was een machtig groot moeras dat zich kilometers uitstrekte, een gigantische drassige open vlakte met in het midden glanzende donkere poeltjes. Aan de westkant kronkelde de smalle Sivakkajoki, en achter die rivier verhief zich een lage heuvel, de Reutuvaara.

Daar was Huttunen naar op weg, naar de ongerepte binnenlanden op meer dan tien kilometer afstand van het kerkdorp, waar je voor de dichtstbijzijnde weg vijf kilometer moest lopen. Huttunen sleepte zijn rugzak naar de rand van de Reutuaapa, naar een korte bocht in de Sivakkajoki, daar waar de heuvel afliep naar het water. Op die plek was de grond stevig en bemost, maar direct aan de overkant van de rivier begon de drassige grond. Zo tussen de heuvel en het moeras, op de oever van de rivier, kon je uitstekend een kamp opzetten: het lag beschut, en het was mooi en voor het doel geschikt. Ver weg in het moeras klepperden een paar reigers. Verderop, op de top van de heuvel, hoorde je de wind door de honderd jaar oude dennen suizen, en in de kalm stromende rivier plonsde zo af en toe een forel of een vlagzalm.

De plek beviel Huttunen onmiddellijk. Hij liet de zware last van zijn schouders vallen; in gedachten doopte hij de istmus daar in de bocht Thuishaven.

De daaropvolgende dagen bouwde de molenaar een permanenter onderkomen. Hij velde een paar dode bomen op de glooiende helling, rolde ze naar beneden naar het kamp en hakte ze in blokken van een paar meter lang, zodat ze voor het grijpen lagen als hij tijdens een koude, mistige nacht een vuur wilde stoken.

Huttunen zette snel een stevig, niet al te hoog afdakje op

om onder te wonen. Dat bedekte hij met een laag dichtbladige berkentakken waarvan hij de toppen naar beneden liet wijzen. De bovenste laag vormde hij uit een aantal jonge sparrentakken die hij schubsgewijs samenweefde tot een waterafstotend dak. Van een verse berk ter dikte van een dijbeen brak hij een tak af die net zo breed was als het afdakje, en daar maakte hij een drempel van, ter beschutting tegen het vuur. Daarachter, onder de overkapping, spreidde Huttunen een laag zacht mos uit van enige tientallen centimeter dik. Daar plaatste hij een laag zachte twijgen bovenop die hij van een paar kleine sparren had gesneden, waarbij hij de dikkere takken onder en de dunnere boven legde, zodat ze hem tijdens zijn slaap niet in zijn rug zouden prikken.

Huttunen rolde het zaagblad uit, sneed er handvatten voor en maakte van een stuk waslijn een spanne. Toen het gereedschap klaar was, zaagde hij achter het afdak een stevige den om, waarvan hij een stronk op manshoogte overliet. Op de top hiervan timmerde hij van dunne dennenhouten plankjes een kastje, en in een van de wanden daarvan bracht hij een opening aan waar zijn rugzak doorheen kon. In dat kastje zette hij zijn levensmiddelen, het eetgerei en de rugzak.

Verderop op de oever rolde de kluizenaar ronde stenen ter grootte van een mensenhoofd in een kring, die zo een vuurplaats vormden. Daarboven boog hij een berkentak om tot een flexibele kookstelling die vanzelf in de juiste stand bleef staan. Op een meter of vijftig van het kamp, daar waar de Reutuvaara zich al steil verhief en op een plek van waaraf je van de ene kant van het uitgestrekte marsland naar de andere kon uitkijken, sloeg Huttunen twee stevige palen tussen twee Schotse sparren in – eentje om op te zitten en eentje om met zijn rug tegenaan te leunen. Daaronder groef hij een gat van bijna een meter diep. Op de bodem daarvan zouden van nu af aan een- of tweemaal per etmaal de uitwerpselen van de kluizenaar neerploffen. Huttunen had de gewoonte om daar ook plaats te nemen als hij geen boodschap te bezorgen had; hij keek dan naar het enorme moeras dat zich beneden hem uitstrekte, waar de reigers waardig door de drassige grond waadden en de watervogels met vluchtige vleugels rondvlogen, en waar vaak ook zo'n vijf tot tien rendieren langs de bosrand spatterden, om zo de muggen te ontlopen. Op een dag dacht Huttunen zelfs dat hij helemaal aan de uiterste rand van het weidse moeras een beer zag. Het was een grijsachtig wezen dat zich van tijd tot tijd op twee poten oprichtte. Als hij met zijn halfblinde verrekijker de heiige marslanden afspeurde waarboven de lucht trilde in de midzomerse hitte, zag hij alleen reigers, geen beer. Was die alweer weggelopen van het moeras? Was hij er ooit wel geweest?

Huttunen sloeg een paar palen in de drassige grasgrond om zijn netten op te drogen. Om de rivier over te kunnen steken bouwde hij een wankel houtvlot, dat hij met stokken verankerde vlak voor de vuurplaats, waar het ook als steiger dienst deed.

Ten slotte kerfde de kluizenaar een kalender in de stam van een oude den tegenover zijn afdakje. Hij vilde over een oppervlak van twee handpalmen breed en drie hoog de bast van de boom, schaafde dat gedeelte glad en kraste er met een dolk de horizontale en verticale lijnen van een kalender in. Iedere ochtend gaf hij met een dolksteek op de den aan welke dag het was. Hij wist niet meer precies op welke dag het kamp gereedkwam, maar dacht dat het zo tegen midden juli moest lopen. Hij telde het aantal dagen dat voorbij was gegaan sinds het Midzomerfeest, toen hij nog in de psychiatrische inrichting verbleef, en kerfde 'VII, 12' in de boom. De bosbessen waren bijna rijp; ook daaruit kon je de tijd van het jaar afleiden.

Het was een heldere en hete julimaand. De visvangst leverde minder op dan vroeg in het voorjaar of in augustus. De beste vissen waren nu volgevreten en schichtig; de nachten waren nog te licht en het water in de beekjes was te warm – dat maakte de koudbloedige beekforellen slaperig. Huttunen probeerde zijn vliegjes uit, maar de forellen waren er niet voor te vinden. Met een blinkerd wist hij een paar snoeken te verschalken. Als je de moeite nam om die in de as van gloeiende kooltjes te laten garen, hield je daar een heel smakelijk maaltje aan over.

Vettere vis ving Huttunen met een net. Hij trok dat door de rivier naar de overkant en plonsde in de benedenloop door het water om de vissen aan het schrikken te maken en ze in de val te drijven. Soms spartelde er zoveel forel en vlagzalm in het net dat hij genoeg zou hebben gehad om in te pekelen, maar de molenaar had geen voor dat doel geschikte vaten. Hij was erg in zijn nopjes over het feit dat hij zijn schaaf had meegebracht naar de wildernis. Het was verstandig om in het najaar dode bomen om te hakken en er planken van te maken, waarvan hij dan duigen kon schaven om tonnen mee te maken. Een paar vaatjes gezouten vis voor als de vorst inviel zouden het makkelijker maken om 's winters te overleven. Beekforel, mits goed gepekeld, is tot het voorjaar houdbaar, ondanks het feit dat het een vette vis is.

Huttunen was eveneens van plan om voor de winter een sauna en een klein hutje te bouwen. Rillend onder zijn afdak de koude winter uitzitten leek hem maar niets. 'Daar krijg je maar reuma van.'

Hij dacht erover een hutje te maken van hoogstens drie bij drie meter. Veel meubels had hij niet nodig: een brits en een tafel, en misschien een kast in de hoek en een rendiergewei aan de wand als kapstok. Helemaal achter in de hoek zou hij een haard moeten metselen van stapsteen. In de muur naast de deur zou een gat komen dat als raam diende. 'Ik moet ergens een ruitje vandaan zien te halen en een blikken buis van een paar meter lang voor de schoorsteen. Viltzeil heb ik niet nodig; berkenbast houdt het wel een paar jaar op het dak van het hutje.'

Huttunen maakte lange wandelingen door de omgeving. Vaak klom hij naar de top van de Reutuvaara om met zijn kijker het kerkdorp met de kleine huisjes te aanschouwen, alsmede de twee kerken, oud en nieuw, klein en groot. Bij helder weer kon je, als je op het juiste moment keek, in de blauwe gloed van de zomerdag de rookpluimen zien die aan de horizon in het westen uit de locomotief van de sneltrein opstegen. Je kon de trein niet horen, en de trein zelf noch de spoorlijn was zichtbaar, maar uit de richting waarin de rook zich bewoog kon je afleiden of hij uit Kemi of uit Rovaniemi kwam, of er mensen in zaten die naar het noorden toe gingen of mensen die Lapland reeds hadden gezien.

Huttunen plukte op de drassige gronden rond de Reutuvaara sappige overjarige veenbessen. Ook in de struiken van de bergbraambes werden knopjes zichtbaar – nog even en er zouden al onrijpe vruchten aan zitten. Het zou een goede zomer voor bergbraambessen worden. Er waren ook veel bosbessen, die de kluizenaar iedere dag verzamelde in een van berkenbast gebogen bakje van een liter of twee inhoud. Ze smaakten zalig, zo 's avonds na de koffie.

Huttunen genoot van de zomer en van de rust. Als het zonnig was, kleedde hij zich soms helemaal uit en wandelde hij naar de top van de heuvel om te zonnebaden. Hij lag dan met zijn hoofd op zijn ineengefrommelde broek op de bemoste rotsen en liet de zon zijn bast bruinen. Zo keek hij naar de steeds van vorm veranderende wolken, waarin hij de figuren van de vreemdsoortigste beesten ontwaarde. Dankzij de zacht zuchtende zomerbries bleven de muggen beneden boven het moeras hangen. Het was stil; je kon haast horen hoe in je hersenpan de talrijke gedachten elkaar groetten – het gemoed zat er vol mee, met gekke gedachten en met gewone; hun omzwervingen in het hoofd van de kluizenaar hielden nooit op.

Maar als het regende, sliep Huttunen onder de overkapping en liet hij de zware druppels vanaf het dak van sparrentakken de grond in vloeien; het kampvuur siste terwijl de waterdruppels op de hete as spatten; het was zwoel en mild. Als de regen voorbijtrok, beet de vis goed – dan hoefde hij zelfs het net niet neer te laten, maar beten de forellen gretig in de vliegen waarmee hij hengelde, zelfs op de oever vlak voor zijn kamp.

's Nachts werd Huttunen vaak wakker; dan keek hij naar de bleke sterrenhemel van de zomernacht en begon hij in zichzelf te neuriën. Als snel veranderde het geneurie in zacht wolvengehuil, en even later ontsnapte er met geweld een krachtig en wild gejank uit de keel van de kluizenaar. Dat luchtte op.

Als hij huilde, voelde hij zich niet zo eenzaam; hij kon luisteren naar zijn eigen stem, die toch niet als de zijne klonk, aangezien het de stem van een dier was.

Als hij op broeierige dagen door de boomloze en oneindige Reutuaapa baggerde, begon Huttunen soms ineens de bosdieren te imiteren die hij dagelijks in de natuur om zich heen zag en waarvan hij de kunstjes met zijn kijker had afgekeken. Hij ploeterde met schommelende stappen door het drassige land als een mannetjesrendier dat op de vlucht sloeg voor een zwerm muggen. Hij slingerde en spatterde, stampvoette en snoof. Van tijd tot tijd spreidde hij zijn vleugels en vloog hij op, woest als een wilde gans; hij ging de hoogte in en verdween over de bosrand om vanachter de Reutuvaara opnieuw op te duiken, als een andere gans deze keer; hij strekte zijn poten uit en landde in de biezen bij een poel in het moeras, zo vol vaart dat het modderige water opspatte. Als hij een reiger was, stak hij zijn nek uit en klepperde hij; zijn scherpziende ogen vonden kikkers en snoeken met een zwarte rug die tijdens de overstromingen in het voorjaar het moeras in waren gezwommen en in de roestkleurige waterpoeltjes in de val kwamen te zitten toen het waterpeil weer zakte.

Als de reigers in het marsland de langbenige man zagen die hun taal gorgelde, dan hielden ze op met waar ze mee bezig waren; ze hieven hun lange halzen hoog op en keken met hun kop schuin naar de kluizenaar die in hun gezelschap verzeild was geraakt en die niet begreep dat hij een reiger nadeed te midden van de reigers. Op dat moment richtte de leider van de groep zijn snavel naar de blauwe hemel en liet hij een lange gorgel ontsnappen aan zijn keel, een gigantische schreeuw bij wijze van antwoord. Dan pas ontwaakte de kluizenaar, werd hij weer mens en verliet hij het moeras om terug te keren naar zijn kamp. Hij rookte een sigaret in het schemerlicht onder zijn afdakje en dacht: als het leven zo blijft, is het in orde. 'Alleen Sanelma ontbreekt nog.'

23

De week ging vliegensvlug voorbij. Toen kwam de avond waarop tuinbouwconsulente Sanelma Käyrämö had beloofd om Huttunen te ontmoeten bij de splitsing bij de Reutuaapa. De ongeduldige kluizenaar zorgde ervoor dat hij ruim op tijd ter plaatse was. Hij dacht aan de welgeschapen en weelderige vormen van de vrouw, aan haar blauwe ogen en haar gouden haren, en aan haar stem, zacht en harmonieus. Huttunen lag in het woud langs de weg. De tijd verstreek, de muggen zoemden, maar Huttunen merkte dat niet, zo vurig dacht hij aan zijn rendez-vous met de tuinbouwconsulente.

Rond een uur of zes 's avonds zag Huttunen een vrouw fietsen op de smalle landweg, in de richting van de ontmoetingsplaats. Daar was tuinbouwconsulente Sanelma Käyrämö! Huttunen was meteen dolenthousiast en wilde haar al tegemoetrennen, maar wist zich toch te beheersen en liet zich niet zien op de weg. Ze hadden afgesproken elkaar in het bos te treffen, en dus bleef de kluizenaar tussen de sparren staan.

De tuinbouwconsulente reed naar de splitsing. Ze zette haar fiets in de sloot tegen de kant en glipte over de greppel het bos in. Verlegen en bang om zich heen kijkend liep de vrouw een meter of twintig weg van het bospad. Daar bleef ze afwachtend staan.

Precies op het moment dat Huttunen van plan was om naar de vrouw toe te gaan en haar te omhelzen, klonk vanuit het bos het gekraak van een tak. Een eland, een rendier? Nee, Vittavaara en Portimo! De mannen slopen door het bos op hen af, het zweet op hun gezichten, spiedend en hijgend. Ze gingen tussen de pollen liggen, onzichtbaar, en zonder zichzelf te verraden aan tuinbouwconsulente Sanelma Käyrämö. Blijkbaar waren ze haar door het bos gevolgd, vanaf de kerk helemaal hiernaartoe. Er was een val gezet voor de kluizenaar, een minne hinderlaag.

Huttunen trok zich terug en ging aan de voet van een spar liggen, van waaraf hij datgene wat zich langs de kant van de weg afspeelde kon horen en zien. Hij trilde van verlangen om naar de vrouw toe te gaan, maar dat ging nu niet. De achtervolgers lagen heel dichtbij op de loer. Ze veegden het zweet van hun gezichten en sloegen de muggen van zich af. Ze hadden het niet gemakkelijk gehad, zo rennend door het bos om de tuinbouwconsulente bij te kunnen houden, die bovendien op de fiets was en zich op een egaal wegdek voortbewoog.

Wist de consulente dat ze werd achtervolgd? Had ze erin toegestemd om samen te werken met de boeren in het dorp en de politie? Was Sanelma Käyrämö een lokvogel? Was ook zij van zins om Huttunen weer achter de tralies van de psychiatrische inrichting te krijgen, in het gekkenhuis waar duistere apathie en een sfeer van droevige afwachtendheid heersten?

'Gunnar! Lieve Gunnar! Ik ben het maar, ik ben er!'

Huttunen durfde niet te voorschijn te komen. Hij durfde nauwelijks adem te halen. Hij zag dat Vittavaara een buks bij zich had. Hielden ze hem tegenwoordig voor een moordenaar, dat ze het nodig vonden een geweer mee te nemen? Agent Portimo zat in ieder geval op een pol en probeerde weer op adem te komen. Maar ook hij hield de omgeving in het oog. Huttunen bleef doodstil liggen waar hij lag, aan de voet van de spar, knarsend op zijn tanden. Zijn hart brak toen hij de tuinbouwconsulente hoorde roepen: 'Gunnar... waar zit je nou, gekkie?'

De vrouw bleef lange tijd wachten bij de ontmoetingsplaats, maar toen het stille, sombere woud geen antwoord gaf op haar herhaaldelijke geroep, zette ze ten slotte een mand met levensmiddelen op de grond; ze bedekte hem met haar sjaal en keerde toen bedroefd terug naar de weg. Vittavaara keek teleurgesteld. Opgewonden fluisterde hij iets tegen Portimo dat Huttunen niet kon verstaan.

Met tranen in haar ogen stapte de tuinbouwconsulente weer

op de fiets. Huttunen had zin om zo hard hij kon wolvengehuil uit te stoten, woedender dan de grootste wolf, dan de wreedste leider van de roedel. Maar hij hield zijn mond dicht. De tuinbouwconsulente fietste over de weg terug in de richting van het kerkdorp, ging een bocht om en verdween al gauw uit het zicht.

Aangezien Vittavaara en Portimo zich niet hadden vertoond aan de consulente, was Huttunen ervan overtuigd dat Sanelma Käyrämö geen deel uitmaakte van het complot. Ze had hem niet bedrogen, had hem daarentegen eten gebracht, precies zoals ze een week geleden hadden afgesproken. Met bloeddoorlopen ogen keek Huttunen naar de picknickmand die de consulente voor hem had achtergelaten op een pol.

Meteen nadat de vrouw uit het zicht was verdwenen, spurtte Vittavaara te voorschijn om de inhoud van de mand te inspecteren. Portimo volgde hem en wierp met tegenzin ook even een blik op de waren.

'Allemachtig! Er zit melk en brood in,' baste Vittavaara verbitterd, en hij kiepte de mand om op de pol. Huttunen zag dat er een fles melk en een paar in vetvrij papier gerolde bundeltjes in zaten. De geur van versgebakken koffiebrood drong zijn neusvleugels binnen. 'En koffiebrood, godskolere!'

Vittavaara scheurde de pakketjes open. Er kwam gerookt spek uit te voorschijn, een paar stukken worst, een pak koffie, brood. Op de bodem van de mand lag een enorme hoeveelheid verse groente: meiknollen, wortels en rode bieten. Bovendien rolde er een boeket in het gras: het waren goudsbloemen die door Sanelma Käyrämö waren samengebonden tot een bevallig bosje. Vittavaara greep het boeket vast en zwaaide ermee in de richting van het bos. 'En bloemen, verdomme! Wat een flauwekul, dat zo'n idioot met bloemen behangen het bos in verdwijnt!'

Portimo stopte de etenswaren terug in de mand. 'Doe nou niet, Vittavaara... De consulente wilde Kunnari waarschijnlijk alleen maar een plezier doen. Zullen we niet gewoon gaan? Huttunen komt nu toch niet meer hierheen.'

Vittavaara brak een flink stuk van het koffiebrood af en stopte dat in zijn brede mond. Nadat hij een paar brokken had doorgeslikt, wist hij uit te brengen: 'Moet je proeven! Dit soort lekkers laat ze liggen voor die woudloper. Proef eens, Portimo!'

Portimo proefde niet, maar rolde het brood weer in het papier. Hij zette de korf op de pol en maakte aanstalten om te vertrekken. Maar Vittavaara pakte de mand, en toen Portimo hem niet-begrijpend aankeek, zei de boer: 'Hij verhongert maar. Ik laat deze lekkernijen hier mooi niet voor hem achter.'

Om zijn woorden te benadrukken smeet hij de goudsbloemen tegen een boom die vlak bij hem stond. Portimo keek een andere richting op, toevallig net die waar Huttunen zich bevond; hij stopte, bleef staan staren. De blikken van de agent en de kluizenaar ontmoetten elkaar. Portimo kuchtte verbaasd en keerde zijn ogen af. Hij liep naar de weg en riep van daaraf naar Vittavaara dat die ook die kant op moest komen.

Met zijn mond vol koffiebrood liep Vittavaara de weg op. Hij zette de korf op de grond terwijl hij zijn buks op zijn rug hing, nam de mand vervolgens in de hand en kuierde samen met Portimo terug naar het kerkdorp. Huttunen hoorde hoe Vittavaara met luide stem praatte en ondertussen koffiebrood at. Portimo antwoordde niet, maar wandelde in gedachten verzonken verder.

Toen Huttunen hongerig en verdoofd terugkeerde bij zijn kamp, wachtte hem daar nog een andere onaangename verrassing. Hij zag dat het vlot niet lag waar het normaal altijd lag: bij de vuurplaats op het strand. Iemand was erop naar de overkant van de Sivakkajoki gepeddeld en had het daar vastgebonden. Wie? En met hoeveel waren ze? Was deze afgelegen en veilige thuisbasis dan toch ontdekt? Wisten de mensen in het kerkdorp waar het kamp van de kluizenaar zich bevond?

Huttunen waadde bovenstrooms bij de stroomversnelling door de rivier naar de andere oever om zijn vlot terug te halen. Boven op de boomstammen lagen schubben en ingewanden – iemand had er vis op schoongemaakt. Huttunen kalmeerde. Een rondtrekkende visser had zijn houtvlot gebruikt. De passant had waarschijnlijk het kamp achter de bosjes op het strand niet eens opgemerkt.

Huttunen liet het vlot honderd meter benedenstrooms afdrijven. Vervolgens keerde hij terug naar zijn kamp, waar hij een karig avondmaal bereidde. Als dessert at hij een handvol zoete bosbessen. Maar zijn gedachten waren bepaald niet zoet. Hij voelde een machteloze haat jegens de boeren in het dorp. Zij waren het die hem in het nauw dreven, die hem gevangennamen, die hem onbekwaam lieten verklaren. Als hij nou nog een eerlijk gevecht met hen kon voeren, gewoon man tegen man, dan zou alles wel weer in orde komen. Maar nu was Huttunen verslagen, in naam der wet en met geweld; ze hadden een vogelvrije kluizenaar van hem gemaakt wie al het wezenlijke werd ontzegd, zelfs voedsel, en liefde. Er werd op Huttunen jacht gemaakt alsof hij een misdadiger was; het brood werd hem voor de neus weggekaapt, en zijn vriendin werd bespied als was ze een spion.

Nadat hij een tijdje had gerust, besloot de kluizenaar een dag of twee bij de bovenstroom van de Sivakkajoki te gaan vissen. Met een net kon je hier, in de buurt van het kamp, bijna niets anders dan snoek vangen. Huttunen vertrouwde erop dat de bovenloop nog vol zat met vis, en pakte een flink aantal roodgetinte vliegen en een paar felle blinkerds in. Hij nam ook zout mee, en brood – hij ging ervan uit dat hij bij de rivier wel van zijn vangst zou kunnen leven. De bijl stopte hij onder zijn riem.

Het was bepaald niet makkelijk om de knusse Thuishaven achter te laten, maar nu het zomer was moest hij zoveel mogelijk gebruik maken van de beschikbare tijd om te vissen, om zich voor te bereiden op de tijden die gingen komen, die naar het zich liet aanzien nog kariger zouden zijn. Terwijl hij bovenstrooms langs de oever van de Sivakkajoki liep, vervloekte Huttunen Vittavaara: 'Brutale broodrover.'

24

In de kamer van de korpschef werd poker gespeeld. Jaatila had dokter Ervinen en winkelier Tervola uitgenodigd voor een avondje bij hem thuis. Ze hadden zich eerst beziggehouden met een paar saaie gezelschapsspelletjes, maar nadat dokter Ervinen een paar stevige borrels had geserveerd in sherryglazen, besloten ze de avond op te luisteren met poker.

De meid, die door de vrouw van de korpschef steevast dienstmaagd werd genoemd, verscheen in de deuropening, maakte onwillig een revérence en kondigde aan dat een of andere man met de korpschef wilde spreken. Jaatila wilde het spel niet onderbreken en dus ging hij niet naar het kantoor, maar gaf hij de meid opdracht om de man de kamer binnen te laten. Jaatila had net drie vrouwen in zijn handen, twee op tafel, en een omgekeerd als reservekaart. Eén kaart moest hij nog trekken. Hij wist in deze fase al wel dat hij van de winkelier zou winnen, maar Ervinen kon verdomme wel eens een drietje hebben. Toch verhoogde de korpschef zijn bod, en Ervinen trok wit weg. Maar misschien speelde de arts alleen maar toneel. Zo'n etterbak was het wel, dacht de korpschef.

Op dat moment stapte een man naar binnen die de geur van rook en vis om zich heen had hangen. De korpschef vroeg hem waar hij voor gekomen was, zo laat op de avond. Hij antwoordde dat hij was wezen vissen in de buurt van de Reutuvaara, op gemeentegrond, uiteraard.

'En, hoe was de vangst?' vroeg de korpschef afwezig, en hij trok zijn laatste kaart. Het was de ruiten zes, dus niet de ontbrekende vrouw, maar dat kon hij in deze fase beter nog niet aan zijn tegenspelers laten merken. Hij had nu de beste kaarten op tafel, met twee vrouwen op de stapel. De winkelier gaf op, maar Ervinen, die een suite van een of andere kleur in de maak leek te hebben, betaalde en begon nog te verhogen ook. De arts stopte een hoeveelheid geld in de pot waar je een heel behoorlijk kaliber wapen voor kon kopen.

'Die viel niet tegen, de vangst,' zei de man die in de deuropening stond, en hij rekte zich uit om het verloop van het spel te volgen. Hij kon de kaarten van Ervinen vanachter diens rug zien, maar ook zijn blik verraadde niet wat de arts van plan was. De korpschef keek de man in de ogen en trok zijn wenkbrauwen op, maar de bezoeker keerde zijn blik af.

'Dus de vangst was goed,' keuvelde de korpschef, en hij betaalde de verhoging van Ervinen. Toen ze hun kaarten lieten zien, bleek dat de arts had gebluft. Zijn reservekaart was een onbetekenende schoppen twee. De kille waarheid was dat de hele pot naar de hoofdcommissaris ging. Die schonk alle glazen nog eens bij, maar bood de visser niets aan, en vroeg hem nogmaals: 'Nou, wat brengt u hier?'

De man vertelde dat hij aan de rand van de Reutuaapa, aan de oever van de Sivakkajoki, een geheel nieuw houtvlot had gevonden. 'Ik ben toen eens gaan nadenken wie dat gebouwd zou kunnen hebben. Toen ik de plek verder inspecteerde, vond ik zowaar een volledig uitgerust kamp, helemaal nieuw aangelegd ook nog. Dat kwam ik de korpschef vertellen: dat een of andere bosbewoner daar op de oever een kamp heeft gebouwd.'

De korpschef begreep niet goed wat hij daarmee te maken had. 'Het woud zit vol met vlotten en hutjes. Daar hebben de autoriteiten toch geen fluit mee te maken?'

De visser trok zich geschrokken terug in de deuropening. Daarvandaan zei hij verontschuldigend: 'Ik dacht alleen maar: als het nou eens die Kunnari Huttunen was, die geschifte molenaar, die dat kamp daar heeft gebouwd? Ik hoorde in het dorp dat hij gevlucht was uit het gekkenhuis en dat hij zich nu ergens in de bossen schuilhoudt.'

Ervinen was meteen geïnteresseerd en gebood de man de kamer weer in te komen. Hij vroeg hoe het kamp eruit had gezien.

'Het was helemaal nieuw en vakkundig gebouwd. Er was een afdakje, zo'n half hutje. Er lag een stapel hout waar je weken mee vooruit kunt. Bovendien was er een opbergkastje dat boven op de stronk van een spar was getimmerd. In het bos stond nog een poepdoos en op de oever lag dat vlot, zoals ik net al zei.'

'Hoe zagen ze eruit, dat vlot en die andere dingen?' vroeg de korpschef.

'Alsof ze gemaakt waren door een timmerman. Zelfs de poepdoos was afgewerkt. Op de oever stonden bovendien palen om een of twee visnetten te drogen.'

'Dat is Huttunen,' stelde Ervinen vast. 'De molenaar heeft twee rechterhanden, ook al lijkt zijn motoriek nergens op. Zullen we hem meteen maar in de boeien gaan slaan?'

De korpschef belde met agent Portimo en beval deze om onmiddellijk een aantal mannen op te trommelen en die mee te nemen naar zijn ambtswoning. 'Wapens mee. We gaan met twee auto's.'

Een halfuur later verzamelde zich een groep mannen in de tuin van de korpschef: Portimo, Siponen, Vittavaara, onderwijzer Tanhumäki, en ook knecht Launola was goed genoeg bevonden om mee te mogen. Siponen, Vittavaara en Launola stapten bij de arts in de auto; de anderen reden met de korpschef mee. De verklikker met de visgeur ging mee als gids.

Op volle snelheid reden ze naar de splitsing bij de Reutuaapa, waar de mannen uit de auto's kropen. Het was al avond, maar nog niet te schemerig.

De korpschef gaf onderweg een korte toelichting: hij legde uit dat Huttunen overrompeld moest worden. Ze zouden het kamp omsingelen en vernielen en Huttunen gevangennemen. De visser mocht als gids optreden. Ze moesten zich geruisloos voortbewegen, zodat de buit niet gealarmeerd zou worden en zou vluchten.

'Mogen we schieten als hij het bos in spurt?' vroeg Siponen aan de korpschef, en hij schudde dreigend met zijn eenloopbuks.

'We proberen hem te verrassen, maar als hij aanvalt, mag je uit noodweer schieten. Maar wel eerst in de benen, en dan pas in hoofd of maag.'

De groep mannen arriveerde voor middernacht bij de Sivakkajoki. Daar gingen ze uiteen om een smal kordon te vormen en ploeterden ze in bovenstroomse richting, daar waar zich volgens de verklikker het kamp bevond. Al gauw kwamen ze langs het houtvlot op de oever van de rivier. Dat was benedenstrooms verlegd, constateerde de gids.

De korpschef beval fluisterend dat een aantal mannen door het bos verder moest gaan om zo achter het kamp te raken, terwijl een paar anderen zich zouden verspreiden en aan deze kant van het kamp de wacht zouden houden. De rivier werd niet afgedekt, want ze dachten dat zelfs Huttunen niet zo gek zou zijn om het water in te vluchten, aangezien daarachter het drassige moeras wachtte. Geruisloos begaven de belegeraars zich naar hun posities rondom het kamp; de korpschef deed de roep van een hazelhoen na om een teken te geven en vervolgens maakten ze de kring steeds kleiner. De mannen kropen en slopen over de vochtige grond. Hun knieën werden wel nat maar de situatie was zo spannend dat niemand er iets over zei.

Een halfuur later was het kordon om het kamp helemaal gesloten. De korpschef gaf het teken voor de verrassingsaanval. Onder afgrijselijk geschreeuw en gedonder doken er negen gewapende mannen uit de duistere wildernis op.

Maar het kamp was verlaten. Er lag niemand te slapen in de hut. Ze hadden bot gevangen... De soldaten verzamelden zich om de visser en begonnen hardop lucht te geven aan hun twijfels omtrent de juistheid van de aangifte. De man zei dat hij zijn huis maar eens ging opzoeken en verdween in het bos.

Vittavaara trok de rugzak uit het kastje te voorschijn en schudde de inhoud uit op de grond. Hij onderwierp ieder voorwerp aan een nauwgezet onderzoek, alsof hij wilde bekijken of ze van Huttunen waren. Portimo wierp een blik op de rugzak en zei kortaf dat het die van Kunnari was. 'Kunnari had diezelfde rugzak bij zich toen we afgelopen winter samen een paar zondagen op korhoenders hebben gejaagd bij de Puukkokumpu. We hebben er tijdens beide uitstapjes vijf gevangen. Moet je nagaan, en dat terwijl we niet eens een hond bij ons hadden.'

De korpschef snauwde Portimo toe: 'Jij kiest je jachtvrienden wel goed uit, agent.'

'Kunnari was toen nog niet uit de inrichting ontsnapt,' verdedigde Portimo zich.

De korpschef bepaalde dat het kamp in de gaten moest worden gehouden. De groep mannen trok zich terug in het bos. Niemand mocht roken of zelfs maar een woord fluisteren. Ze dienden stilletjes in het duister te liggen en te wachten tot Huttunen terugkeerde naar zijn kamp. Ze dachten dat hij alleen maar tijdelijk afwezig was. Als ze hem bespiedden, konden ze hem misschien toch nog overrompelen.

Maar ondanks het feit dat de mannen de hele nacht roerloos in het struikgewas lagen te loeren, verscheen Huttunen niet ten tonele. De een na de ander kwam de volgende ochtend met verkleumde en van de vochtigheid verkrampte ledematen terug bij het kamp, waar opnieuw werd overlegd.

'Het heeft geen zin om nog langer te liggen spieden,' zei Ervinen verveeld. 'Hij weet dat we hem in de gaten houden... Het kan best zijn dat hij ergens achter een boom naar ons staat te kijken en omvalt van het lachen. Ik blijf in ieder geval niet langer in dat vochtige moeras liggen omwille van een of andere gek.'

Launola sloot zich meteen bij de arts aan. Siponen snauwde tegen zijn knecht: 'Jij blijft hier desnoods tot Kerstmis op Huttunen liggen wachten als ik je dat zeg. Daar betaal ik je nota bene nog voor ook.'

'Al is een knecht ook maar een mens, dat wil niet zeggen dat hij alles moet doen wat er te doen valt. Dit soort werk kun je niet vergelijken met hooien of houthakken, dit lijkt meer op wat we in Syväri deden.'

De korpschef maakte een eind aan de ruzie door te constateren dat het waarschijnlijk geen zin had om nog langer op wacht te staan. De molenaar had er op een of andere manier lucht van gekregen en bleef uit de buurt. Hij beval het kamp te vernietigen. Enthousiast gingen de mannen aan de slag.

Vittavaara wierp Huttunens rugzak over zijn schouders. Siponen duwde het afdak omver en sleepte de takken de rivier in. Ervinen brak samen met de onderwijzer het kastje af. Al het hout werd in de beek geworpen. Launola kreeg de opdracht om de poepdoos te vernietigen die op de heuveltop stond. Hij moest ook het gat eronder dichtmaken. Voordat hij dat deed, telde de korpschef hoeveel uitwerpselen van Huttunen erin lagen. Daaruit kon hij misschien afleiden hoeveel dagen de molenaar in het kamp had doorgebracht. De stenen van het kampvuur werden vanaf de oever het water ingerold. Ze braken de kookstelling doormidden en vernielden het droogrek voor de visnetten. Om de vernieling compleet te maken werd Huttunens houtvlot losgemaakt en overgeleverd aan de stroming. Het enige waar ze niets aan konden doen was de kalender die de kluizenaar in de dennenboom had gekrast. Het laatste met een dolk gekerfde streepje dateerde van twee dagen terug, stelde de korpschef vast toen hij Huttunens almanak met die van hemzelf vergeleek.

'Zonder uitrusting is Huttunen genoodzaakt om naar het dorp te komen,' voorspelde korpschef Jaatila. 'Ik dring er bij alle aanwezigen op aan om de komende dagen uiterst opmerkzaam te zijn. De veiligheid van het kerkdorp verlangt van ons dat we deze gevaarlijke geestelijk gestoorde man zo snel mogelijk gevangennemen en hem onverwijld overbrengen naar Oulu.'

Nadat ze hun vernielende werk hadden afgerond, aanvaardden de mannen de terugreis. Net rond die tijd keerde ook Huttunen huiswaarts van zijn verblijf aan de bovenloop, met toch zeker wel tien kilo vis aan een stok. Hij was tevreden en dacht: als ik aankom in mijn Thuishaven, zet ik meteen een lekker bakje koffie.

25

De aanblik van de vernielde Thuishaven was om ziedend van te worden. Alle constructies die de kluizenaar in elkaar had gezet waren tot de grond toe afgebroken. Zijn bezittingen waren hem afgenomen, niets was nog als voorheen. Hoewel Huttunen zijn vernietigde kamp van boven tot onder inspecteerde, vond hij niet één voorwerp dat nog geschikt was voor gebruik. Zijn houtvlot was losgemaakt en met de stroming weggedreven, en zelfs de poepdoos was in stukken gezaagd, en het gat eronder was dichtgegooid.

Er ontsnapte een onophoudelijke stroom vloeken aan Huttunen.

Zijn leven zat weer eens in een impasse. Huttunen wist dat hij zich niet lang in de wildernis kon schuilhouden zonder behoorlijke uitrusting, zonder beschutting tegen de ruige elementen van een leven in het bos. Hij bezat niets meer, alleen de kleren die hij aanhad, een paar vliegen en blinkerds voor het vissen, een dolk en een bijl.

De kluizenaar ging ervan uit dat de boeren in het dorp en de korpschef zijn kamp hadden gevonden en vernietigd. Hij omklemde de steel van de bijl zo stevig dat zijn knokkels er wit van werden en staarde bloeddorstig naar het glimmende blad.

Huttunen spietste wat vis aan het uiteinde van een stok en bakte die zo in de gloed van een kampvuur. Het was een karig maal, aangezien samen met de rugzak ook het zout was geconfisqueerd. Gedeprimeerd werkte de kluizenaar de verkoolde, zouteloze vis naar binnen. Hij dronk er water uit de rivier bij.

De vis die nog over was begroef Huttunen in de as van het kampvuur, en toen keerde hij zijn Thuishaven de rug toe. De daaropvolgende nacht bracht hij door op de top van de Reutuvaara, slapend op dennentakken. Midden in de nacht werd hij wakker van de kou; hij klom naar de hoogste rots en keek daarvandaan woedend in de richting van het kerkdorp.

Het dorp was rustig in slaap verzonken. Daarginds lagen, gerieflijk in hun warme bedden, de mannen die het kamp van de kluizenaar hadden vernietigd. Huttunen stootte een dreigend wolvengehuil uit, eerst met lage stem, vervolgens uit volle borst, helder en onbedwingbaar. Het waanzinnige gehuil droeg in de heldere zomernacht helemaal tot aan de kerk: de honden in het dorp werden er wakker van en begonnen angstig en met hun nekhaar overeind te blaffen. Al gauw deden ze allemaal mee, tot aan de kleinste keffer toe, blaffend en huilend zo hard ze konden. Ze probeerden het heldere wolvengehuil van Huttunen te beantwoorden dat vanaf de rotsen van de Reutuvaara weerklonk. Verder weg begon uit een naburig dorp hondengehuil te weergalmen, en de plaatselijke loebassen kwamen pas tegen het ochtendgloren weer tot bedaren, toen Huttunen zelf al lang lag te slapen op zijn takken op de top van de Reutuvaara.

Niemand in het kerkdorp deed die nacht een oog dicht. Veel boeren luisterden buiten op de trap naar het wolvengehuil, gingen weer naar binnen op hun blote voeten en zeiden tegen hun vrouwen: ‘Dat is Kunnari die daar zo jankt.’

De vrouwen zuchtten angstig en dachten: ze hadden hem met rust moeten laten. Die arme kerel huilt nu zo klaaglijk omdat ze al zijn spullen hebben gestolen.

De volgende ochtend belde korpschef Jaatila naar de Siponens en gelastte hij tuinbouwconsulente Sanelma Käyrämö om zich bij zijn ambtswoning te melden voor verhoor.

Maar van Käyrämö kreeg hij geen bruikbare informatie los. De vrouw wist niet waar molenaar Gunnar Huttunen momenteel verbleef. De korpschef gaf de vrouw een officiële waarschuwing en verbood haar de molenaar nog langer in bescherming te nemen; hij zei dat dat in strijd was met de wet. Huttunen had nu verzorging nodig, en het dorp moest tot bedaren komen. De korpschef gaapte en dronk sterke koffie. Huttunen en de nachtelijke uitbarsting van de honden hadden ook de sterke arm in wakende staat gehouden.

Overdag gingen korpschef Jaatila en agent Portimo met een paar honden op weg naar de Reutuvaara, om Huttunen te zoeken. De dieren snapten echter niet dat ze naar de geur van Huttunen moesten speuren. Ze gingen niet achter zijn sporen aan, hoe vaak de mannen ze ook aan Huttunens spullen lieten ruiken. In plaats daarvan blaften ze op de helling van de Reutuvaara geestdriftig naar een eekhoorn. Chagrijnig nam Jaatila het beestje onder schot, hoewel hij helemaal niets kon aanvangen met een eekhoornvel. Met een handwapen op klein wild jagen is niet gemakkelijk: de korpschef moest de eekhoorn keer op keer opnieuw onder schot nemen. Hij leegde zijn hele magazijn op het arme knaagdier, dat van de ene boom naar de andere vluchtte met de honden op zijn hakken. De woedende korpschef deed zo zijn best dat de Reutuvaara ervan weergalmde, maar hij kreeg het dier niet te pakken omdat hij door zijn kogels heen was. Agent Portimo legde het beestje uiteindelijk om met zijn buks, tot onmetelijke vreugde van de honden. Hij overhandigde het bloederige eekhoorntje aan Jaatila, maar die weigerde het in ontvangst te nemen en kwakte het woedend de bosjes in.

Het was lastig om de honden weer het bos uit te krijgen. De korpschef liet Portimo achter op de Reutuvaara om de verwilderde beesten naar huis te lokken. Bij terugkomst in het kerkdorp moest hij aan de toegestroomde dorpelingen uitleggen wat al dat schieten te betekenen had gehad. Chagrijnig trok hij zich terug in zijn kantoor.

Daar ging net op dat moment de telefoon: het was de psychiatrische inrichting van Oulu, waar men wilde weten of hun neurastheniepatiënt, een zekere Huttunen, in het dorp was gesignaleerd. De korpschef snauwde dat ze de man nog niet te pakken hadden, hoewel ze al wel hard hun best hadden gedaan. 'Goddomme nog aan toe, dat jullie die gek hebben laten gaan! Dat moest zo nodig een gesloten inrichting neerzetten, van baksteen nota bene, maar zo'n kerel laten ze gewoon naar buiten marcheren! Jullie zouden eens beter op je niersteenlijders moeten passen!' bulderde de hoofdcommissaris in de hoorn.

In Oulu werd droogjes geconstateerd dat de geestelijk gestoorde patiënt in kwestie oorspronkelijk helemaal niet bij hen uit de buurt kwam, maar afkomstig was uit dit specifieke dorp, waar niet alleen de molenaars achterlijke idioten schenen te zijn, en dat de arrestatie van de man tot de taken van de korpschef behoorde. Er volgde een lange, vruchteloze en verbitterde woordenwisseling over de vraag wie verantwoordelijk was voor het geval-Huttunen, totdat de korpschef woedend de hoorn op de haak smeet.

De volgende nacht liet Huttunen geen gehuil horen. Hij ging naar het dorp toe. De kluizenaar sloop rond bij de huizen, bracht een bezoek aan zijn moestuintje bij de Suukoski en trok daar wat groente – meiknollen en wortels – uit de grond om zijn ergste honger te stillen. De molen zelf ging hij niet binnen, omdat hij bang was dat iemand er de wacht hield.

De viezige hond van Siponen werd niet wakker toen Huttunen vanuit het bos naar de achterzijde van het huis glipte. De mensen binnen sliepen, maar op de bovenverdieping brandde licht. De tuinbouwconsulente was dus wakker. Huttunen gooide een steentje tegen de ruit en dook de aalbessenstruiken in om daar te wachten. Al gauw ging het licht in de kamer uit. Het raam werd geopend en de consulente stak haar krullenbol naar buiten. Met een behuild gezicht keek de vrouw de tuin in. Huttunen kwam te voorschijn vanachter de struiken en fluisterde naar zijn geliefde: 'Lieve Sanelma, heb je het geld opgenomen van de bank? Gooi de beurs maar naar beneden!'

De vrouw schudde bedroefd haar hoofd en fluisterde iets terug, maar toen bleek dat Huttunen het niet verstond, liet ze een briefje naar beneden vallen. Huttunen greep het stukje papier, waarop stond: 'De Coöperatieve Bank weigert om uw spaargelden of de rente daarop uit te keren... Hoogachtend, A. Huhtamoinen, kasbeheerder.'

Huttunen begreep het niet. Hij fluisterde opgewonden naar boven, en vroeg en gebaarde zodanig dat de hond van Siponen in de voortuin wakker werd en slaperig begon te blaffen. Sanelma Käyrämö raakte in paniek, schreef een paar woorden op een stukje papier en gooide dat naar Huttunen. Er stond: 'Lieve Gunnar. Kom morgen om 6 uur n.m. naar het bos achter de melkstal van Vittavaara.'

De kluizenaar trok zich terug in het bos en overdacht de situatie. Siponen was wakker geworden van het geblaf van de hond. In zijn ondergoed en met de buks in zijn hand stapte hij naar buiten; hij controleerde het schuurtje en de sauna, luisterde lange tijd naar de geruisloze nacht en keek naar het bos in de richting waarin ook de hond keek, maar toen het beest ophield met blaffen, gromde zijn baasje hem toe, om vervolgens op zijn sokken de woning weer binnen te gaan.

Huttunen at een paar meiknollen in het bos en schraapte die met de punt van zijn mes. Hij vroeg zich af waarom de bankdirecteur in vredesnaam had geweigerd zijn geld uit te keren aan de tuinbouwconsulente. Welk recht had Huhtamoinen om zo'n rotstreek uit te halen? Zijn haat jegens de bank werd sterker. Huttunen begroef de overgebleven meiknollen in een gat in een boomstronk en ging rennend door het bos op weg naar de bank.

De dorpsbank was gevestigd op de begane grond van een stenen gebouw. Op de bovenste verdieping woonde bankdirecteur Huhtamoinen met zijn gezin, en blijkbaar ook een van de bankemployés, want de bovenverdieping leek te groot voor slechts één gezin. Huttunen inspecteerde het gebouw, waar binnen in een kluis zijn financiële reserves lagen opgesloten. Hij dacht eraan om in te breken en te nemen wat hem toekwam, maar zonder dynamiet zou hij de kluis niet kunnen openen. Het was beter om zijn bankzaken tijdens de openingsuren te regelen. Het was overigens niet zinvol om dat ongewapend te doen. En alleen een bijl leek hem in dit specifieke geval niet overtuigend genoeg – met een geweer in zijn hand zou hij waarschijnlijk wat vlotter met de kasbeheerder kunnen afrekenen.

Huttunen herinnerde zich de imposante wapencollectie van dokter Ervinen. Eén enkel geweer kon hij de arts vast wel afnemen. De dokter zou nog genoeg overhouden voor zijn eigen behoeften, zeker zo buiten het jachtseizoen.

De volgende avond ontmoette Huttunen de tuinbouwconsulente in het bos achter de melkstal van Vittavaara. De vrouw was zo bang dat ze helemaal stond te rillen. Huttunen fluisterde lieve woordjes in haar oor, sloeg zijn arm om haar angstige lichaam om haar te beschermen, kalmeerde haar en vroeg van alles. Sanelma Käyrämö vertelde over alle vreselijke gebeurtenissen die er sinds hun vorige ontmoeting hadden plaatsgevonden. Ze bood Huttunen geld aan, maar dat sloeg hij af: 'Arm kind, je hebt zelf al zo weinig, doe dat maar niet. Ik zorg wel voor mijn eigen centen.'

Huttunen probeerde de tuinbouwconsulente zover te krijgen dat ze later die avond dokter Ervinen zou bellen om hem te zeggen dat hij dringend nodig was in Kantojärvi, een dorp twintig kilometer verderop. 'Zeg maar dat bij de tangverlossing van de dienstmeid in Puukkokumpu de assistentie van een arts is vereist.'

Toen de tuinbouwconsulente zich afvroeg waarom ze de dokter dergelijke leugens moest opdissen, legde Huttunen uit dat hij van plan was om de arts voor enige tijd het huis uit te krijgen. Als deze ergens ver weg bij een patiënt langs moest, zou Huttunen in alle rust een bezoekje kunnen brengen aan diens woning.

'Ik heb tabletten van Ervinen nodig. Hij heeft van die kalmerende pilletjes in een kast naast de open haard. Ik heb gezien dat hij ze daar de vorige keer uit haalde.'

Sanelma Käyrämö kon zich goed voorstellen dat Huttunen iets kalmerends kon gebruiken. Maar toch was ze bang: 'Het is wel stelen... en het is verkeerd om anoniem de dokter te bellen. Bovendien krijgt niemand in Kantojärvi momenteel een kind... zelfs zo'n dienstmeid hebben ze daar niet.'

Huttunen haalde de vrouw over om te doen wat hij vroeg. Was er in zekere zin niet indirect sprake van uitoefening van de medische praktijk? Uiteindelijk was Huttunen wel ziek, dat kon niemand ontkennen. Natuurlijk bewogen ze zich hier enigszins op verboden terrein, maar daar werden ze toe gedwongen: ze hadden geen keuze. Huttunens hoofd zou de druk niet lang meer aankunnen. Als de molenaar de apotheek zou binnenwandelen om de medicijnen te kopen, zou hij onmiddellijk worden opgesloten en met de eerste de beste gevangenentrein naar de inrichting worden afgevoerd. Zo was het toch?

Sanelma Käyrämö beloofde om nog diezelfde avond met Ervinen te bellen. Ze was bang dat Ervinen haar stem zou herkennen, maar Huttunen zei dat iedere vrouw haar stem toch zeker kan verdraaien, aangezien ook de meeste mannen op meer dan één manier konden praten.

'Nou ja, dan bel ik wel. Over de meid in Puukkokumpu durf ik niets te beweren, maar daarginds in Kantojärvi is ene Leena Lankinen zwanger. Ik zal zeggen dat die een miskraam dreigt te krijgen.'

De tuinbouwconsulente vertelde hoe haar bezoek aan de bank was verlopen, en welke bedreigingen de korpschef had geuit tijdens het verhoor. Huttunen werd woedend en vond dat de autoriteiten nu toch echt te ver gingen. 'Dat ze een onschuldige vrouw als jij zo in het nauw durven te drijven! Alsof jij soms uit het gekkenhuis bent gevlucht, jij bent kerngezond! Ze zouden vrouwen met rust moeten laten. Is het soms niet genoeg dat ze míj dag en nacht achternazitten!'

Voordat de twee uit elkaar gingen, gaf de tuinbouwconsulente Huttunen een zoen en een half pond gerookt spek. Huttunen bleef duizelig van geluk achter in het bos, met een smakelijk pakket spek in zijn handen en de herinnering aan de kus van de consulente op zijn lippen. Toen Sanelma Käyrämö was weggefietst, vouwde de kluizenaar het vetvrije papier waar het varkensvlees in was gerold open en at hij alles met zwoerd en al op, zo'n honger had hij.

26

Het was acht uur op Huttunens zakhorloge. De kluizenaar bespiedde het huis van dokter Ervinen vanuit het bos erachter. Nog even en Ervinen zou het druk krijgen, want de acute tangverlossing in Kantojärvi naderde het beslissende stadium.

Vlak na achten kwam Ervinen zijn huis uit. Hij wekte een geërgerde en gehaaste indruk. Ervinen had een dokterstas bij zich en rubberlaarzen aan zijn voeten. Tuinbouwconsulente Sanelma Käyrämö had dus alarm geslagen.

Ervinen startte zijn auto en vertrok met grote snelheid in de richting van Kantojärvi. Onmiddellijk nadat de auto van de arts uit het zicht was verdwenen ging Huttunen naar de buitendeur om die te proberen. Hij was op slot. Huttunen moest zich via het kelderraam toegang verschaffen tot de woning.

Eenmaal binnen schoot hij meteen de kamer met de open haard in om een geschikt jachtwapen voor zichzelf uit te zoeken. Er was keus genoeg – aan de muur hingen een buks, een karabijn, een geweer om elanden mee te schieten, een jachtgeweer met kogels en een gecombineerd wapen met twee lopen: een voor hagel en een voor kogels. Huttunen besloot er maar één mee te nemen: het jachtgeweer met de kogels. In de la van de schrijftafel vond hij daarvoor een flinke hoeveelheid munitie. Het lichte geweer voldeed aan Huttunens huidige behoeftes. In noodsituaties kon je er desnoods een eland mee omleggen, maar het was ook weer niet te lomp om vogels mee te schieten.

Huttunen besloot om, nu hij toch bezig was, nog wat meer van Ervinens jachtuitrusting bij zich te steken. Het was niet echt zijn bedoeling om te stelen – hij was van plan om ooit, als de gelegenheid zich voordeed, de schade die de arts leed te vergoeden. Het doel heiligde nu de middelen, want zonder behoorlijke spullen kon hij niet overleven in de bossen. En als ze nu toch voor het grijpen lagen, wie kon dan verhinderen dat de kluizenaar zich toe-eigende wat hij nodig had? De korpschef en de dorpelingen, Ervinen voorop, hadden al zijn eigendommen geconfisqueerd. Huttunen deed nu hetzelfde, meer niet.

Ervinen bezat een uitstekende rugzak, beter dan die van Huttunen was geweest. Nou ja, een arts móést ook wel een betere rugzak hebben dan een gewone molenaar. Zijn visgerei zag er ook goed uit. Er hadden wel wat meer vliegen tussen mogen zitten, maar zijn assortiment blinkerds was uitstekend. Kampeergerei was er in overvloed, zoveel dat het moeilijk was om een keuze te maken. Huttunen liet de spullen in de rugzak glijden en liep naar de slaapkamer, waar hij een dikke deken oprolde die hij boven op de rugzak vastbond. Hij haalde een nieuwe, sterk vergrotende verrekijker van de wand. Ook een kompas en een kaartetui, met daarin nauwkeurige topografische kaarten van de omgeving, verwisselden van eigenaar.

Toen alle benodigdheden in de rugzak waren gepakt, keek Huttunen nog eenmaal om zich heen, zoals mensen die van huis gaan dat altijd doen – zijn we niets vergeten? Het kwam in hem op dat het misschien beleefd zou zijn om een briefje achter te laten op tafel, waarin werd uitgelegd wie het huis had leeggehaald en waarom. Maar toen dacht Huttunen aan zijn eigen grondig vernielde kamp. Kwaad sissend schoof hij de gedachte van zich af: 'Daarginds op de Reutuvaara heeft ook niemand z'n verontschuldigingen achtergelaten. Laat die hospik z'n wonden maar likken! Waarom moest hij me ook zo nodig in het gesticht laten opnemen?'

Huttunen verliet het huis langs dezelfde weg als hij gekomen was. Geruisloos trok hij zich via de tuin terug in het bos, en sluipend langs de rand van het dorp koerste hij naar de oever van de Kemijoki. Het was verstandig om de komende nacht ten westen van de brede stroom door te brengen, aangezien er in de bossen rond de Reutuvaara ongetwijfeld naar hem werd gezocht.

Huttunen kon de Kemijoki moeilijk met de van staatswege onderhouden veerdienst oversteken. Op de oever moest de kluizenaar een boot lenen waarmee hij naar de overkant van de rivier roeide. Daar verborg hij het vaartuig in de bosjes, bij de monding van een sloot. Hij liep naar een dicht sparrenbos dat op een paar kilometer afstand van de oever lag en overnachtte daar, opgerold in de deken van dokter Ervinen. De volgende ochtend keerde hij terug naar de boot, met alleen het geweer en een handvol patronen bij zich. Hij duwde de boot het water in. 'Even langs de bank.'

Als een spook zwierf de kluizenaar door de bossen, tot hij zich aan de achterzijde van de financiële instelling van het kerkdorp bevond. Het was nog zo vroeg in de ochtend dat de bank nog niet geopend was. Huttunen besloot tot die tijd te wachten. Hij laadde zijn geweer alvast.

Onmiddellijk na opening van de bank stapte Huttunen naar binnen met het geweer in de hand. De medewerkers schrokken zich dood, en de kassier schoot als een pijl de achterkamer in om directeur Huhtamoinen erbij te roepen. De employee die was achtergebleven bij de kas vreesde met een spierwit gezicht voor haar leven. Een geestelijk gestoorde man in de bank met een geweer bij zich – dat veroorzaakte nogal wat onrust, en terecht. Huttunen begon echter niet in het rond te schieten, maar meldde rustig aan de kasbediende: 'Ik kom mijn spaargeld opnemen. Alles, ook de rente.'

Directeur Huhtamoinen spurtte de hal van de bank in. Hij was verbijsterd, probeerde de zaak te sussen: 'Meneer Huttunen, u hier... Het geld op uw rekening bevindt zich inderdaad hier in bewaring, in de kluis, maar mag eigenlijk niet worden uitgekeerd...'

Huttunen spande de haan van zijn geweer. 'Het zijn toch zeker mijn centen? Die van anderen wil ik niet, maar wat van mij is, neem ik mee.'

Doodsbenauwd mompelde Huhtamoinen: 'Ik bestrijd op geen enkele wijze dat u hier een spaarrekening hebt, met geld erop... maar nou ja, dat is dus geconfisqueerd. De commissie van curatoren van de gemeente heeft het op haar eigen rekening laten bijschrijven. Vanuit Oulu zijn er papieren opgestuurd waarin staat dat u, zeg maar, onbekwaam bent verklaard... U moet agrariër Vittavaara om toestemming vragen indien u uw geld wenst op te nemen. Ik zou best even met Vittavaara kunnen bellen nu... wie weet mag het wel van hem.'

'Er wordt helemaal nergens naartoe gebeld. U zou toch meteen contact opnemen met de korpschef. En wat heeft Vittavaara verdomme met mijn centen te maken? Heeft die soms nog niet genoeg geld gekregen voor zijn bossen?'

De bankdirecteur legde uit dat Vittavaara voorzitter was van de commissie van curatoren en dat hij in die hoedanigheid besluiten nam aangaande de financiën van onder curatele gestelde personen. 'Verder heb ik er helemaal niets mee te maken,' bezwoer Huhtamoinen.

'En toch neem ik nu mijn geld op. Waar moet ik tekenen?'

De bibberende bankemployee reikte het reçuutje aan over de balie. Huttunen schreef er zijn naam op en voorzag het papiertje van de datum. Huhtamoinen telde het geld uit op de toonbank. Het was niet veel, maar een paar maanden kon hij er toch wel mee vooruit.

Vanuit de achterkamer klonk de stem van de kassier. Huttunen liep erheen om te zien wat de man allemaal aan het doen was, en constateerde dat hij aan de telefoon zat. Huttunen deelde mee dat dit niet het geschikte moment was om te bellen. Geschrokken hing de medewerker op.

Nadat hij zijn bankzaken had geregeld, zei Huttunen nog tegen Huhtamoinen dat hij, als hij ooit nog eens geld te veel had, dat nooit meer bij een financiële instelling onder zou brengen, maar het in staatsobligaties zou investeren. 'Ik heb geen vertrouwen in het type banken waar je alleen onder bedreiging met een geweer je spaarcenten kunt terugkrijgen.'

Huhtamoinen probeerde het gebeurde af te zwakken: 'Maar dit is toch helemaal niet de schuld van de bank? We moeten ons gewoon aan de wet houden, en aan de instructies van de autoriteiten, hoe vervelend en onbeleefd dat soms ook is... In dit geval is er alleen sprake van enkele misverstanden. Maar, meneer Huttunen, verliest u niet uw vertrouwen in ons. Ik zou dit voorval niet eens als een bankroof willen beschouwen, integendeel, verre van dat. Wanneer deze kwestie achter de rug is, hoop ik dat we u opnieuw als klant van onze bank mogen verwelkomen. Een voormalige klant wordt bij ons op de bank als een vriend behandeld, daar kunt u van verzekerd zijn. Ik geloof zelfs dat het mogelijk is om eens over uw kredietmogelijkheden te praten... eh, in de toekomst natuurlijk.'

Huttunen schoot snel terug het bos in. De overige aanwezigen bleven nog een moment verlamd van verbijstering in de hal staan, totdat de boekhouder naar de telefoon spurtte en de korpschef belde. De directeur zelf deed aangifte. Hij verklaarde dat molenaar Gunnar Huttunen een paar tellen eerder gewapend met een geweer de bank was binnengedrongen. 'Hij heeft de bank beroofd. De buit is niet heel groot – Huttunens spaargeld dekt die wel. Maar een bankoverval is een ernstige kwestie, dus ik hoop dat je een grote groep mannen bijeenbrengt en de achtervolging inzet. Hij is zojuist het bos in verdwenen.'

27

De kluizenaar rende door de bossen achter het dorp naar de oever van de Kemijoki. Hij sprong in de boot en roeide zo hard over de snelstromende rivier dat de peddels doorbogen. De korpschef zou ongetwijfeld een uitgebreide zoekactie op touw zetten; hij mocht nu geen tijd verliezen.

Het nieuws over Huttunens bezoek aan de bank was al ten westen van de rivier doorgedrongen, want op de oever stonden diverse auto's die met de veerboot mee wilden. Een stuk of tien mannen stonden met de fiets op de pont, en bijna allemaal droegen ze een wapen op hun rug. Huttunen roeide op een paar honderd meter afstand benedenstrooms langs de boot. Ze schreeuwden naar hem: 'Hé, jij daar! Kom ook mee naar de kerk! Kunnari Huttunen heeft de bank beroofd en visgerei en een geweer van Ervinen gestolen!'

Toen Huttunen niet reageerde maar gewoon doorging met roeien, zei iemand: 'Hij hoort het niet. Harder roepen.'

Er werd zo luid geschreeuwd vanaf de pont dat Huttunen wel moest ophouden met roeien en moest antwoorden. Hij trok zijn pet over zijn ogen en brulde terug: 'Ik ga even naar Asemakylä en kom dan meteen achter jullie aan!'

Dit stelde de mannen tevreden, en Huttunen kon ontkomen. Hij trok de boot de monding van de sloot in en rende het bos in. Nu was er echt haast geboden. Gelukkig hadden ze hem niet herkend op de pont.

Huttunen zocht de rugzak op in het bos. Hij bekeek Ervinens kaarten even en ging toen op weg naar de wouden ten westen van de Kemijoki, met als bestemming de Puukkokumpu, een heuveltje dat aan drie kanten werd omgeven door uitgestrekte moerasgebieden. Aan één kant stroomde de kleine, kronkelige Puukkopuro. Het lag op ruim tien kilometer afstand van de plek waar Huttunen zich nu bevond, en hij ging ervan uit dat hij daar veilig zou zijn, in ieder geval voorlopig. De hoofdcommissaris zou honderden mannen moeten optrommelen als hij van zins was de streek helemaal tot aan de Puukkokumpu uit te kammen om hem te vinden. Bovendien zouden de zoekacties zich in het begin voornamelijk op de oostelijke oever van de Kemijoki concentreren, op de bossen rond de Reutuaapa.

Die dag bracht Huttunen door op de Puukkokumpu. De plek deed zijn naam eer aan: het was een heuvel die dichtbegroeid was met slanke sparren, die naalden zo scherp als dolken hadden. Van tijd tot tijd keek Huttunen door zijn verrekijker naar het oosten, over de Puukkopuro en de uitgestrekte moerassen, om te zien of zijn achtervolgers hem al op het spoor waren gekomen.

Huttunen telde keer op keer zijn geld. Het was tot op de cent hetzelfde bedrag dat hij in de loop der jaren naar de bank had gebracht, en daarbovenop nog de rente. De kluizenaar was van plan om in het naburige dorp naar de winkel te gaan zodra het wat rustiger was geworden in het bos. Het visgerei van Ervinen kwam nu goed van pas, en wat kon Huttunen ervan weerhouden om een paar vogels te schieten voor zijn maaltijd? Hij inspecteerde het mooie geweer. Het was een soepel functionerend ding, uitgerust met een magazijn voor vijf patronen en een vizier. Toch was het nu niet het geschikte moment om het wapen uit te proberen, want één schot was al voldoende om de over de bossen verspreide mannen op zijn spoor te brengen.

's Avonds schrok Huttunen overeind: in de lenzen van zijn verrekijker bewoog zich een mens. Ver weg aan de overkant van het moeras verscheen een klein, krom mannetje dat zo te zien een zware last op zijn rug droeg. Huttunen stelde scherp op de figuur. Wat sleepte de man daar met zich mee? Het leek op een grote pot, een zwart vat. De afstand tussen de heuvel en de rand van het moeras bedroeg een paar kilometer: er kon nog niets met zekerheid gezegd worden over de aard van de vracht. Maar het was hoe dan ook duidelijk dat de man ongelofelijke haast had. Hij hobbelde over het drassige marsland, en hoewel zijn vracht zwaar was, gunde hij zich geen tijd om te rusten. Hij kwam dwars door het moeras op de Puukkokumpu afgestevend. Huttunen laadde zijn geweer en bleef de bezoeker op staan wachten. Als de man alleen was, waar het naar uitzag, zou hijzelf niet meteen op de vlucht slaan. Maar de rugzak verstopte hij wel voor alle zekerheid in de bosjes op de oever van de Puukkopuro.

De man kwam half rennend aangelopen. Op diens rug kon Huttunen met zijn verrekijker een roetige pot van minstens vijftig liter inhoud onderscheiden. Bij iedere stap klonk vanaf het moeras het doffe gerinkel van metalen voorwerpen. Over de andere schouder van de man leken stokken of buizen te hangen.

Binnen schootsafstand bleef de man ten slotte staan; hij liet zijn vracht op de grond vallen, ademde een paar keer diep in en rende toen hard in de richting waar hij zojuist vandaan was gekomen. Nu hij niets op zijn rug had, liep hij in hoog tempo. Het was duidelijk dat de man vliegende haast had.

Huttunen vroeg zich af waarom de man een zwarte pot hierheen had gesleept, naar het midden van dit uitgestrekte moerasgebied. Wat was de bedoeling van die uitsloverij?

De ploeteraar verdween aan de overkant van het moeras in het bos. Huttunen had zin om diens spullen eens van dichtbij te bekijken, maar iets weerhield hem ervan om naar de ton toe te gaan. Hoe kon hij weten wat de bedoeling was van het apparaat dat met zoveel inspanning hiernaartoe was gebracht? Misschien had de oude man wel een enorme bom in het moeras neergelegd, als lokaas en valstrik voor een nieuwsgierige kluizenaar. Wreed is de mens, en bedrieglijk het verstand – hij kon zich maar beter zo lang mogelijk afzijdig houden van dit schouwspel.

Na verloop van tijd verscheen aan de bosrand opnieuw dezelfde man, met op zijn rug een nieuwe vracht, een zo mogelijk nog zwaardere dan voorheen. Dat was dus de reden dat hij weer was weggerend: hij had nog meer spullen die hij naar dit onbewoonde drasland moest verplaatsen. Huttunen volgde de vreemde uitslover met zijn verrekijker. Deze keer droeg de man een glimmende pot, kleiner dan die van daarnet. Het ding was zo zwaar dat hij er niet mee kon rennen; in plaats daarvan stapte hij er gehaast mee voort in de richting van de Puukkokumpu en de zwarte ton die in het moeras stond te wachten.

Toen de man dichterbij was gekomen, zag Huttunen dat hij een melkbus van twintig liter op zijn rug droeg. Die was vast en zeker vol, zo diep zakte de man weg in het moeras. Toen hij de pot die hij eerder had gebracht had bereikt, liet de man de melkbus van zijn rug vallen; hij haalde diep adem, en maakte zich gereed om het zwarte vat op te tillen. Huttunen verwisselde zijn verrekijker voor het geweer, ontgrendelde de veiligheidspal en bleef wachten op het verdere verloop van de gebeurtenissen. Zo te zien koerste de man met tonnen en al naar dezelfde heuvel van waaraf Huttunen hem in het oog hield. De molenaar trok zich terug tussen de sparren en hield zijn wapen in de aanslag. Wie wist wat deze vreemde vatendrager met hem voorhad?

Pas toen het mannetje de Puukkokumpu beklom, herkende Huttunen hem. Het was de postbode van Asemakylä, brievenbesteller Piittisjärvi! Bekend bij zowel Huttunen als bij alle dorpelingen. Een aardige ouwe vent, wel een zware drinker, maar ook goeie kerels kunnen zichzelf met drank onderuithalen... Huttunen verheugde zich ongelofelijk: de man die in de richting van de Puukkokumpu kwam gelopen was gegarandeerd niet in opdracht van korpschef Jaatila op pad gegaan. Piittisjärvi was een jaar of vijftig, een bescheiden man die al voor de oorlog zijn vrouw had verloren en zichzelf sindsdien had onderhouden met het schrale salaris dat hij als postbode verdiende; een vrolijke vent, een enigszins aandoenlijk kereltje dat nooit geld had maar des te vaker sterkedrank. Menigmaal bracht Piittisjärvi bezopen de brieven rond, of bezorgde hij met een beklagenswaardige kater de pakketjes. In nuchtere toestand was hij zachtmoedig en zwijgzaam, maar wanneer hij onder invloed was, werd menige machtige dorpsbewoner door hem de maat genomen, want drank spoorde Piittisjärvi aan om de waarheid te verkondigen aan diegenen die door het leven beter waren toebedeeld dan hij.

Zwaar zuchtend beklom Piittisjärvi de heuvel. Hij zette de roetige ton en een paar stukken buis neer op een pol. Hij stoomde van het zweet als een gekastijde knol, en zijn handen trilden van de zware inspanningen. Zijn zwoegen was af te lezen van zijn gelaat; het zweet liep hem in de ogen en in de groeven van zijn gezicht. Hij veegde zijn voorhoofd af aan een vuile mouw en greep even naar zijn hart. Er was een menigte muggen met de man meegekomen over het smoorhete moeras; hij was zo moe dat hij zelfs niet in staat was de bloedzuigers weg te wuiven. Hij draaide zich om en liep terug naar het drasland, om de daar achtergebleven melkbus op te halen.

Toen Piittisjärvi al zijn spullen de heuvel op had gesleept, werd hij eindelijk rustig; hij ging op het deksel van de melkbus zitten en stak een sigaret op. Zo uitgeput was hij dat het hem pas bij de derde poging lukte; de lucifers doofden in zijn trillende handen. 'Godverdegodver.'

De man was vreselijk vermoeid en verbitterd, en dat verbaasde Huttunen niets, want een dergelijke vracht van wieweet-waarvandaan over het veen verplaatsen kan zelfs een kloeke kerel doen duizelen. Huttunen stapte tussen de sparren door te voorschijn met het geweer in zijn hand. 'Môge, Piittisjärvi.'

De postiljon schrok in eerste instantie zo verschrikkelijk dat hij zijn sigaret op de grond liet vallen. Maar toen hij Huttunen herkende verdween zijn angst, en een vermoeide glimlach kwam over zijn gegroefde gelaat. 'Kunnari verdomme, jij hier!'

Piittisjärvi plukte zijn peuk uit het mos en bood ook Huttunen zijn rookwaar aan. De kluizenaar vroeg wat de postbode helemaal hier naar de Puukkokumpu bracht. En wat in godsnaam sleepte hij allemaal met zich mee door het woud?

'Wel eens van een stokerij gehoord?'

Piittisjärvi vertelde dat hij een illegale drankstokerij had geïnstalleerd op zijn oude vertrouwde plekje: de helling van de Reutuvaara. De most was al gegist. Het was de bedoeling geweest om die ochtend te beginnen met druppelen. Maar al vroeg in de ochtend was het onrustig geworden in het bos. Overal op de hellingen van de heuvel hadden mannen rondgelopen met geweren over hun schouders. Overal was geblaf van honden en geroep om Huttunen hoorbaar. De seinschoten hadden zo hard geknald dat de hele omgeving ervan weergalmde.

'Je snapt dat ik er meteen vandoor moest, de hele boel moest evacueren. De godganse dag heb ik deze installatie het bos door gesleept, eerst vanuit het oosten naar de Kemijoki en daar met de boot over; zelfs de boot sloeg goddomme bijna om in de haast. Vervolgens van de oever hierheen, in één godvergeten tempo door, de hele dag. Geloof me, daar in de oostelijke bossen is het een drukte van belang. Ik heb het van m'n leven nog niet zo zwaar gehad.'

Piittisjärvi nam een stevige trek. Hij keek naar de melkbus met most, de drankketel en zijn buizensysteem, en glimlachte gelukkig. 'Maar m'n stokerij heb ik weten te redden uit de klauwen van die keffers! In de oorlog, toen de troepen zich terugtrokken, zat ik in een gelijksoortige situatie als nu. Samen met nog een paar makkers bleven we als laatsten achter op de Karelische landengte, met een mitrailleur. Toen het tijd werd om te vertrekken bleek het verplaatsen van die kogelspuiter nog een heel karwei. Maar mijn stokerij heeft nog heel wat meer krachten gevergd. Ik ben de hele dag in volle galop op de vlucht geweest voor in het rond schietende mannen.'

Huttunen beklaagde het lot van Piittisjärvi. Hij zei dat het echt niet zijn bedoeling was geweest dat de postbode door zijn schuld zo had moeten zeulen. Maar het sympathieke mannetje wuifde grootmoedig met zijn hand: 'Maar je maar geen zorgen, Kunnari. Ik neem jou niets kwalijk... het was toch zeker de korpschef die daar op de Reutuvaara zo tekeerging. Steek er gerust nog een op!'

28

Nog diezelfde nacht zetten Piittisjärvi en Huttunen de distilleerderij op in de dichte struiken langs de oever van de Puukkopuro. Piittisjärvi voelde er veel voor om meteen te beginnen met stoken, want de most had al voldoende gegist en zijn mond was moordend droog. Maar de nacht was helder en windstil. Als er rook opsteeg langs de beek, zou dat verraden waar de industriële activiteiten plaatshadden. Pas de volgende ochtend, toen het wat begon te waaien, staken ze een stapel droog hout aan onder de drankketel en schonken ze de sterk ruikende most erin. Huttunen gebruikte de nu lege melkemmer om koud koelwater uit de beek te halen en in de ton te doen. Meteen nadat de dampende alcohol in de buis was beland, condenseerde hij tot drank en begon hij in de ketel te druppelen die eronder was geplaatst.

Piittisjärvi nam bij wijze van proef een slokje van de helder geworden drank nadat die er één keer door was gedruppeld, grijnsde gelukzalig en bood ook Huttunen de beker aan. Die raakte het spul echter niet aan, maar zei dat hij tegenwoordig meer van de nuchtere soort was.

'Je bent gek dat je niet om drank geeft,' zei de drankzuchtige postiljon verwonderd. Maar toen hij de voordelen van de geheelonthouding van zijn kameraad een moment had overdacht, drong hij niet langer aan. 'Dan blijft er meer voor mij over.'

Huttunen ging een hengeltje uitwerpen in de beek. Voor hij wegging bracht hij de kok nog een volle melkbus met fris koelwater.

Eenmaal teruggekeerd bij de stokerij met een paar verse forellen trof Huttunen Piittisjärvi al in redelijk beschonken toestand aan. De postiljon stelde voor dat Huttunen, als de helderste van de twee, de verantwoordelijkheid voor het stoken op zich zou nemen, zodat hij zich kon concentreren op het drinken.

Eerst bereidde Huttunen echter de vissen in de gloed van het vuur onder de ton. Piittisjärvi had zout en brood bij zich, alsmede een stuk zout spek. Ze aten het rode visvlees met hun vingers, strooiden zout op het sissend hete maal en aten er een stuk brood bij. Huttunen bekende dat hij al tijden niet meer had gegeten, en dat hij geen behoorlijk voedsel had gehad sinds zijn kamp bij de Reutuvaara was vernield. Piittisjärvi op zijn beurt had twee dagen geleden voor het laatst een maaltijd genoten, toen hij op het postkantoor was geweest om de kranten en brieven op te halen. In de zomer verspilde hij meestal weinig tijd aan eten, want dan moest hij brieven bestellen en bocht brouwen.

'In de winter eet ik altijd beter, omdat ik het dan niet zo druk heb. 's Winters kook ik bijna iedere dag voor mezelf, ook al ben ik dan een man alleen.'

Piittisjärvi stelde Huttunen voor een vruchtbaar samenwerkingsverband aan te gaan. De een zou zorg dragen voor het functioneren van de distilleerderij in de tijd dat de ander het ambt van postbode uitoefende. Piittisjärvi moest drie dagen per week brieven rondbrengen in Asemakylä en twee naburige dorpen. Op de tussenliggende dagen zag hij eigenlijk geen kans om drank te stoken, omdat hij ook tijd moest reserveren voor het zuipen op zich. Als wederdienst beloofde de bode om alle postale aangelegenheden van Huttunen te verzorgen. Huttunen vroeg zich af wat voor postale aangelegenheden hij hier in het woud dan wel zou kunnen hebben.

'Nou, dan bestellen we toch de *Bode van Pohjola*! We slaan een brievenbus voor je in een boom in de buurt van Asemakylä. Ik bezorg de kranten en brieven bij je zoals ik dat bij iedere andere burger doe. En zelf kun je ook brieven schrijven aan mensen – ik breng ze naar de bestemming. Schrijf bijvoorbeeld die nieuwe tuinbouwconsulente eens, er wordt sowieso gezegd dat ze je erg graag mag.'

Huttunen nam de zaak in overweging. Sanelma moest hij inderdaad schrijven, daar zat wat in. En een krant had Huttunen niet in handen gehad sinds hij dat voorjaar naar de psychiatrische inrichting in Oulu was overgebracht.

De mannen bereikten overeenstemming over de samenwerking. De vraag was hoe lang Huttunen zich op de *Bode van Pohjola* moest abonneren. Ze kwamen tot de conclusie dat een jaarabonnement weggegooid geld zou kunnen zijn, omdat het leven van de kluizenaar momenteel enigszins onvoorspelbaar was. Huttunen betaalde de prijs van een kwartaalabonnement aan de postbesteller, en Piittisjärvi beloofde de boel te regelen zodra hij weer in de bewoonde wereld was.

Huttunen krabbelde een kort briefje aan Sanelma Käyrämö. In zijn portemonnee vond hij het reçu van de bank, maar een pen had hij niet. Hij moest de tekst met een roetig stukje hout op papier hannesen.

Huttunen spreidde de kaarten van Ervinen voor zijn makker uit. Samen spraken ze af waar Huttunen een permanenter verblijf zou bouwen, en daarheen zou ook de drankstokerij verplaatst worden. Het werd een lage bergkam op ongeveer drie kilometer van de bovenloop van de Puukkopuro. Achter de richel strekten de moerassen zich uit, en in de laagte stroomde de beek. Huttunen had de plek die ochtend tijdens het vissen ontdekt. Het leek hem een veiliger plaats dan deze heuvel, op de helling waarvan ze nu drank aan het stoken waren.

Ze bepaalden ook nog op welke plek Piittisjärvi een postbus zou plaatsen voor Huttunen. Drie keer in de week kon hij daar dan zijn post ophalen. 's Zondags en soms ook door de week zou Piittisjärvi in het kamp komen hijsen. 'Op zondagen neem ik de post mee hiernaartoe. Loop tegen het weekend dus niet nodeloos naar de brievenbus.'

Huttunen verzocht Piittisjärvi om wat zout, suiker, koffie en gerookt spek voor hem te halen. En sigaretten natuurlijk. Daartoe gaf hij het mannetje geld.

Piittisjärvi moest na het eten naar het dorp, want vandaag was zo'n dag waarop hij de post rondbracht. Hij waste zijn roetige hoofd in de rivier en spoelde zijn mond met water om de ergste drankkegel kwijt te raken. Voor vertrek vertelde hij Huttunen nog wat die moest doen indien de most te heet werd in de ton, of als de drankproductie om welke reden dan ook stagneerde. 'Het ergste zou zijn als je de draf laat aanbranden op de bodem. Mij overkwam dat in de zomer van 1939. Het najaar ervoor was mijn vrouw overleden en ik zat me net af te vragen hoe ik mijn tijd het best kon besteden. Nou, de draf brandde dus aan. Het kostte me flink wat dagen om die ketel af te krabben voordat hij weer gebruiksklaar was. De kerels die van dat aangebrande bocht dronken werden ziek, en eentje overleefde het bijna niet. Toen de Winteroorlog in de herfst uitbrak, sneuvelde die vent overigens meteen in de eerste week, daar niet van.'

Piittisjärvi droeg de verantwoordelijkheid voor de stokerij over aan Huttunen en vertrok. Lichtvoetig stak hij het uitgestrekte moeras over; hij liep vrolijk neuriënd door de bossen, rechtstreeks naar het postkantoor, waar hij onmiddellijk het kwartaalabonnement voor Huttunens krant in orde maakte. Voor de zekerheid zette hij de krant op zijn eigen naam.

Nadat hij 's avonds de post had rondgebracht, haalde Piittisjärvi een zaag, een hamer, spijkers, een paar planken en een stuk dakleer op bij hem thuis. Hij stopte de spullen in zijn fietstassen en trapte Asemakylä voorbij naar de onbewoonde wouden. Hij liet zijn fiets achter in het bos en liep daarvandaan naar de plek die hij en Huttunen waren overeengekomen voor de plaatsing van de postbus. Hij koos een Schotse spar van geschikt formaat uit en begon een brievenbus voor de kluizenaar in elkaar te zetten.

Vlotjes vervaardigde de ambtenaar het kastje. Piittisjärvi stelde eerst een kunstzinnig bouwsel samen uit een stuk of wat latjes, maakte er met een paar planken een kistje van, spijkerde dat aan de spar en sneed toen met zijn dolk een stuk dakleer af ter grootte van de bovenkant van de bus, zodat die bestand zou zijn tegen regen. 'Als de *Bode van Pohjola* nat wordt is dat geen ramp, maar met waardevolle stukken moet een mens zorgvuldig omgaan.'

Van zijn riem sneed Piittisjärvi twee stukjes leer, als scharnieren voor het deksel van de brievenbus. Hij had er nog wel meer scharnieren uit kunnen maken ook; bedroefd dacht Piittisjärvi aan het feit dat hij de riem had gekocht tijdens het reisje waarmee ze hun verloving hadden gevierd, in Kemi. Destijds was hij nog een stevige vent geweest. Na de dood van zijn vrouw had hij er echter steeds opnieuw gaatjes bij moeten maken. 'Hilda zorgde goed voor me toen ze nog leefde,' zei Piittisjärvi, denkend aan zijn vrouw. Het vermagerde mannetje kreeg een brok in zijn keel.

Op een verfje na was de brievenbus nu klaar. Piittisjärvi vroeg zich af of het eigenlijk wel verstandig was om het ding te schilderen in het geel van de telegraafmaatschappij, zoals de Posterijwet bepaalde. Hoewel de bus zo midden in de zomer niet zichtbaar was vanaf de weg, zou de officiële gele kleur 's winters de lokatie ervan kunnen prijsgeven. Piittisjärvi besloot om de brievenbus niet te verven, hoewel hij er altijd al een hekel aan had gehad om post in afgebladderde en aftandse bussen te stoppen. Toen hij een keer in lichtbeschonken staat brieven had bezorgd in de beschamende bus van Siponen, had hij de man toegebromd: 'Een belangrijke boer als jij zou je postbus eens een keer kunnen verven. Het lijkt wel of ik de krant in een nestkastje donder. Niet dat het trouwens iets uitmaakt waar de tijdschriften van die troela van je terechtkomen, daar niet van.'

De afbeelding van de posthoorn sneed hij echter wel uit in de voorkant van de brievenbus, en daaronder de naam van de eigenaar: 'Kunnari Huttunen'. Tot slot liet hij een van de exemplaren van de *Bode van Pohjola* die hij had meegenomen in de bus ploffen, als om zijn schepping uit te testen. Nu kan Kunnari zijn post komen halen, dacht Piittisjärvi tevreden.

29

Opnieuw moest de kluizenaar een kamp voor zichzelf bouwen. Hij sleepte al zijn spullen en de drankstokerij van Piittisjärvi naar de oever van de Puukkopuro, vlak bij een lage en zanderige bergkam. Hij noemde de plek het Duinkamp. Het eerste wat hij deed was een afdak bouwen, en pas daarna installeerde hij de distilleerderij van de postbode. Hij groef een oven in de grond op de bemoste helling en op korte afstand daarvan een diep gat, waar hij zijn uitrusting in legde: zijn rugzak, het visgerei en het geweer. Vervolgens begon hij met brouwen.

Bij de eerste keer stoken verzamelde er zich zo'n tien liter stinkende alcohol in de melkbus. Huttunen ging ervan uit dat daarvan zo'n zeven liter overbleven als hij het vocht nogmaals distilleerde. Hij wist dat als Piittisjärvi zelf aan het stoken was, die het bocht zou opdrinken zonder zich druk te maken over verdere zuivering. Maar nu was er een broodnuchtere en bekwame man aan het werk, en dus liet Huttunen de vloeistof er nog een keer door lopen. Hij hield ruim zes liter zuivere alcohol over in de melkbus, zo helder en klaar als ijs in het najaar en sterk als de spiritualiën die Ervinen serveerde. Huttunen proefde een druppel; hij brandde zijn verhemelte en vol walging spuugde hij het spul weer uit. 'Ik kan maar beter niet meer zuipen, of ik verlies weer m'n verstand.'

Huttunen verborg de bus met bocht in een waterpoel, brak de brouwerij af en verstopte de stellage onder een groep sparren. Vervolgens gooide hij zijn geweer over de schouders; hij pakte zijn visgerei en ging op weg om zijn mondvoorraad aan te vullen. Hij richtte zijn kompas op het noordwesten, op dezelfde uitgestrekte wildernis waar hij de winter ervoor vogels had geschoten met agent Portimo. Aan die jachtpartij bewaarde Huttunen prettige herinneringen. Ze hadden flink wat gevangen, hoewel de mannen niet eens een hond bij zich hadden gehad. Portimo had zijn grauwe reu thuisgelaten, omdat die toch eigenlijk meer getraind was voor de berenjacht en niet begreep dat hij naar vogels moest blaffen. Als alles bij het oude was gebleven deze zomer, dacht Huttunen, zou hij hier nu niet in zijn eentje zitten maar samen met Portimo op jacht zijn. Nu had de agent meer dan genoeg andere dingen te doen. 'Ook Portimo ziet de zomer aan zich voorbijgaan nu hij op mij moet jagen. Hij zal best balen omdat ze hem verplichten een vriend te vangen.'

Huttunen had zijn jachtterrein goed gekozen. Hij schoot een paar vogels en op de terugweg haalde hij nog vele kilo's vis uit de bovenloop van de beek. Voordat hij zijn kamp bereikte plukte hij nog een handvol bosbessen.

Het leven was aangenaam, maar eenzaam. Jagen was niet nodig: de vogels hingen gezouten in de bomen, de vis zat gepekeld in vaatjes van berkenbast die diep in een ijskoude waterpoel verstopt lagen. Om de tijd te verdrijven besloot Huttunen zijn post op te halen. Zou Piittisjärvi al kans hebben gezien om het krantenabonnement te regelen?

De brievenbus was makkelijk te vinden op de afgesproken plaats, in het bos dicht bij Asemakylä. Huttunen zwierf eventjes rond in de omgeving om zich ervan te overtuigen dat de postbus niet werd bespied en dat er geen mogelijkheid bestond hem te overrompelen. Maar toen het bos verlaten en stil bleek te zijn, durfde de kluizenaar naar zijn brievenbus te gaan. Op de voorkant stond zijn naam.

Een warm gevoel van vreugde kwam over de eenzame man: hij had nu een verbinding met de buitenwereld waar hij zich op kon richten: dit grijze, grof in elkaar getimmerde kistje aan de stam van een Schotse spar. Piittisjärvi had zijn werk gedaan zoals het was afgesproken.

Maar zat er al post in Huttunens brievenbus? De kluizenaar durfde hem niet goed te openen. Als de bus leeg was, zou de teleurstelling in deze eenzame toestand een bittere pil zijn.

Toen Huttunen het deksel optilde, was hij blij verrast. In de brievenbus zaten twee kranten en een dikke brief, waar met een vrouwelijk handschrift zijn naam op stond geschreven. Huttunen kende dat handschrift: tuinbouwconsulente Sanelma Käyrämö had hem een brief gestuurd.

De kluizenaar trok zich terug op een paar honderd meter afstand van de brievenbus, tussen een groep dicht op elkaar staande sparren, en daar opende hij de brief. Het was een prachtige liefdesbrief. Huttunens gezicht werd rood van geluk toen hij hem las; zijn hoofd begon opgewonden te gonzen, en de regels werden bijna onleesbaar, zo mistig werd zijn blik toen de tranen in zijn ogen stroomden. Zijn hand trilde, zijn hart bonkte. Hij had zin om van puur geluk en enthousiasme wolvengehuil uit te stoten.

Met de brief was drukwerk meegestuurd, een klein schriftje waarop stond te lezen:

Instituut voor Correspondentieonderwijs van
de Volksacademie
Afdeling Handel

Sanelma Käyrämö had een brochure van het Instituut voor Correspondentieonderwijs bij haar eigen brief gevoegd, en verzocht de dierbare ontvanger 'om de brossure niet weg te gooien maar hem te lezen en te besluiten een schriftelijke cursus te volgen, omdat Gunnar daar nu toch ruim de tijd voor heeft, en een mens nooit stil mag blijven staan in het leven maar altijd en immer, ook te midden van problemen, zichzelf moet ontwikkelen. Alleen op die manier kan iedere Finse burger uiteindelijk geluk en succes bereiken, wat ook het vaderland ten goede zal komen.'

Huttunen spoedde zich terug naar zijn kamp; hij arriveerde daar al anderhalf uur later, hoewel het een zompige trip van bijna twintig kilometer was. Hij dook onder het afdak en begon opnieuw Sanelma Käyrämö's liefdesbrief te lezen. Hij las die vele malen door, net zo lang tot hij hem uit het hoofd kende. Pas toen was hij zodanig afgekoeld dat hij de kranten kon doorlezen.

De kranten brachten nieuws over de oorlog in Korea. Ver weg, in Azië, werd in de wildernis een ingewikkelde strijd uitgevochten die in de loop van de zomer een loopgravenoorlog leek te zijn geworden. Huttunen herinnerde zich hoe de winter ervoor om beurten de Amerikanen, de Koreanen en de Chinezen aan de winnende hand waren geweest. Nu lag het front stil op de achtendertigste breedtegraad en drong de Sovjet-Unie aan op onderhandelingen over een wapenstilstand. In de krant stond een foto van een oorlogsjeep vol met officieren, met op de achtergrond artillerie en hoge bergen. Onder de foto was te lezen dat VN-troepen voortdurend patrouilleerden op de onderhoudsroutes om te voorkomen dat er hinderlagen werden gelegd. Op het spatbord van de jeep wapperde desondanks de Amerikaanse vlag. Huttunen hoopte dat de strijdende partijen tot een vergelijk zouden komen. Zodra de vrede tot stand was gebracht, zou de prijs van hout in Finland kelderen. Dat op zijn beurt zou betekenen dat de grote boeren, te beginnen met Siponen en Vittavaara, zich niet langer konden verrijken over de ruggen van sneuvelende Koreanen.

Er druppelden ook berichtjes binnen over de Olympische Spelen. Het zag ernaar uit dat die de komende zomer in Helsinki zouden worden gehouden. Huttunen had destijds met behulp van een espenhouten stok drie meter negentig gesprongen en was van plan geweest om deel te nemen aan de wedstrijden. Maar toen was de Winteroorlog uitgebroken en hadden de Olympische Spelen van Helsinki afgelast moeten worden in verband met de gevechtshandelingen. Nu bestond er voor Huttunen geen enkele kans meer om de olympiade te volgen, ook al was de oorlog afgelopen. Ze zouden hem arresteren zodra hij het bos uit kwam.

In de krant stond dat de Sovjet-Unie voor het eerst mee wilde doen met de Olympische Spelen. En waarom ook niet, dacht Huttunen. Daar konden best eens een paar stevige kogelslingeraars rondlopen. In Syväri hadden ze hun handgranaten een aardig eind door de lucht weten te werpen, herinnerde Huttunen zich. 'In de marathon hebben ze kansen op een medaille maar bij het fietsen is de Finse soldaat veel vlugger. Als ze daar wielerwedstrijden houden, trouwens.'

Nadat hij de kranten had gelezen, begon Huttunen de brochure van het Instituut voor Correspondentieonderwijs door te nemen. Daarin werd uitgebreid gewezen op de voordelen van een schriftelijke studie. Er stond dat 'een vitale en vaardige zakenman of -vrouw zich sneller en met minder inspanning tot een betere positie kan opwerken dan de meeste mensen die in andere bedrijfstakken werkzaam zijn'.

Huttunen dacht aan zijn eigen beroep van molenaar. Het klopte inderdaad wel dat je in het zakenleven makkelijker je brood kon verdienen dan wanneer je op een stokoude molen bij de Suukoski was aangewezen, waar je niet ieder jaar broodgraan te malen kreeg als de vorst de oogst had vernietigd. Met de opbrengsten van de schaafbank kon je jezelf wel in leven houden, maar uitbreidingsmogelijkheden had je daarbij niet. Geld om een zagerij op te richten was er niet. Er werd nu ook al over het nieuwste type molen gesproken, dat met behulp van elektriciteit werd aangedreven en waarmee je ook graan kon malen als je geen enkel stuwrecht had. In dat opzicht was het helemaal geen slecht idee om van bedrijfstak te wisselen. Maar toen overdacht de kluizenaar zijn eigen situatie: waar kon hij in het zakenleven een baan vandaan halen, als hij als vogelvrijverklaarde niet eens zijn eigen molen durfde te laten draaien?

Anderzijds was studeren als tijdverdrijf misschien helemaal geen gek idee, dat moest ook Huttunen toegeven. Het Instituut voor Correspondentieonderwijs legde uit dat de cursussen volledig per post werden afgewerkt: 'Iedereen die basisonderwijs heeft genoten kan, ongeacht zijn woonplaats, beschikbare tijd en leeftijd, deze cursussen volgen. Het maakt niet uit waar u woont, zolang de post er maar regelmatig wordt bezorgd. U kunt studeren wanneer het u uitkomt en u er de tijd voor kunt vinden.'

Het leek wel of deze vorm van schoolgaan ontworpen was met Huttunens huidige leven in gedachten. Maakte het wat uit waar Huttunen studeerde, in het moeras of in de molen? Piittisjärvi bracht de post naar het bos en verder hoefden de heren van het Instituut voor Correspondentieonderwijs helemaal niets te weten.

Die avond at Huttunen een halve korhoen met veenbessen. Vervolgens strekte hij zich uit op de sparrentakken, met zijn geweer binnen handbereik. Voordat hij in slaap viel las hij nog een keer het epistel van de tuinbouwconsulente.

Misschien heeft dit leven toch nog wel toekomst, als Sanelma zulke brandende brieven laat brengen, dacht Huttunen hoopvol, totdat hij insliep op de harsachtige takken.

30

Die zondag kreeg de kluizenaar van het Duinkamp bezoek. Postbesteller Piittisjärvi en consulente Käyrämö kwamen Huttunen begroeten. De kleine brievenbezorger liep voorop, met op zijn rug een zware tas en om hem heen een menigte muggen, en in zijn voetsporen volgde de tuinbouwconsulente, met haar ronde vormen en rode konen. Ze waren allebei vermoeid als gevolg van de lange reis; het duizelde de consulente danig. Maar toen ze Huttunen zag, verdween de vermoeidheid. De vrouw vloog de kluizenaar om de hals. Huttunen voelde zich zo geweldig dat hij van puur geluk enig wolvengehuil niet wist te onderdrukken.

Piittisjärvi wachtte ongeduldig tot het omhels- en huilritueel achter de rug was. Vervolgens schraapte hij op semi-officiële wijze zijn keel en informeerde hij: 'Je hebt neem ik aan gestookt, Kunnari?'

Huttunen leidde de man naar de waterpoel, en uit de koele diepte daarvan trok hij de melkbus met bocht te voorschijn. Hij opende het deksel en liet Piittisjärvi ruiken. De brievenbezorger duwde zijn kleine hoofd het vat in. Vanuit de melkbus weergalmde goedkeurend geloei. Dankbaar verklaarde Piittisjärvi dat hij ook iets voor Huttunen had meegebracht, spullen die een gelijksoortig levensbelang vertegenwoordigden: 'Kom maar eens kijken!'

Ze gingen terug naar het kamp, waar Sanelma Käyrämö koffie aan het zetten was. Piittisjärvi leegde zijn rugzak op de vloer van sparrentakken onder het afdak. Er zat van alles in wat Huttunen nodig had, en meer: zout en suiker in grote hoeveelheden, een pak koffie, een zak meel, gort, een kilo spek, twee kilo boter... Helemaal van onder uit de rugzak rolde een kool op de takken, en vele bossen wortels, meiknollen, peulen, rode bieten, selderij, spruitjes, een paar kilo nieuwe aardappelen!

Huttunen keek zachtmoedig naar Sanelma Käyrämö. Die glimlachte verlegen en gelukzalig. 'Denk erom, Gunnar, deze groente moet je koken... Die zijn geraspt het lekkerst. Alles komt uit je eigen moestuintje, behalve de kool en de selderij.'

'Hoe kan ik jullie twee ooit terugbetalen?' mompelde Huttunen. Hij wierp een blik op Piittisjärvi's nietige postuur en op de volle vracht die hij helemaal vanaf de kerk de wildernis in had gesleept. 'Dat heeft je heel wat zweetdruppels gekost, Piittisjärvi, om dat hiernaartoe te dragen,' zei hij tegen de postbode. Die deed manhaftig geringschattend over zijn inspanningen: 'Wat nou, één zo'n rugzakje, hier en daar een kooltje... Denk maar eens terug aan die dag toen ik met die melkbus vol most vanuit het woud in het oosten naar de Puukkokumpu kwam gerend, godsamme... Dat was pas een vracht voor een vent in z'n eentje. Als het niet m'n eigen installatie was geweest, had ik de boel daar in de Reutu-bossen achtergelaten en had de korpschef eraan kunnen snuffelen, geloof dat maar.'

In het zijvak van de rugzak zaten schrijfpapier en enveloppen, potloden en een gum, een puntenslijper, een liniaal, wat schriften en een paar boeken, alsmede wat schriftjes van het Instituut voor Correspondentieonderwijs. Huttunen bedankte zijn gasten uitbundig en stopte de spullen in zijn eigen rugzak.

Er was ook post gekomen: de *Bode van Pohjola* en een rekening van de ijzerhandel in Kemi. De rekening betrof een aandrijfriem die in het voorjaar was besteld. Duur ding, stelde Huttunen vast, en hij wierp de factuur in het vuur.

'Goed, ik zal jullie tortelduifjes nu maar eens alleen laten,' stelde Piittisjärvi voor. Hij deed alsof hij attent probeerde te zijn maar wilde er gewoon tussenuit knijpen om zich met zijn melkbus met bocht bezig te gaan houden. Maar het water voor de koffie pruttelde in de pot, dus de postbode moest nog even geduld hebben. Sanelma Käyrämö opende het pak koffie en strooide met gulle hand gemalen bonen in de pot. Piittisjärvi goot zijn koffie gloeiendheet naar binnen en bliefde geen tweede bakje.

Met dampende tong stapte hij onder het afdak vandaan, en hij kondigde aan dat ze hem de komende paar uur niet terug hoefden te verwachten. 'Doe wat je goeddunkt, ik ben er niet.'

Het was een gelukzalige zondag. De koele nazomerse wind joeg de muggen weg van de bemoste bergkam naar het moeras. De zon scheen, de Puukkopuro ruiste dromerig, de krachtige geuren van het marsland hingen overal in de lucht. De tuinbouwconsulente en Huttunen spraken onophoudelijk met elkaar, maakten plannen voor Huttunens toekomst, zuchtten, zoenden. De kluizenaar had nog wel verder willen gaan met de vrouw, maar Sanelma Käyrämö bood weerstand. Huttunen begreep dat ze bang was om zwanger te worden, dat ze bang was om een geestelijk gestoord kind te baren. Sanelma Käyrämö zei echter wel dat ze met Huttunen wilde trouwen, later, als alles achter de rug was. Maar kinderen krijgen durfde ze toch niet...

Sanelma Käyrämö stelde zich voor dat ze later een kind zou krijgen van Huttunen, als die weer beter was... En ze zou uiteraard alles doen om Gunnar te helpen genezen. Daarna zouden ze zoveel kinderen kunnen krijgen als ze wilden! Maar als hij niet beter werd, dan zou ze het niet aandurven om zwanger te worden.

'We kunnen altijd nog een kind adopteren, een of twee. Dan nemen we van die gezonde baby's. De kraamkliniek in Kemi geeft ze gewoon weg, en je hoeft er de moeders niet voor te betalen, want die zijn zo arm dat ze zelf niet in staat zijn hun kinderen te voeden.'

Huttunen probeerde het te begrijpen. Dat moest toch verschrikkelijk zijn: om al vanaf je geboorte als gek te boek te staan...

De kluizenaar begon plannen te maken voor de verkoop van zijn molen. Hij besloot Happola in Oulu over de kwestie te schrijven. Stel dat het Happola toch zou lukken de molen van de hand te doen? Het liep nu al tegen het einde van de zomer. Misschien had hij inmiddels de inrichting verlaten, nu er tien jaar waren verstreken sinds het uitbreken van de Vervolgoorlog. Huttunen herinnerde zich dat Happola zich aan het begin van de oorlog bij het gekkenhuis had gemeld.

Sanelma schreef Happola wat Huttunen haar dicteerde. Ze plakten een postzegel op de envelop. Huttunen gaf Happola de vrije hand bij het regelen van de verkoop.

's Middags werd er gegeten. Sanelma Käyrämö had groentesoep gemaakt. De boterhammen waren belegd met spek en verse blaadjes sla. Ze serveerde de mannen bessenpuree en geraspte bieten in berkenhouten bakjes. Echt heerlijk, complimenteerden de heren de kokkin. Sanelma Käyrämö kreeg een rode blos van tevredenheid op haar gezicht, en veegde van tijd tot tijd een krulletje weg dat op haar voorhoofd viel. Huttunen keek constant naar haar. Hij was zo verliefd dat het hem pijn deed in zijn lijf. Het viel hem zwaar om op zijn plaats te blijven zitten; hij had zin om van pure liefde op en neer te lopen rond het kampvuur.

Na het eten moesten de gasten terugkeren naar het dorp, want ze hadden een lange weg te gaan en Piittisjärvi was behoorlijk in de olie. Huttunen liep een eindje met hen mee. Gelukkig hadden ze niet veel te dragen. Sanelma Käyrämö werd het laatste stuk wel heel moe; ze was niet gewend aan dergelijke trektochten door de wildernis. Ook Piittisjärvi was uitgeput, al had dat een andere oorzaak. Huttunen liep het laatste deel van de tocht tussen zijn gasten in en hield hen allebei overeind.

Piittisjärvi sprak en lachte onophoudelijk en de tuinbouwconsulente leunde liefdevol tegen Huttunen aan. Zo verliep de reis tot aan de weg, waar Huttunen en Sanelma Käyrämö innig afscheid van elkaar namen. Wie wist wanneer ze elkaar weer zouden zien? Beiden beloofden ijverig te schrijven. Piittisjärvi bezwoer dat hij de brieven kosteloos op de plaats van bestemming zou brengen. 'Waarom zou ik ze naar het postkantoor brengen en ze voor niets laten stempelen? Doe maar geen zegel op de envelop. Deze jongen houdt zich wel stil... Ik zie het wel door de vingers! De telegraafmaatschappij zal er niet van over de kop gaan als jij, Kunnari jongen, geen postzegels plakt!'

Toen hij alleen was achtergebleven, ging Kunnari op weg naar de Kemijoki; hij gapte daar de boot en roeide naar de overkant. Hij zwierf door de bossen op de oostelijke oever naar de Reutuvaara en bleef daar zitten wachten tot het nacht was.

Op het middernachtelijk uur begon Huttunen te huilen als een wolf. Hij jankte met zo'n hoge en verdragende stem dat het gegarandeerd tot in het kerkdorp te horen was. Tussendoor stak hij een sigaret op en dacht: als dit wolvengehuil wederom het dorp bereikt, zullen ze me hier in de wildernis rond de Reutuvaara en de Sivakkajoki zoeken. 'Met wolvengehuil moet ik mijn huid redden.'

Nadat hij zijn sigaret had opgerookt, ging Huttunen verder met janken. Hij huilde klaaglijk, langdurig, van tijd tot tijd dreigend en met donkere stem, als een dier dat in het nauw is gedreven. Het benam hem de adem en luchtte op. Eigenlijk was dit best een aangename manier om de tijd te verdrijven; hij had zich dan ook al dagenlang stil moeten houden.

Toen hij was uitgehuild, hield Huttunen zijn mond, om te horen welk effect het had gehad. De honden in het kerkdorp hadden de uitnodiging ontvangen: ze jankten in koor. Niemand zou die nacht nog een oog dichtdoen in het dorp.

Nu hij zijn taak had volbracht, verliet Huttunen de Reutuvaara. Pas tegen de ochtend arriveerde hij bij zijn kamp in de wildernis ten westen van de Kemijoki. Terwijl hij vermoeid onder zijn afdakje lag, bedacht Huttunen dat het leven toch raar in elkaar zat: een mens moest bijna veertig kilometer lopen, twee keer een boot stelen en twee keer de Kemijoki oversteken, en waarvoor eigenlijk? 'Gewoon om eens lekker te loeien.'

31

Het weer sloeg om: het werd regenachtig en kil. Het eenzame kluizenaarsleven stelde Huttunen op de proef. 's Nachts was het koud en mistig, overdag dodelijk saai. Het enige positieve aspect aan de weersverandering was dat de vis tegenwoordig goed leek te bijten. Aan het einde van de zomer begon de beste tijd om te vissen. Huttunen had niet genoeg vaten om alle extra vis in te pekelen; hij kon niet oneindig doorgaan met vangen.

Het dak van sparrentakken begon als gevolg van de aanhoudende regen te lekken. Om zijn leefomstandigheden te verbeteren vlocht Huttunen brede matten van berkenbast die hij van dikke berken aftrok. Hij plaatste die schubsgewijs boven op zijn hut, als de dakspanen van een schuur. Het hield op met lekken, en nadat hij zich had aangewend om ook overdag een vuurtje direct voor het afdakje te stoken, begon het er steeds huiselijker uit te zien. Maar de tijd verstreek langzaam. Enkel en alleen zitten nadenken wordt na verloop van tijd ook saai, vooral als er alleen maar onzinnigheden in je opkomen.

Huttunen begon de boeken en de brochure van het Instituut voor Correspondentieonderwijs van de tuinbouwconsulente door te nemen. Als eerste pakte hij een medisch-wetenschappelijk werk met de titel *Nervositeit en zenuwziekten*, geschreven door H. Fabritius. Op het achterplat werd het boek geprezen als het opvallendste dat er op dit gebied ooit in Finland was geschreven. Geïnteresseerd ging Huttunen op zoek naar een uitleg bij zijn eigen geestesziekte. Er waren heel wat ziektebeelden die op het eerste gezicht op hem van toepassing leken. Veel dingen in het hoofdstuk 'Overgevoeligheid en lichtgeraaktheid' kwamen hem bekend voor. Daarentegen kon Huttunen zichzelf niet herkennen in het hoofdstuk dat storingen in de geslachtsorganen als gevolg van nervositeit als onderwerp had. Met zijn organen was niets mis! Het enige dat de bevrediging van zijn geslachtsdrift in de weg stond, was Sanelma Käyrämö's vrees voor gekke kinderen.

In het boek werden patiënten beschreven die last hadden van 'dwanggedachten oftewel zogenaamde dwangneuroses, psychasthenie'. Huttunen moest toegeven dat ook hij aan de beschreven verschijnselen leed, maar toch voelde hij zich geen psychasthenicus in de ware betekenis van het woord. Al met al beantwoordde het boek niet aan de verwachtingen van zijn lezer, in die zin dat Huttunen nauwelijks te weten kwam door welke geestesziekte hij nu eigenlijk werd geplaagd. Maar verder was het een interessant werk, vermakelijk zelfs. Met name de psychopaten vond hij leuk. Om geval nummer 14 uit de lijst moest Huttunen nog het hardst lachen: 'Een man van middelbare leeftijd, die nog nooit eerder buiten Duitsland was geweest, reisde de wereld rond om lezingen te houden. Hij vertelde dat hij in Zuid-Afrika was geboren, in Pretoria, de hoofdstad van de staat Transvaal. Tijdens de Boerenoorlog had hij fabelachtig werk verricht: hij had aan tweeënveertig veldslagen deelgenomen en voor zijn verdiensten van president Kruger de titel en waardigheid van baron gekregen. Tijdens deze lezingen verkocht hij ansichtkaarten waarop hijzelf stond afgebeeld in militair uniform (foto 3).'

Op de foto was het mannetje gekleed in een schitterend officiersuniform; een aardig aandoend kereltje voor wie Huttunen meteen sympathie voelde. De kluizenaar werd woedend toen hij las hoe de Duitsers deze gelijkgestemde ziel hadden behandeld. Het boek vermeldde namelijk dat 'de politie zich met 's mans zaken was gaan bemoeien en hem voor medisch onderzoek naar een psychiatrische inrichting overbracht, waar hij als een psychopaat van het type leugenachtig en avontuurlijk werd beschouwd'. Fabritius bekeek het geval vanuit Fins standpunt. Hij stelde vast dat het mannetje 'weliswaar niet als crimineel bestempeld mocht worden, maar dat het in een georganiseerde samenleving niet toegestaan is dat iemand zichzelf onderhoudt door middel van openbare, uit de lucht gegrepen lezingen, ook al zijn ze zeer spannend en vond het publiek ze uiterst onderhoudend'.

Verbolgen gooide Huttunen het boek aan de kant. Hij kon zich voorstellen hoe die arme man zijn verblijf in een Duitse psychiatrische instelling onder de primitieve omstandigheden van die tijd had ervaren. Duitse inrichtingen waren vast en zeker nog troostelozer dan het gekkenhuis in Oulu, dat toch ook de totale hel was geweest.

De volgende dagen stortte Huttunen zich toegewijd op de studie. Hij voerde de taken uit op het opgavenformulier dat schriftelijke presentatievaardigheden als onderwerp had, las stukken over hoofd- en bijzinnen en verwonderde zich daarover, vooral over nevengeschikte en ondergeschikte zinnen, waarvan als voorbeelden werden gegeven:

Zuinigheid met vlijt bouwt huizen en kastelen, wie zich niet dagelijks wast krijgt luizen als kamelen.
We gaan een tochtje maken en blijven de hele dag weg.
We gaan alleen weg als het warm is.

De inhoud van de zinnen interesseerde de kluizenaar meer dan hun grammaticale constructie. Hij dacht aan de tochtjes die hij zelf gemaakt had en moest geërgerd vaststellen dat hij de hele zomer gedwongen onderweg was, of het nou warm was of niet. Daar zorgde korpschef Jaatila wel voor.

Huttunen maakte kennis met de *ng*-klank. Hij was geamuseerd: volwassen kerels namen de moeite om regels op te stellen voor dingen die zo voor de hand lagen. Hij kon het hoofdstuk over de aanblazing oftewel aspiratie beter begrijpen, en sprak eventjes zonder aspiratie. Hij lachte zich tranen om zichzelf. Gelukkig was er niemand die hem kon horen.

Handelsleer en -recht interesseerden Huttunen meer dan de schriftelijke-presentatievaardigheden. Als eerste las hij het leerboek dat Sanelma Käyrämö had aangeschaft en dat was geschreven door I.V. Kaitila en Esa Kaitila. Waren de schrijvers misschien familie van elkaar? Een echtpaar wellicht?

De tekst was tamelijk droog, maar de theorie werd duidelijk uiteengezet en op eenvoudig te bevatten wijze gepresenteerd. Voor het opgavenformulier hoefde je alleen de eerste twintig pagina's te lezen, maar omdat het toch de hele tijd regende, stampte Huttunen het hele boek van voor tot achter in zijn hoofd. Vervolgens begon hij met het beantwoorden van de vragen van het Instituut voor Correspondentieonderwijs.

In een van de opdrachten moest men de groothandel en de detailhandel met elkaar vergelijken op het punt van de gehanteerde procedures. Huttunen dacht aan winkelier Tervola. Aan het slot van het eigenlijke antwoord schreef hij: 'Hier bij ons in het dorp weigert detailhandelaar Tervola eten te verkopen aan psychisch gestoorden, tenzij ze hem met een bijl komen bedreigen. Het is nog makkelijker om bij een groothandel iets te krijgen dan bij hem.'

Een eveneens interessante vraag was die waarin men wilde weten waarom de Finse Bank geen rente betaalt over deposito's. Huttunen zette in zijn antwoord de aard van de Finse Bank als centrale financiële instelling uiteen, daarbij gebruikmakend van de kennis der Kaitila's. Hij dacht erover om na zijn uitleg een opmerking te maken over bankdirecteur Huhtamoinen, die niet aan alle depositeurs rente uitbetaalde, en aan sommigen zelfs geen spaargeld, en die dus eigenmachtiger optrad dan de Finse Bank, maar hij zag er toch van af. Waarom zouden ze zich bij de Volksacademie druk maken om Huttunens persoonlijke geldzaken? Het belangrijkste was toch zeker de studie, en niet de handelwijze van Huhtamoinen.

'Wat is rembours? Wat is een obligatie?'

Huttunen vond de terminologie van de handelsleer spannend en komisch. Hij kon de begrippen makkelijk onthouden. Het speet hem dat hij destijds, als jongeman, niet meteen was begonnen met een handelsstudie... Afgezien van het feit dat studeren verbijsterend eenvoudig was, had je er ook iets aan in het leven. Als een solvabele zakenman wolvengehuil liet horen, zou hem dat wellicht eerder worden vergeven dan wanneer een molenaar zich liet gaan... In ieder geval was het nog niet te laat om te leren.

Huttunen verheugde zich al bij voorbaat op de dag waarop het Instituut voor Correspondentieonderwijs hem het getuigschrift zou toezenden voor de succesvolle afronding van de handelscursus. Voor de kerst zou hij er klaar mee zijn, zo gemakkelijk scheen het leeswerk hem toe. Als hij in staat bleek om in de wildernis een handelsstudie te voltooien, konden ze hem toch moeilijk nog langer als nutteloze gek beschouwen. Wanneer hij bij de korpschef zijn wolvengehuil goedmaakte met een paar geldboetes, dan zou Huttunen wellicht op een dag nog eens de boekhouding van een groothandel kunnen voeren! Daarnaast zou hij ook een molen kunnen runnen, als het dorp in kwestie er een had.

Toen herinnerde Huttunen zich dat zijn naam niet op het getuigschrift zou komen te staan. Voor de zekerheid was de cursus op naam van Piittisjärvi gezet, dus het getuigschrift zou natuurlijk ook worden toegekend aan de postbeambte. Het enige dat Huttunen eraan overhield was kennis van de handel, en die leek vrij nutteloos zonder officiële bevestiging.

Anderzijds, als je de zaak vanuit het standpunt van Piittisjärvi bekeek, dan vloeide er wel degelijk concreet voordeel voort uit deze studie. Het mannetje hoefde niets anders te doen dan brieven bezorgen en bocht zuipen, en ondertussen kreeg hij een kant-en-klaar handelsdiploma in handen gedrukt. Als Piittisjärvi het goed speelde, zou hij zich binnen niet al te lange tijd op kunnen werken tot postmeester van het kerkdorp. De huidige had, voor zover bekend was, niet eens een handelsschool bezocht. Huttunen probeerde zich Piittisjärvi voor te stellen in de positie van postmeester. De ouwe zou achter zijn brede werktafel zitten, bril op de neus, en van tijd tot tijd officiële waarmerken op waardevolle documenten drukken.

De kluizenaar was erg geamuseerd door zijn eigen verbeelding, en begon de kennis van de Kaitila's nog een keer te consumeren. Het maakt toch niet uit wie van ons het heertje wordt,

Piittisjärvi of ik, dacht hij, en hij herhaalde het hoofdstuk over herdiscontering.

Vrijdag werd het wat warmer en was het bewolkt. Huttunen stopte de opgavenformulieren die hij had ingevuld in een envelop, plakte er postzegels op en schreef ook een brief aan de tuinbouwconsulente. Vervolgens bracht hij de post naar zijn eigen bosbrievenbus. Er zouden een paar exemplaren van de *Bode van Pohjola* in zitten, en misschien nog wel meer – een kattebelletje van consulente Käyrämö?

's Avonds arriveerde Huttunen bij zijn postbus. Hij sloop er spiedend naartoe, maar er was geen hinderlaag – de plek was nog steeds geheim. In de bus zaten kranten en een brief van Sanelma. In de brief stonden vele vurige uitingen van liefde; ook meldde hij dat er wederom met vele manschappen naar Huttunen was gezocht in de bossen ten oosten van de Kemijoki. De korpschef was blijkbaar woedend geweest en had agent Portimo de volle lading gegeven, omdat die er de hele zomer nog niet in was geslaagd Huttunen te arresteren.

In de *Bode van Pohjola* werden de districtswedstrijden atletiek aangekondigd, die de zondag daarop op het sportveld van het kerkdorp werden gehouden. De provinciegouverneur zou in hoogsteigen persoon de wedstrijden zegenen door zijn aanwezigheid, aangezien hij tegelijkertijd een officiële inspectiereis naar de gemeente ondernam. Zowel het wedstrijdschema als het persoonlijke programma van de provinciegouverneur stond in de aankondiging vermeld.

Ook Huttunen besloot een kijkje te nemen bij de competities. Misschien kon hij de wedstrijden ergens vanaf een hoge heuvel aanschouwen? Hij zou desnoods in een boom kunnen klimmen en de sportieve prestaties met de verrekijker van Ervinen kunnen volgen. De verslaggeving vanaf het veld zou vrijwel niet te horen zijn van zo veraf, maar heel belangrijk was dat ook niet. Het ging hem erom de prestaties te zien, en de provinciegouverneur. 'En ik hoef ook geen toegangsgeld te betalen.'

32

Huttunen vertrok die zondag al vroeg in de ochtend uit het Duinkamp, om bij de kerk te zijn voordat de mensen wakker werden. Hij gapte geroutineerd een boot aan de oever van de Kemijoki en roeide de rivier over. Het dorp sliep. Het was kil, bijna herfstachtig weer, en schemerig. Huttunen ging op zoek naar een geschikte heuveltop van waaraf hij de districtswedstrijden atletiek kon aanschouwen zonder gezien te worden.

In de directe omgeving van het kerkdorp lagen twee hoge heuvels. Die waren echter niet geschikt als uitkijkpost, want vanaf de ene heuvel kon je alleen het dak van de nieuwe kerk zien, en het uitzicht vanaf de andere werd danig bedorven door de brandspuittoren van de brandweer. Een derde mogelijkheid was om de wedstrijden van verre te volgen, vanaf de top van de Reutuvaara, maar die afstand was te groot; zelfs met Ervinens krachtige kijker zou je de sportieve prestaties van de deelnemers niet van elkaar kunnen onderscheiden.

Het best waren de wedstrijden te aanschouwen vanaf de brandspuittoren. Maar daar kon je niet goed op klimmen omdat de wegbeheerder op de begane grond van het gebouw woonde. De enige mogelijkheid die nog overbleef was om het sportfestijn te volgen vanaf de klokkentoren van de nieuwe kerk. Als hij dat eens probeerde?

Huttunen sloop over de verlaten begraafplaats naar de kerk om de deuren te proberen. Die zaten allemaal op slot. Achter de sacristie was een deur die naar de kelder van de kerk leidde. Ook die was afgesloten, maar er zat een raam naast dat kon worden geopend als je het naar binnen drukte. Huttunen kroop de kelder in en duwde het raam achter zich dicht.

In de donkere en troosteloze kelder hing een muffe modderlucht. Bij het licht van een lucifer bekeek Huttunen de grote, ongeplaveide ruimte. Werd hier de miswijn bewaard? Liep je hier het risico om te struikelen over de skeletten van lang geleden gestorvenen? Hoeveel nieuwe lucifers Huttunen echter ook afstreek, zijn blik trof flessen noch beenderen. In plaats daarvan stond er een grote stapel uitgeslagen bakstenen op de grond, alsmede een kruiwagen en een betonmolen. De kelder werd dus gebruikt als opslagruimte voor bouwmaterialen. Het was onwaarschijnlijk dat hier ooit mensen begraven waren, want de kerk was aan het begin van de eeuw gebouwd.

Vanuit de kelder liep een trap naar boven. De deur boven aan de treden was open. Huttunen belandde in de sacristie. Van daaraf had je vrije toegang tot de enorme hoofdbeuk van de kerk. Die was met planken betimmerd en blauwgrijs geschilderd. Zelfs in de schemer was te zien hoe afgebladderd de verf was – grote stukken waren losgeraakt en naar beneden gevallen. De megalomane boeren in het dorp hadden destijds een veel te grote kerk gebouwd, en hun zonen waren niet langer in staat het gebouw te onderhouden. Of dat door een gebrek aan gelovigheid of aan geld kwam, kon Huttunen niet zeggen.

Huttunen kon geen weerstand bieden aan de verleiding om de kansel te beklimmen. Hij nam een priesterlijke houding aan en liet een oorverdovend wolvengehuil aan zijn keel ontsnappen. De echo weerkaatste zo luid tegen de hoge wanden van de kerk dat Huttunen zich een ongeluk schrok en snel de preekstoel verliet. Hij liep naar de galerij. Achter het oksaal bevond zich een wenteltrap die omhoog leidde naar de klokkentoren.

De trap maakte zeven volle omwentelingen voordat hij in de toren uitmondde. Dat was een zeskantig hokje met in het plafond twee klokken, een grote en een kleine. De klokkenkamer had ronde ramen die naar alle richtingen uitkeken. Er zat geen glas in de vensteropeningen; dat was logisch, want anders zou het klokgelui immers niet ver genoeg in de omgeving te horen zijn. Toen Huttunen een blik naar beneden wierp, duizelde het hem, zo hoog was hij geklommen.

Vanaf de klokkentoren had je een indrukwekkend uitzicht

over het kerkdorp en de blauwachtige berggebieden in de verte. Het sportveld was het beste te zien: als op een dienblad gepresenteerd aan de ogen van de toeschouwer. Met één blik vanaf de toren kon je alle wedstrijden in alle takken van de atletiek volgen. Huttunen had zich geen betere tribune kunnen wensen. De kluizenaar stelde de verrekijker alvast scherp op het zanderige veld. Wat hem betreft konden de spelen beginnen.

Toen werd het eindelijk dag. Het liep tegen tienen; de wedstrijden zouden over ruim een uur beginnen. Huttunen bestudeerde het programma dat hij uit de *Bode van Pohjola* had gescheurd. Meteen na de toespraak van de provinciegouverneur zouden de diverse spring- en werponderdelen van start gaan. Tot slot werden de drie kilometer, de vierhonderd meter horden en de honderd meter gelopen; Huttunens eigen specialiteit was de vierhonderd meter horden. Tijdens de oorlog was hij in Syväri kampioen van de divisie geweest in deze tak van sport. Hij had vijf extra vrije dagen gekregen, en die had hij in Sortavala doorgebracht. Tijdens die trip was hij zijn sportschoenen kwijtgeraakt; hij had er schaamluis voor in plaats opgelopen.

Beneden vanaf het kerkhof klonk gepraat. Het leek erop dat de predikant eraan kwam, samen met de cantor. Nu pas herinnerde Huttunen zich dat het zondag was en dat er nu een kerkdienst zou worden gehouden. Nou, dat moest dan maar. Hij zat hier veilig in de klokkentoren; in de hoofdbeuk had hij niets te zoeken. Hij zou de psalmen hierboven kunnen horen en er zelfs een paar mee kunnen kwelen als tijdverdrijf. Meteen na de kerkdienst kwam de hoofdschotel van die dag: de districtswedstrijden.

Er weergalmden stemmen van beneden uit de kerk. De deuren klapperden, de vloerplanken kraakten. De cantor sloeg een paar tonen aan op het orgel. Toen klonk het alsof iemand bezig was de trap naar de toren te bestijgen. Was dat de predikant? Wat had die hier in godsnaam te zoeken? Huttunen ging boven aan de trap zitten om te luisteren. Geen twijfel mogelijk: er was iemand op weg naar boven.

Toen ineens had Huttunen het door: het was natuurlijk de koster, die de klokken kwam luiden!

De toestand was hachelijk. In de kleine klokkentoren kon Huttunen zich nergens verschuilen. Op de trap naderden de voetstappen van de klokkenluider. En uit het raam springen kon je helemaal wel vergeten.

Knecht Launola kwam de steile trap opgeklommen. De man wist niet dat hij op zijn hoede moest zijn, en toen hij bij de deur van het hokje was aangekomen, trof Huttunen hem met zijn vuist vol in zijn gezicht. Het scheelde niet veel of Launola was de trap af gesuisd, maar Huttunen kon de knecht nog net van de ondergang redden; hij greep hem met beide armen vast en sleepte hem onder de klokken. Launola was bewusteloos, maar ademde regelmatig. Het hart bonsde de boerenknecht in de borstkas, maar erger letsel had hij niet opgelopen. Huttunen bond Launola's handen op de rug vast met diens riem. Vervolgens trok hij de knecht zijn overhemd uit en knevelde hij hem ermee. Nu hij de man het spreken en bewegen onmogelijk had gemaakt, tilde Huttunen hem op en zette hij hem bij de vensteropening neer om weer bij kennis te komen. De ochtendbries bracht de knecht snel weer bij bewustzijn.

'Dus jij bent hier godverdomme de koster!' snauwde Huttunen kwaad naar de knecht. Launola keek Huttunen doodsbang aan en knikte.

'Waar is de echte koster?' Ziek, mimede Launola.

'Jij bent hier zeker om de klokken te luiden, hè?' Launola knikte.

Huttunen diepte zijn zakhorloge op. Nog even en de kerkdienst zou beginnen, verdomme nog aan toe. Het was nu echt de hoogste tijd om de klokken te luiden. Launola kon hij niet losmaken en aan de touwen zetten; die zou natuurlijk meteen alarm kleppen. De mensen in de kerk zouden onmiddellijk de trap op denderen naar de toren om te zien wat er aan de hand was met de knecht die bijkluste als koster. Huttunen stelde vast dat hij deze zondag eigenhandig de klokken moest luiden.

Huttunen probeerde zich te herinneren in welk ritme ze normaal gesproken galmden. Met grote tussenpozen, dat was alles wat hij wist. Hadden de klokken elk een verschillende klank? Van dergelijke dingen had Huttunen geen flauw idee. Het beste was om ze regelmatig te laten klinken.

Huttunen greep het touw van de kleinste klok en rukte er hard aan. De klok kwam schuin te hangen, draaide helemaal op zijn kant en bewoog zich toen weer terug. Huttunen trok nog een keer; de klok kantelde nu zo ver als mogelijk was, en toen hij terugviel luidde hij zo hard dat Huttunens hoofd bijna doormidden spleet. Met zijn andere hand trok Huttunen aan het touw dat met de klepel van de grote klok was verbonden. Die galmde nog veel meedogenlozer. Om beurten gaf Huttunen een ruk aan de touwen, zodanig dat de klokken eigenlijk heel keurig klonken. Hij vond dat hij de beiaard dermate magistraal bespeelde dat het vrome volk zich voldoende verleid zou voelen om meteen naar de kerk te komen.

Huttunen twijfelde. Hoe lang moesten de klokken klinken om de zaak tot een goed einde te brengen? Tien minuten, of langer? Hij had zijn handen vol aan het gelui, en bovendien moest hij knecht Launola in de gaten houden, die bij een van de vensteropeningen zat te wachten op een geschikt moment om ervandoor te gaan.

Met het zweet op zijn voorhoofd hanteerde Huttunen de touwen; het machtige gegalm van de klokken deed de kerk schudden. Het was niet moeilijk om je voor te stellen dat dit helse gelui tot ver in de omtrek was waar te nemen. Maar goed dat ze in Rovaniemi niet wisten hoe in dit godvrezende gehucht het christenvolk naar het godshuis werd genood.

Huttunen zag ternauwernood kans om een blik op zijn zakhorloge te werpen. Dat wees een minuut voor tien aan. Huttunen besloot het luiden om precies tien uur te staken. Hij vermoedde dat dat de gewoonte was; per slot moest ook de predikant zijn aandeel afhandelen. Bovendien werd hij stokdoof van dat godvergeten gegalm.

Om tien uur liet Huttunen de touwen los. De kleine klok

sloeg nog een paar keer, de grote maar eenmaal. Een hemelse rust kwam over de toren.

Na enige tijd werd van beneden vanuit de kerkzaal devoot gezang hoorbaar. Gods kudde had in Huttunens klokgelui niets afwijkends geconstateerd.

De preek van de dominee was in de toren niet te volgen, maar tijdens de slotzang liet Huttunen zich niet onbetuigd. De godsdienst was ten einde en het volk verliet de kerk om zich rechtstreeks naar het sportveld te begeven. Deze zondag was er niet gecollecteerd tijdens de dienst, want de koster was ziek en zijn vervanger zat vastgebonden in de klokkentoren. Geen van de gelovigen leek zich dat erg aan te trekken. Huttunen voelde een steek in zijn borst – door zijn schuld zouden ergens in een heidens land de kindertjes verstoken blijven van de zendingsgelden van deze gemeente. Huttunen besloot om ooit, wanneer hij een geslaagd zakenman was, de door hem veroorzaakte schade te vergoeden aan de gemeente en de zending.

De luidspreker op het sportveld begon te loeien. Huttunen ging bij de vensteropening zitten en bracht de verrekijker van Ervinen naar zijn ogen. Hij zag een groep mededingers in trainingspak en een paar honderd toeschouwers. Aan de ene kant van het veld, vlak bij het doelgebied, was met planken een soort verhoogde afscheiding geconstrueerd, waar een paar stoelen op stonden. Helemaal vooraan zat de gouverneur van de provincie, met om hem heen de dorpselite: de korpschef, de voorzitter van de gemeenteraad, dokter Ervinen, de predikant en een aantal boeren, onder anderen Vittavaara en Siponen. De eerste had zijn vrouw meegebracht; de laatste woonde de feestelijke aangelegenheid in zijn eentje bij.

Huttunen probeerde tuinbouwconsulente Sanelma Käyrämö voor de lenzen van zijn kijker te krijgen. Hij speurde systematisch de hele meute toeschouwers af. Ten slotte herkende hij haar. Ze stond buiten het veld op een met dennen begroeid heuveltje naast het kerkhof. Er stonden daar nog meer jonge vrouwen, gekleed in kleurige sjaals en rokken. Huttunen was zo blij toen hij Sanelma zag dat hij bijna wolvengehuil uitstootte bij wijze van begroeting.

De provinciegouverneur nam het woord. De luidsprekers waren zodanig geplaatst dat zijn toespraak in de klokkentoren twee keer te horen was. Het leek wel alsof hij zichzelf napraatte. De spreker wees de toehoorders op de gunstige invloed van sport op de moraal, en spoorde de burgers aan om telkens wanneer daar de gelegenheid toe was de uitdaging aan te gaan. Hij haalde de herstelbetalingen aan waartoe Finland was veroordeeld; de afhandeling daarvan was in feite een enorme sportieve prestatie van het hele volk geweest. 'Als de trein der herstelbetalingen ook maar een seconde of een tiende deel daarvan stilstond op de staatsgrens, eiste de tegenstander meteen een torenhoge rente. Laat dit voor de jeugd in ons land een concreet voorbeeld zijn van het feit dat je maar beter niet te laat over de eindstreep kunt komen.'

De provinciegouverneur wees op de Olympische Spelen die de zomer daarop in Helsinki zouden worden gehouden. Hij hoopte dat ook de sporters uit dit dorp deel zouden nemen aan de Spelen en in het bezit van vele gouden en zilveren medailles terug zouden keren naar Lapland.

Na de toespraak gingen de wedstrijden van start. Knecht Launola kroop naast Huttunen. Uit zijn mimiek was af te leiden dat ook hij de competitie wilde volgen. Hoewel Huttunen een hekel had aan de knecht, maakte hij toch ruimte voor hem in de vensteropening. Dankbaar aanschouwde de onfortuinlijke vervanger van de koster de werpsporten. Een man uit Kantojärvi wierp net een speer – die in de vip-tribune belandde. De man werd onmiddellijk gediskwalificeerd, ondanks het feit dat hij het klassement aanvoerde.

Bij het polsstokhoogspringen werden goede, moderne bamboestokken gebruikt. Huttunen had hoge verwachtingen, maar werd daarin teleurgesteld, want de winnaar wist maar net de drie meter vijfenveertig te overschrijden. Toen hij het eremetaal voor dit onderdeel kreeg uitgereikt, kon Huttunen het niet nalaten om hem vanaf de kerktoren toe te schreeuwen: 'Slome!'

De schreeuw spleet de hemel boven het sportveld in tweeën. De toeschouwers en de genodigden keken naar de wolken, naar waar de stem vandaan kwam. Vanaf het kerkhof vloog juist op dat moment een koppel zwarte kraaien klapwiekend over het sportveld die in het voorbijgaan vreselijk krasten. De provinciegouverneur en het overige publiek richtten hun aandacht weer op de sportieve prestaties.

De vierhonderd meter horden volgde Huttunen met groot enthousiasme. Er waren slechts drie deelnemers, én een fotograaf van de *Bode van Pohjola*, die in een wapperende trenchcoat met de hardlopers meerende, terwijl hij ondertussen foto's nam. Huttunen besloot dat de krachtmeting in feite werd gewonnen door de fotograaf, aangezien de winnaar op het moment dat hij bij de finish arriveerde zijn knie zo hard tegen de laatste horde stootte dat hij naar dokter Ervinen op de vip-tribune moest worden gedragen. Ervinen boog beleefd voor de gouverneur, trok de deelnemer diens trainingsbroek uit en sloeg hem met de zijkant van zijn hand vol op de knie. Een pijnlijke gil doorsneed de lucht.

Zowel Huttunen als knecht Launola zag de wedstrijden van begin tot eind. Meer dan op welke winnaar ook richtte Huttunen zijn verrekijker op tuinbouwconsulente Sanelma Käyrämö, wier gouden haren lieflijk wapperden in de nazomerse wind.

33

Na het officiële programma was de provinciegouverneur te gast bij korpschef Jaatila. Te zijner ere was de sauna aan de oever van de Kemijoki warmgestookt. Op de veranda werd een hartig hapje genuttigd, en er was koffie. Behalve de korpschef bevonden zich ook dokter Ervinen, de predikant, de voorzitter van de gemeenteraad en bankdirecteur Huhtamoinen in het gezelschap van de provinciegouverneur. De onderwijzer was niet meegevraagd, maar Vittavaara wel, want hij bezat een aanzienlijke lap grond en de oorlog in Korea had van de agrariër een rijk man gemaakt.

Er werd over de Koreaanse oorlog gesproken, over de Olympische Spelen, de herstelbetalingen, de industrialisering van Lapland en de houtkap, die nu ook op staatsgrond van start was gegaan.

'Ons volk komt dit wel te boven,' zei de naakte provinciegouverneur, het kille water van de Kemijoki uit wadend.

Toen het hooggeachte gezelschap terugkeerde uit de sauna en zich terugtrok in de kamer van de korpschef, werd er een flesje cognac ontkurkt en een toost uitgebracht. Eentje maar, want jammer maar helaas was de provinciegouverneur van de blauwe knoop.

'Apropos, even iets heel anders... Er wordt tot in Rovaniemi gesproken over een geestelijk gestoorde man die jullie hier in dit dorp hebben rondlopen en die weigert zich op te laten nemen in de psychiatrische inrichting van Oulu. Ze zeggen dat hij de gewoonte heeft om huilend als een wolf de avonden door te brengen.'

De korpschef schraapte zijn keel. Hij bagatelliseerde het geval: ieder dorp z'n dorpsgek, nietwaar...?

Maar Ervinen en Vittavaara begonnen met de wangen warm van de cognac de wetenswaardigheden omtrent molenaar Gunnar Huttunen aan de provinciegouverneur uiteen te zetten. Ze somden al zijn streken op, beweerden dat de kerel gevaarlijk en gewapend was, en dat hij het hele kerkdorp in een greep van angst hield. De man was met geen mogelijkheid te overmeesteren.

De korpschef vond de zaak niet de moeite van het vermelden waard. Hij legde uit dat de man niet echt gevaarlijk was, alleen maar simpel en een tikje getikt; het was niet nodig hem serieus te nemen. 'Als puntje bij paaltje komt zou ik molenaar Huttunen een goedmoedige gek noemen... Hij is onrustig, dat wel, maar ongevaarlijk en qua karakter eigenlijk een heel geschikte vent.'

Maar de provinciegouverneur had genoeg gehoord. 'Er is geen sprake van dat er in mijn provincie een geestelijk gestoorde, gewapende en zo te horen zeer gevaarlijke man los rondloopt in de bossen. Korpschef Jaatila! U dient uw zoekacties te intensiveren. Die man moet meteen naar het ziekenhuis worden overgebracht. Voor individuen zoals hij heeft de samenleving haar geheel eigen instellingen gereserveerd.'

Juist op dat moment klonk in de verte, uit de richting van de Reutuvaara, een weeklagend wolvengehuil. Het raam stond op een kier.

De provinciegouverneur opende het helemaal en luisterde aandachtig. Zijn gezicht kleurde van opwinding. 'Een wolf? Is dat niet het gehuil van een wolf?'

De korpschef kwam bij het raam staan, zogenaamd om te luisteren, en zei toen, terwijl hij het raam probeerde te sluiten: 'Natuurlijk, een wolf... Een eenzame wolf, vanachter de grens hierheen gekomen waarschijnlijk. Ongevaarlijk beest, rond deze tijd van het jaar.'

De provinciegouverneur liet hem het raam niet dichtdoen. Hij zei dat dit de eerste keer was dat hij de gelegenheid had om het gehuil van een heuse wilde wolf te beluisteren. 'Dit is een van de mooiste ervaringen van mijn leven! Schenkt u bij wijze van uitzondering nog maar een glaasje cognac in, korpschef!'

Ervinen verbrak de betovering door sarcastisch op te merken: 'Dat was helemaal geen wolf. Ik herken echt de stem van mijn patiënt wel: het is molenaar Huttunen die daar huilt.'

Vittavaara bevestigde dat: 'Hij jankt altijd op die manier. Dat is Huttunen, en geen normale wolf. Dat wist jij trouwens best, Jaatila.' De korpschef moest toegeven dat ook hij het nu beter kon horen – en inderdaad, wellicht was het toch Huttunen.

De provinciegouverneur ontplofte. Hij vond het allemaal onbegrijpelijk: en zo'n man mocht ongestoord het dorp terroriseren! Waarom gingen ze niet meteen achter hem aan om hem in te rekenen?

De korpschef verklaarde dat de molenaar niet zomaar even uit het bos kon worden geplukt zolang er nog geen sneeuw lag. Er waren veel mannen nodig, speurhonden, veel geluk... Er was maar één agent in het dorp, Portimo, en die was niet op zijn taken berekend – de molenaar was hem al vele malen ontglipt. Er zat nu niets anders op dan Huttunen in alle rust te laten huilen... In het najaar, meteen nadat de eerste sneeuw was gevallen, zou de korpschef een eind maken aan alle gejank. Op dit moment kon hij echter niets beginnen.

De provinciegouverneur was een andere mening toegedaan: 'Ik zal het zo organiseren dat er een groep infanteristen met speurhonden uit de grenscompagnie van Rovaniemi hiernaartoe komt. Die halen zo'n mannetje echt wel uit het bos te voorschijn, neem dat maar van mij aan. Als u, korpschef Jaatila, niet de benodigde manschappen en honden hebt, zal ik persoonlijk voor die kant van de zaak zorg dragen.'

Het raam werd dichtgedaan en de provinciegouverneur kreeg koffie ingeschonken. Korpschef Jaatila zat zich te ergeren in zijn leunstoel. De manier waarop hij zijn functie uitoefende was zwaar bekritiseerd. Dat was de schuld van die geneesheer met zijn gladde tong, Ervinen, en die ongelikte boer Vittavaara. En van de grootste duivel van de drie natuurlijk: Huttunen.

Na enige tijd stelde de korpschef de provinciegouverneur voor om een soort vredesonderhandelingen te voeren met Gunnar Huttunen, om tot een overeenkomst te komen. 'Zouden we hem niet op een of andere manier genade kunnen schenken? We zouden hem kunnen laten weten dat hij toestemming heeft om het bos uit te komen, dat er geen aanklachten worden ingediend naar aanleiding van de fouten die hij heeft begaan, en zelfs dat we hem niet onmiddellijk naar een inrichting zullen overbrengen... Ik ben ervan overtuigd dat hij zich dan weer onder de mensen zou begeven en weer rustig zou worden. We kunnen toch zeker een schriftelijke verklaring van hem eisen waarin staat dat hij geen wolvengehuil meer zal uitstoten zolang er mensen in de buurt zijn die het kunnen horen? Een consulente van de landbouwvereniging uit het dorp heeft laten doorschemeren dat ze contact met de man onderhoudt. Zo zouden we deze akelige kwestie van de agenda kunnen schrappen.'

De provinciegouverneur overwoog het voorstel even, maar honoreerde het met een negatief besluit: 'Nee. Zoiets is onmogelijk. Een crimineel zouden we nog genade kunnen schenken, daar is niets op tegen, maar hoe vergeef je een geestelijk gestoorde? Dat is niet aan de autoriteiten. Het is heel simpel: deze man dient bij de eerste de beste gelegenheid naar de psychiatrische inrichting te worden overgebracht, waar hij de rest van zijn leven thuishoort. Ik tolereer niet dat er in de bossen van mijn bloedeigen provincie wolvengehuil wordt uitgestoten door een mens.'

Vanuit de salon klonken stemmen. De meid kwam de korpschef melden dat ene Launola hem wilde spreken. De man liep naar de hal om de knecht te ontmoeten. De provinciegouverneur kon uit het opgewonden gesprek de naam van Huttunen opmaken. Hij verzocht de korpschef en de knecht de kamer in te komen.'Vertel eens, jongeman, wat weet u over deze molenaar Huttunen?'

Launola maakte een buiging en begon uit te leggen dat hij de taak op zich had genomen om de koster te vervangen, die ziek was. 'Die heb een uitgezette long en leg in bed omdat de medicijnen niet helpen... en hij heb ook geen geld om naar andere dokters te gaan dan naar, eh... dokter Ervinen.'

Ervinen reageerde geïrriteerd. 'Ter zake, Launola, de gouverneur heeft geen behoefte aan verhalen over de mottige longen van de koster.'

Launola vertelde dat hij die ochtend de trap naar de klokkentoren van de kerk was opgeklommen om de klokken te luiden. In de toren echter had Huttunen op hem liggen loeren. 'Kunnari sloeg me buiten westen en bond me toen zo vast dat ik niet kon ontsnappen of schreeuwen. Toen luidde hij zelf die klokken, en na de kerkdienst hebben we naar die sportwedstrijden gekeken. Ook meneer de provinciegouverneur hebben we zien zitten.'

Launola vertelde dat Huttunen hem de hele dag gevangen had gehouden. Pas 's avonds was hij met gevangene en al de trap af gekomen. Hij had Launola in de kelder van de kerk opgesloten. Het was de knecht nog maar kort geleden gelukt om via het raampje te ontsnappen. 'Meer had ik eigenlijk niet te melden.'

De knecht mocht gaan. Toen de deur weer dicht was, zei de provinciegouverneur op strenge toon: 'Als iemand er dergelijke methoden op na houdt en zo onwaarschijnlijk onbeschoft is, dient hij onmiddellijk te worden ingerekend, met behulp van soldaten desnoods. Kun je je een ernstiger godsdienstig vergrijp voorstellen: een gek die in de toren van het godshuis de klokken luidt?'

De provinciegouverneur opende nogmaals het raam in de kamer. Allen luisterden ze ingespannen. Maar het was stil op de Reutuvaara. Huttunen was allang op weg naar zijn kamp aan de westkant.

34

Een aantal dagen ging voorbij. Er verscheen een bekend gezicht bij het Duinkamp: Happola. Huttunen lag onder zijn afdakje in de handelskennis der Kaitila's te bladeren, toen de taigagaaien ineens opvlogen van het dak en de kluizenaar deden opschrikken uit zijn lectuur. Met zijn geweer in de aanslag verwelkomde Huttunen de gast. Toen hij zijn kameraad uit het gesticht herkende, vroeg hij meteen: 'Hoe heb je me in vredesnaam zo snel kunnen vinden?'

'Je hebt me toch geschreven? Het was me anders wel een wandeling! Je woont tegenwoordig een akelig eind uit de buurt. Maar in je brief had je deze plek duidelijk omschreven. Alleen die brievenbus kon ik met geen mogelijkheid vinden.'

Happola zag er vitaal en opgewekt uit. Hij had een nieuw leren jasje aan en een kniebroek met leren stukken op de achterkant, zoals bij een rijbroek. Aan zijn voeten droeg hij nieuwe laarzen met een hoge schacht. Huttunen hing de koffiepot aan de kookstelling en sneed spek en brood af voor zijn vriend.

Toen de eerste mok koffie was leeggedronken, bracht Happola het onderwerp ter sprake dat hem eigenlijk hiernaartoe had gebracht. Hij vertelde dat hij een paar dagen geleden uit Oulu was vertrokken, de nacht in Kemi had doorgebracht en bij de Suukoski de molen aan een inspectie had onderworpen. 'Gisteren en vandaag heb ik die molen van je eens goed bekeken.'

'Nou, wat vind je ervan? Ziet hij er niet goed uit?' vroeg Huttunen gretig.

Happola gaf toe dat de molen in redelijk goede staat verkeerde, zo op het eerste gezicht. Het gebouw was nog niet zo lang geleden opnieuw in de verf gezet. Het verdeelwerk zag er stevig uit. Ook het schoepenrad was nog geschikt voor gebruik. Dat kon hij van de drijfriemen echter niet met zekerheid zeggen. Huttunen zei dat hij in het voorjaar al een nieuwe riem had besteld voor de maalstenen. Die lag opgeslagen in een depot op het station; hij hoefde alleen nog maar de rekening te betalen bij de ijzerhandel in Kemi. Happola zei: 'Ik weet niet veel van molens, maar de grutstenen leker er beter uit te zien dan de meelstenen. En zoals je weet is er voor grutstenen tegenwoordig weinig werk.'

'Maar ook met die meelstenen kun je nog jaren malen,' beweerde Huttunen.

'Het ergste gebrek dat die molen heeft zijn de onderste balken van het bouwwerk. Die zijn behoorlijk verrot. Aan de zuidkant zouden minstens drie rijen vervangen moeten worden. Hetzelfde probleem heb je aan het onderste stuk van de kanjel. Ik heb er met de punt van mijn dolk in zitten hakken en hij ging er tot hier in, ook al deed ik het met mijn linkerhand,' legde Happola uit, en hij hield de toppen van zijn duim en wijsvinger een centimeter of twintig uit elkaar.

Huttunen gaf toe dat er wellicht in de komende jaren inderdaad een paar balken moesten worden vervangen aan de zijkant van de molen waar het waterrad zich bevond. Maar aangezien de molen op pijlers was gebouwd, zou dat niet al te veel problemen met zich meebrengen: 'Als je met een krik de balken van de pijlers oplicht en er nieuwe voor in de plaats aanbrengt, hoef je alleen nog maar het hele gebouw weer op zijn plaats te laten zakken en klaar is Kees. Een beetje timmerman heeft dat in een of twee dagen gepiept.'

'Maar het is wel van invloed op de prijs. En hou er rekening mee dat ik die hele molen eigenlijk niet nodig heb. Per slot van rekening heb ik nog nooit iets met de graanhandel te maken gehad.'

Desondanks deed Happola een bod. De prijs was laag – voor dat geld kon je hoogstens een klein huis of twee, misschien drie werkpaarden inclusief tuig en kar kopen. Huttunen kon echter niet anders dan het bod accepteren, omdat niet te verwachten viel dat hij hier, in de wildernis, betere aanbiedingen zou krijgen. De overeenkomst werd met een handslag beklonken, en daarmee was de zaak tot zover geregeld. Happola zei dat hij het geld zou opsturen zodra de notaris de papieren had getekend. Hij zou die in orde maken zodra hij weer terug was in de bewoonde wereld. 'Ik ken toevallig een notaris in Kemi. Ik moet alleen nog even informatie inwinnen over eventuele vorderingen, hoewel ik je wel vertrouw hoor, daar niet van,' zei Happola, die zeer tevreden leek nu hij voor het eerst van zijn leven een molen had gekocht.

De mannen brachten het gesprek op de tijd die ze gezamenlijk in de inrichting hadden doorgebracht. Huttunen vroeg hoe Happola erin was geslaagd om uit het gesticht te komen.

Happola trok een zuur gezicht. 'Goddomme, heb ik me toch een flink aantal jaren van mijn leven voor niets daar doorgebracht! De laatste vijf jaar tussen die idioten waren echt weggegooid.'

Hij legde uit dat hij, toen zijn tien jaren om waren, de kamer van de arts was binnengestiefeld en had aangekondigd dat hij eigenlijk kerngezond was. Hij had zijn hele verhaal verteld. In eerste instantie dachten ze niet dat hij het serieus meende, maar uiteindelijk, toen Happola de details van zijn dubbelleven in de stad uit de doeken had gedaan, hadden ze hem toch geloofd. Met tegenzin hadden ze hem gezond verklaard. Toch hadden ze hem niet zonder meer laten gaan: 'Toen die hufters niks beters meer konden verzinnen, lieten ze het hoofd van de financiële administratie komen. Die zei dat de inrichting gezonde mensen geen gratis verzorging biedt. Hij schoof me een rekening voor vijf jaar kost en inwoning onder de neus en zei dat als ik niet betaalde, ik ook niet werd vrijgelaten. Ze sleepten me een isoleercel in, zo eentje voor de herrieschoppers, en dreigden me een dwangbuis aan te doen als ze geen centen zagen.'

Happola had gevraagd met welk recht ze geld van hem verlangden voor vijf jaar voedsel en verzorging. Hij had te horen gekregen dat ze hem eigenlijk de volle tien jaar in rekening zouden moeten brengen, maar dat de uitgaven voor kost en inwoning in de beginperiode waren verjaard. Maar al met al had Happola het gesticht dus moeten betalen voor de genoten zorg. 'Het was een gepeperde rekening ook nog. Een gladjanus en een hufter, dat hoofd van de financiële administratie. Voor het eten rekende hij zo ongeveer restaurantprijzen – er was sprake van lunches en avondeten en van allerlei behandelingen. En huur! Alsof ik vijf jaar in een hotel had geslapen! De hele boel moest in één keer betaald worden. Meteen toen ik buiten stond, ben ik met die rekening naar m'n advocaat gemarcheerd, en nu komt de zaak van de winter voor het kantongerecht. Maar betalen moest ik, en betaald heb ik.'

Happola was verbitterd. Hij hielp Huttunen herinneren aan de maaltijden in de inrichting. 'Tien jaar lang heb ik die pap van ze gegeten. Jij haalde je neus ervoor op, maar ik heb hem opgegeten, en godsamme tot welke prijs!'

'Nee, veel bijzonders viel er niet te bikken,' gaf Huttunen toe. Hij dacht aan de standaardmaaltijd die in het gesticht werd geserveerd: een dikke pap van gerst die eigenlijk voor veevoer was bestemd, vol klonten en meestal bij het opdienen al koud. Vaak trof je er complete kafnaalden in aan.

'Zo worden mensen in staatsinstellingen uitgekleed,' klaagde Happola. 'Gelukkig is de oorlog in Korea nog niet voorbij. Ik heb zestien hectare land in Kiiminki verkocht. Met de opbrengst daarvan heb ik de rekening betaald. En zelfs toen was er nog zoveel geld over dat ik jou nu met die molen van je kan helpen. Ik heb er een koper voor in Kajaani, ik schaf zo'n ding natuurlijk niet voor de lol aan.'

Huttunen vroeg hoe het hun kamergenoten in de inrichting nu verging. Happola schudde zijn hoofd: 'Zoals altijd. Alleen is Rahkonen begin juli overleden. Dat was die ouwe vent die de gewoonte had om van 's ochtends vroeg tot 's avonds laat in de hoek te zitten fronsen. Op een avond is hij gewoon gestorven. Hij zei geen woord maar viel gewoon om, en dat was dat. Voor hem in de plaats werd een paar dagen later een wat vlottere gek binnengebracht, eentje die zo ongeveer overal om moet lachen. En dat scharminkel, weet je nog? Dat arme jong was helemaal overstuur toen jij 'm smeerde. Wekenlang heeft-ie gevraagd wanneer je weer terugkwam. En dan die schoonmaakster die altijd zo schreeuwde. Zij is overgeplaatst naar de vrouwenafdeling, maar nadat ze die geschifte wijven daar eens flink had uitgescholden hebben ze haar op een dag gegrepen en ervan langs gegeven. Daarbij brak ze d'r been en nu ligt ze bij de diaconessen. Die wijven hebben dat been zo grondig te pakken gehad dat ze niet voor de kerst terugkomt. Wij kregen een nieuwe schoonmaker, een man. Luie donder. Zegt geen woord, maar voert ook niets uit.'

'En de arts?'

Happola vertelde dat de afdelingsarts als vanouds zijn bril poetste. 'Hij ontplofte trouwens wel toen ik hem kwam vertellen dat ik gezond ben, en dus de groeten en tot ziens. Hij begon te gillen en te brullen en werd pas weer rustig toen de verzorgers kwamen en met een dwangbuis dreigden. Dat was wel even slikken voor 'm. Wel begrijpelijk natuurlijk, als je tien jaar lang iemand verpleegt omdat-ie zogenaamd gek is, en die ander wandelt dan binnen en zegt: santé.'

'Die vent was zelf krankzinnig.'

'Vertel mij wat. De meest geschifte arts van Finland.'

Huttunen leidde Happola rond in zijn kamp; hij liet hem de uitrusting zien die hij bij Ervinen had opgehaald, het wapen, en de drankstokerij van Piittisjärvi. Hij vertelde wat hem zoal was overkomen en wat hij zoal had uitgespookt. Hij zei dat zijn leven, de omstandigheden in acht nemend, er helemaal niet zo slecht voor stond. Toch was een bestaan als kluizenaar op den duur niet vol te houden. 's Winters zou het lastig zijn om te overleven. De autoriteiten zouden het kamp kunnen opsporen zodra de eerste sneeuw was gevallen. Huttunen merkte op dat hij het plan had opgevat om dieper in de wildernis een kamp op te slaan. Als hij eerst zijn geldzaken maar op orde kreeg. 'Dit kluizenaarsleven is behoorlijk zwaar.'

Huttunen vertelde ook dat hij begonnen was met een handelsstudie. Hij liet de leerboeken van het Instituut voor Correspondentieonderwijs zien en verwerkte wat zakelijke terminologie in zijn zinnen. Happola luisterde geïnteresseerd. 'Als je nou niet voorlopig en officieel gek was, zouden we een heel goed stel vormen. Ik zit tenslotte al mijn hele leven in de zakenwereld. De groothandel is heel interessant. Studeer jij eerst maar verder aan die handelsschool, dan zien we daarna wel verder. We zouden misschien een groothandelskantoor kunnen oprichten in Oulu of Kemi. Dan zou ik de zakenreizen voor m'n rekening nemen, en jij het papierwerk en de lopende zaken.'

Huttunen bood Happola gepekelde forel aan. Na het eten vergezelde hij zijn kameraad tot aan de weg. Toen ze afscheid van elkaar namen, greep Happola hem bij zijn hand: 'Ik stuur je meteen een dezer dagen een briefje over de verkoop van de molen. Je krijgt je geld zodra de papieren geregeld zijn, daar kun je honderd procent van op aan.'

Huttunen keerde tevreden terug in zijn kamp. Hij voelde zich nu veiliger dan hij in lange tijd had gedaan; zijn toekomst gloorde hem nu zonniger tegemoet dan in maanden het geval was geweest. Binnenkort had hij geld. Zijn studie vorderde... Wellicht kon hij over niet al te lange tijd met Sanelma Käyrämö op weg gaan naar het buitenland, naar een nieuw leven!

35

De week daarop sleepte Piittisjärvi opnieuw post en knollen naar het kamp van Huttunen. In haar brief waarschuwde tuinbouwconsulente Sanelma Käyrämö de molenaar inzake verder wolvengehuil; blijkbaar had de provinciegouverneur in hoogsteigen persoon gedreigd om soldaten te sturen die Huttunen zouden inrekenen als het gejank en de wandaden niet ophielden. Aan het eind van de brief bekende Sanelma dat ze Huttunen zo vurig liefhad dat het fysiek pijn deed, en benadrukte ze het belang van de handelsstudie. De knollen die Piittisjärvi had meegebracht waren met name geschikt om te raspen, en konden eveneens uitstekend als salade geworden genuttigd.

Er zat nog een tweede gewichtige brief bij, van Happola. Huttunen opende die triomfantelijk – de verkoop van de molen zou nu een feit zijn. Hij hoefde alleen nog maar de papieren te ondertekenen en het geld van Happola te ontvangen.

Zwaar was dan ook de teleurstelling die de kluizenaar ervoer toen hij de boodschap van Happola las. Daaruit bleek dat Happola de molen toch niet kon kopen, want die was geconfisqueerd door de commissie voor sociale zaken van de gemeente. Huttunen was ontoerekeningsvatbaar verklaard en hij had niet langer het recht om zijn eigendommen te verkopen of te verpanden. ‘Nu de zaken er zo voor staan, wordt het dus niets met de verkoop. Probeer die beslaglegging ongedaan te maken; ik beloof je dat ik de molen dan alsnog van je overneem. Hou vol. Happola.’

Huttunen greep zijn geweer, stak de loop in zijn mond en was van zins om zichzelf ter plekke om het leven te brengen. Piittisjärvi probeerde zijn kameraad te kalmeren en zei dat Huttunen wel gek zou zijn om zichzelf nu dood te schieten.

'Dat zouden die lui daarginds in de kerk juist geweldig vinden.'

Huttunen dacht even na over de woorden van de brievenbezorger, en inderdaad, hij had gelijk. 'Ik steek die verdomde molen in de fik, dan zijn we eraf!'

Huttunen gooide zijn geweer over zijn schouder en ging onmiddellijk op weg naar het dorp. Piittisjärvi probeerde hem bij te houden, maar moest al halverwege het moerasgebied Puukkosuo afhaken. Huttunen verdween in de beschutting van het bos. Piittisjärvi dacht: nu gaan we wat beleven in het dorp, als Huttunen in die toestand daarheen gaat. 'En nog wel met een geweer...'

Het was middag; het moeras verzonk onder de voeten van de kluizenaar, de modder spatte op terwijl hij in de richting van de weg rende. Hij liep Asemakylä voorbij, roeide de Kemijoki over en koerste rechtstreeks naar de Suukoski. Onder het lopen scheurde hij stukken droge bast van de berkenbomen. Nat van het zweet arriveerde hij bij de molen. Hij trapte de dichtgespijkerde deur open en stormde de trap op, zijn woning binnen.

Huttunen zocht in een bak met brandhout die naast de haard stond een handvol droge houtjes bij elkaar. Met krachtige halen sneed hij daar een bosje spaanders van. Vervolgens droeg hij het hout en de spaanders naar beneden, waar hij er een stapeltje van maakte op de grond, tussen de grut- en de meelstenen in. Hij legde de houtjes schuin over elkaar heen, plaatste de berkenbast en de spaanders in de ruimte ertussen en diepte toen lucifers op uit zijn zak. Hij streek er een af, maar was zo opgefokt dat de lucifer doofde in zijn van haat trillende handen.

Huttunen keek om zich heen. Deze molen was hem zo vertrouwd, en verkeerde in zo'n goede staat: de stenen, de balken in de muur, de kaar, de voorraadbakken. Het leek wel alsof ze hun meester om genade smeekten: steek ons niet in brand!

Huttunen streek geen lucifers meer af. Hij raapte de houtjes weer op, schikte het geweer wat beter op zijn rug en verliet de molen. Hij bond het hout en de aanmaakblokjes op de bagagedrager en sprong vervolgens op zijn fiets, als een infanterist die tot de aanval overgaat. 'Ik brand godverdomme het hele dorp af!' liet hij met dreunende stem weten. Het achtereind van het geweer klapte tegen het frame van de fiets terwijl de kluizenaar naar het centrum van het kerkdorp koerste. Het huis van Vittavaara schoot aan hem voorbij, Siponen, de winkel. Huttunen minderde vaart ter hoogte van de zaak, overwoog de winkel van Tervola af te branden, maar vond dat bij nader inzien een te onbetekenende buit. Zijn leed vroeg om grotere genoegdoening. Pas toen hij langs het gebouw van de brandweer reed, hield Huttunen stil. Misschien kon hij dat als eerste opstoken.

Maar zijn blik gleed naar het midden van de begraafplaats, naar de nieuwe kerk die daar stond – het indrukwekkendste bouwwerk in het hele dorp. Ineens wist hij het: 'Dat zet ik in de fik! Dat zal ze leren!'

Huttunen fietste dwars over de begraafplaats naar de hoofdingang van de kerk. Rondom het gebouw was niets te zien, maar de deur was open. Huttunen droeg het brandmateriaal naar binnen. Hij begon het hout op elkaar te stapelen in het gangpad van de kerk, precies voor het altaar. Het achtereind van het geweer bonkte tegen de vloerplanken toen Huttunen bij het brandstapeltje hurkte. De hoge kerk weergalmde.

Toen de houtjes en de spaanders klaarlagen, richtte Huttunen zich weer op en betastte hij de lucifers in zijn zak. Hij keek vol haat en wraakgevoelens om zich heen, de uitgestrekte, machtige kerkzaal in. Zijn blik bleef hangen op de afbeelding die achter het altaar hing, en die Jezus aan het kruis voorstelde. Huttunen zwaaide met zijn vuist naar het schilderij. 'Rotjong dat je bent! Waarom moest je van mij zo'n geschifte gek maken?'

Het leek alsof Christus de kluizenaar diep in de ogen keek. De lijdende blik op het gelaat van de Verlosser veranderde; eerst keek hij verbaasd, en vervolgens geamuseerd vriendelijk. Hij opende zijn mond en begon te praten. De enorme kerk weergalmde toen Christus de kluizenaar toesprak: 'Nou niet boos worden, Huttunen. Met jouw verstand is eigenlijk helemaal niets mis. Bij het Instituut voor Correspondentieonderwijs van de Volksacademie heb je uitstekende resultaten behaald. Je hebt meer hersenen dan Vittavaara en Siponen tezamen, en veel meer dan de predikant van dit dorp, en die heeft nota bene de gelegenheid gehad zijn kennis te vergroten door middel van een universitaire studie. Ik heb altijd al een hekel gehad aan deze predikant – dat is welbeschouwd maar een onbetekenend mannetje, een onsympathieke zedenpreker.'

Huttunen luisterde verbijsterd. Was hij nou echt helemaal geschift geworden, dat hij het schilderij achter het altaar tegen zich hoorde praten?

Jezus ging verder met vriendelijke maar luide stem: 'Ieder van ons heeft zijn eigen kruis te dragen, Huttunen... jij net zo goed als ik.'

Huttunen vermande zich en sprak Jezus tegen: 'Maar in mijn geval gaat het toch wel een beetje te ver! Er wordt verdomme al bijna een halfjaar jacht op me gemaakt! Ik zit al weken te bevriezen daar in de wildernis, en daarvóór hebben ze me naar het gesticht in Oulu gesleept... Kan het niet wat minder?'

Jezus knikte meelevend. Maar vervolgens begon hij over zijn eigen ervaringen te verhalen: 'Jouw leed, Huttunen, is nog klein vergeleken bij wat de mensen mij destijds hebben aangedaan.'

Het gelaat van Christus verstrakte toen hij zijn eigen leven overdacht. 'Mijn hele leven lang ben ik verguisd... en uiteindelijk werd ik levend aan het kruis genageld. Dat was pas op je tanden bijten, Huttunen. Je kunt je niet voorstellen hoe afgrijselijk veel pijn het doet als er vijfduims koperen spijkers door je handpalmen en voeten worden gejaagd. Ze zetten een doornenkroon op mijn hoofd en vervolgens werd het kruis overeind gehesen. Dat hangen was nog het allerergste. De pijn die daarmee gepaard gaat kun je niet bevatten als je niet zelf een keer aan een kruis hebt gebungeld.'

Jezus keek Huttunen ernstig aan: 'Ik heb in mijn leven veel geleden.'

Huttunen draaide zijn blik weg van het schilderij en frummelde aan het doosje lucifers in zijn handen. Hij wist niet goed wat hij Jezus moest antwoorden. Die zei: 'Maar als je echt besloten hebt om deze kerk in brand te steken, Huttunen, ga dan wat mij betreft je gang. Ik heb van het begin af aan een hekel gehad aan dit bouwwerk. Ik hou meer van die oude kerk daarginds op de heuvel. Deze kerk is door de heren in dit dorp alleen gebouwd om hun grootheidswaanzin te bevredigen. Maar steek ondanks alles dat vuur nou niet direct voor het altaar aan. Verplaats het naar de sacristie of zo, of naar het voorportaal; daarvandaan zal het zich ook best verspreiden, dit gebouw is tenslotte kurkdroog. En zou je dat geweer weg willen halen...? Het is niet wat je noemt gepast om met een wapen over je schouders en je armen vol met brandhout hier binnen te komen wandelen. Per slot van rekening is en blijft dit een kerk.'

Huttunen maakte enigszins gegeneerd een buiging voor de afbeelding van Christus, haalde het brandmateriaal weg bij het altaar en verplaatste het naar het voorportaal. Daar stak hij het vuur snel aan. De spaanders en de berkenbast ontvlamden moeiteloos. Een dikke rook begon het portaal en de hoofdbeuk te vullen.

Al spoedig stond de hal zo vol rook dat Huttunen de voordeur wel moest openen. Zelf trok hij zich door de walm heen terug in de kerk. Hij ging op een bank zitten en wreef in zijn ogen. Niet te geloven dat zo'n klein vuurtje zoveel rook kon veroorzaken. Het kwam zeker doordat het niet waaide in de kerk.

De rook wolkte via de hoofdingang de kerk uit, breidde zich uit naar de begraafplaats en daarvandaan naar het dorp, voorbij het gebouw van de brandweer. De eerste blussers kwamen al aangerend met emmers. Tegelijkertijd probeerde Huttunen het vuurtje in het voorportaal aan te wakkeren. Hij blies op de kolen, kreeg ze weer aan het gloeien, en de vlammen sloegen hoog op. Vanwege de rook moest hij zich van tijd tot tijd terugtrekken in de kerk.

Buiten was het geschreeuw van de blussers hoorbaar. Nog

dikkere rook kwam de kerk binnengedreven doordat de mensen water het portaal in gooiden. Het vuur begon te sissen en de vlammen hielden op met flakkeren.

Huttunen zag de blussers niet, maar zo naar de stemmen te oordelen waren het er een heleboel. Nu moest hij ervandoor; zo'n grote groep mensen kon hij niet aan, zelfs niet als hij met een wapen zwaaide. Huttunen ademde diep in en spurtte naar het voorportaal, sprong over de sissende brandhaard en daarvandaan in één ruk door naar de heldere buitenlucht, met het geweer op zijn rug en de handen voor zijn tranende ogen. De verbijsterde mensenmenigte maakte de weg vrij voor de molenaar. Al snel kon Huttunen weer zo goed zien dat hij het kerkhof over kon rennen. Hij denderde over de grafstenen, sprong over het hek achter de begraafplaats en verdween het bos in.

Korpschef Jaatila arriveerde ter plaatse. Hij constateerde dat men het vuur had weten te doven. Toen hem werd verteld dat molenaar Gunnar Huttunen had geprobeerd de kerk in brand te steken, verklaarde hij vastbesloten: 'Meteen morgenochtend gaan we met een grootschalige zoekactie van start. Ik bel Rovaniemi voor soldatenvolk en speurhonden.'

36

Er stopte een goederentrein op het station die ochtend, wat ongebruikelijk was. Helemaal aan het eind van de trein bevond zich een gesloten foergon. De dubbele deuren werden geopend en er sprong een half peloton gehelmde grenswachten uit te voorschijn op het perron. Ze hadden een tent bij zich, een veldkeuken en twee honden, en ieder van hen droeg een machinegeweer. De sergeants brulden de groep bijeen. De leider, een jonge, geharde luitenant, meldde zijn detachement bij korpschef Jaatila.

'Infanteristen, welkom! Jullie hebben een moeilijke en gevaarlijke taak te volbrengen, maar ik vertrouw op jullie en in het bijzonder op jullie honden.'

De korpschef bood de luitenant een sigaret aan. De sergeants gaven de infanteristen het bevel om zich in marsorde op te stellen. Stampend ging het detachement op weg naar de veerstoep, om naar het kerkdorp te worden overgezet. Het paard van Vittavaara werd ingespannen om de veldkeuken te vervoeren. De honden en de luitenant reden in de auto van de korpschef mee.

De bekken van de beesten waren met muilkorven onschadelijk gemaakt. Het waren grote Duitse herders. Ze hadden een dichte vacht, en waren vreugdeloos en nerveus. De luitenant gaf een ervan klopjes en zei trots tegen de korpschef: 'Deze hier heet Grensterreur, de andere Witsnuit. Dit zijn van die jongens met weinig gevoel voor humor.'

Aan de overkant van de rivier marcheerden de soldaten vanaf de veerpont naar het sportveld van het kerkdorp, waar zich een grote groep burgers met buksen en rugzakken had verzameld. Als je alle aanwezigen inclusief vrouwen en kinderen bij elkaar optelde, waren er meer mensen op de been dan tijdens de atletiekwedstrijden.

De korpschef gaf de menigte instructies met behulp van een luidspreker. Er werden rantsoenen en kaarten uitgedeeld. De boeren werden in groepen van tien ingedeeld. De zon brandde; het was uitstekend weer voor een grootschalige zoekactie. De mannen kregen hagelpatronen voor hun buksen. De grenswachten stopten de magazijnen in hun machinegeweren.

'Dit zou wel eens een rotopdracht kunnen worden,' schatte een van hen de situatie in.

'Ik vind zo'n mensenjacht leuker dan een bosbrandje blussen. Vorig jaar rond het Midzomerfeest waren we twee weken achter elkaar in de weer in Narkaus. Iedereen had een duimdikke laag roet op z'n smoel toen we vertrokken.'

'Tijdens de oorlog heb ik een aantal keren jacht gemaakt op deserteurs. Een geschifte gek uit het bos halen lijkt daar waarschijnlijk wel wat op.'

'Gelukkig hebben we deze keer een helm gekregen,' zei een van de infanteristen. 'Die gek schijnt een geweer te hebben. Als hij niet loodrecht raak schiet, ketst de kogel op de helm af.'

De luitenant gebood de mannen om stil te zijn en te luisteren naar de instructies van de korpschef. Die beëindigde net zijn toespraak: 'Ik benadruk nogmaals dat de gezochte gewapend is, en uiterst gevaarlijk. Als hij zich niet meteen bij het eerste bevel overgeeft, zullen jullie moeten overgaan tot gebruik van geweld. Jullie begrijpen ongetwijfeld wat ik daarmee bedoel.'

Tegen de luitenant zei de korpschef: 'Zo onder ons gezegd en gezwegen... ze mogen die Huttunen eigenlijk meteen wel omleggen zodra ze hem in het vizier krijgen.'

'Begrepen.'

De opsporingsteams werden in tweeën gesplitst: enkele tientallen burgers werden op pad gestuurd naar de bossen ten oosten van de Kemijoki om die uit te kammen, terwijl de grootste groep met de pont de rivier weer werd overgezet om de wildernis ten westen van het water af te zoeken. De korpschef richtte een commandopost op in Asemakylä.

Toen postbode Piittisjärvi hierover hoorde, raakte hij in grote paniek over zijn illegale stokerij. Hij fietste de opsporingstroepen voorbij naar de brievenbus van Huttunen, verborg zijn fiets in het bos en sprintte in noodtempo verder om zijn drankinstallatie te redden en tegelijkertijd Huttunen te waarschuwen. Eenmaal aangekomen bij het Duinkamp moest hij constateren dat het verlaten was. Hij riep Huttunen zachtjes, maar er kwam geen antwoord. Het leek erop dat de kluizenaar naar de rivier was om te vissen, want het geweer en het visgerei waren verdwenen.

Piittisjärvi ontmandelde zijn drankstokerij en verborg de onderdelen onder een paar zwarte sparren. Uit de waterpoel viste hij zijn melkbus met bocht op. Er zat nog zeker vijf liter in.

Piittisjärvi schreef een waarschuwingsbriefje, dat hij op Huttunens rugzak achterliet: 'De soldaten zijn op pad gestuurd om je te zoeken Huttunen. Smeer 'm snel. Piittisjärvi.'

De brievenbezorger tilde de bus met bocht op zijn rug en vertrok onmiddellijk weer uit het kamp. Hij dacht dat hij de weg wel zou weten te bereiken voordat de opsporingstroepen in deze omgeving opdoken. Maar nu was er haast geboden – zelfs voor een sigaretje had hij geen tijd. Hij mocht al blij zijn dat hij af en toe kans zag een slok uit de melkbus te nemen.

Dit was al de tweede keer deze zomer dat Piittisjärvi zich genoodzaakt zag om zijn stokerij te evacueren. Had hij er de vorige keer al spoed achter gezet, nu was het pas echt erop of eronder. Piittisjärvi rende over de marslanden en door de dichte bossen met maar één ding in gedachten: de overkant van de weg bereiken voordat de soldaten de wildernis zouden overspoelen.

Maar de grenswachten hadden zich snel en vaardig verspreid en een kordon gevormd. Ze bewogen zich geruisloos door het bos, en zo gebeurde het dat de kleine zwetende postbesteller recht in de armen van de infanteristen liep. Een van de honden jankte een keer flink en zou het mannetje aan stukken hebben gescheurd als zijn trainer niet tussenbeide was gekomen en de hond had gemuilkorfd.

Brievenbesteller en bochtbus werden bezorgd bij de commandopost van de korpschef in Asemakylä. Jaatila ondervroeg Piittisjärvi kort. Portimo mocht de man vervolgens in het gevang gooien. De drank werd meedogenloos uitgegoten over de grond. De tranen liepen de postbode in de ogen.

's Middags vonden de grenswachten Huttunens kamp; ze vernielden het, en bezorgden het briefje dat Piittisjärvi had geschreven bij de korpschef. Jaatila banjerde rechtstreeks naar de gevangenis en gaf Piittisjärvi een klinkend pak slaag met zijn knuppel. Piittisjärvi huilde en klaagde en smeekte om genade, maar kreeg die niet. De korpschef wilde informatie over Huttunen, maar Piittisjärvi zei niets. Ze lieten Huttunens correspondentie zien: leerboekjes van de Volksacademie, een aantal liefdesbrieven en de laatste boodschap van Happola. Langs welke weg had Huttunen zijn post ontvangen? Piittisjärvi was bont en blauw, maar moedig: 'Al sla je me dood, ik verraad geen vrienden.'

En Piittisjärvi zei geen woord, ook al gaf de korpschef hem er een tweede keer van langs. Toen Jaatila woedend de cel verliet, schreeuwde de postbode hem achterna: 'Ik schend het briefgeheim niet voor een hond als jij!'

De korpschef liet tuinbouwconsulente Sanelma Käyrämö bij zich brengen en ondervroeg haar streng. Maar de consulente bekende niet, ook al dreigde de commissaris met de eeuwige vloek van de landbouwvereniging en de provinciegouverneur. Sanelma Käyrämö barstte in snikken uit en bad om genade voor Huttunen; ze zei dat als die de kans kreeg om zijn zaken op orde te brengen, hij heus wel vrijwillig te voorschijn zou komen. De korpschef prentte zich die opmerking goed in. Minachtend snauwde hij de consulente toe: 'Zal ik eens zeggen wat ik van vrouwen vind die gekken gezelschap houden? Die zijn nog erger dan hoeren!'

In het Duinkamp werden de honden opgehitst om Huttunens sporen te volgen. Met zwiepende staarten vlogen de beesten op weg, en ze leidden de soldaten langs de Puukkopuro naar de bovenloop van de beek. De sporen van Huttunen waren nog vers; de honden raakten door het dolle heen en de struiken langs de oever ritselden terwijl ze vooruitstormden. Van tijd tot tijd gromden en blaften ze hard, ook al commandeerden hun trainers ze om hun snuit te houden.

Huttunen wierp een hengeltje uit op de oever van de Puukkopuro, aan de rand van een moeras. Hij had een paar vlagzalmen gevangen en overwoog om terug te keren naar zijn kamp. Hij stak een sigaret op en staarde neerslachtig naar de zachtjes stromende beek. Het liep tegen de avond. Huttunen dacht erover om Sanelma Käyrämö te schrijven. Hij zou haar moeten vertellen wat er allemaal was gebeurd de laatste tijd. Nu hij de molen niet meer kon verkopen, was het wellicht het verstandigst als hij deze wildernis achter zich liet en verder naar het noorden trok, om diep in de bossen een hutje te bouwen en daar de winter in door te brengen. Hij zou een paar ski's voor zichzelf moeten schaven en tonnen moeten maken, bessen verzamelen en vogels schieten. Misschien was het een goed idee om elandenvlees te roken voor de winter.

Het scherpe oor van de kluizenaar hoorde hondengeblaf dat bij de benedenloop van de beek vandaan kwam. Als je ingespannen luisterde, kon je ook heel zacht mannenstemmen onderscheiden. Huttunen bracht de verrekijker naar zijn ogen en keek naar de overkant van het moeras. In het licht van de avondzon zag hij soldaten met helmen op in grijze uniformen. Twee grote Duitse herders renden langs de beek in Huttunens richting. De kluizenaar begreep meteen dat ze naar hem op jacht waren. Huttunen laadde zijn geweer, liet zijn visgerei en de vangst op de oever liggen en ging er in volle vaart vandoor; hij probeerde de lage heuvel te bereiken die zich aan de andere kant van het marsland verhief.

Al snel kwamen de honden aan op de plaats waar Huttunen net nog had staan hengelen. Ze begonnen de vissen die op de kant lagen te verscheuren. Huttunen nam een van de twee beesten in het vizier en haalde de trekker over. Het dier jankte kort en zakte toen dood ineen op de grond. De infanteristen zochten onmiddellijk dekking. De andere hond schoot het moeras over in de richting van de heuvel, naar de plek waar Huttunen klaarlag met het geweer tegen zijn schouder.

Toen de hond nog vijftig meter bij hem vandaan was, schoot Huttunen die ook dood. De herder viel omver en bleef doodstil op de drassige grond liggen. De grenswachten verspreidden zich en vormden een kordon. Zo bestormden ze Huttunens heuvel. Iemand vuurde een korte serie af met een machinegeweer.

Huttunen vluchtte weg van de heuvel, in noordelijke richting. Hij rende zo hard hij kon en dacht: het moeten wel heel vlotte jongens zijn willen ze mij levend te pakken krijgen.

De hele nacht door joegen de grenswachters door de wildernis, maar van Huttunen vingen ze geen glimp meer op. Tegen de ochtend verzamelden de troepen zich bij het Duinkamp, waar Vittavaara met behulp van een baar de veldkeuken naartoe had gereden. De veldtent werd opgezet. De vermoeide soldaten en boeren verzamelden zich om te eten en te slapen.

De dode herdershonden werden aan hun poten aan een paar stokken vastgebonden. Vier mannen kregen de taak de dieren naar het dorp te dragen. Toen de uitgeputte stoet bij de commandopost van de korpschef arriveerde, zei Jaatila geërgerd, op de honden wijzend: ‘Moeten de karkassen van die keffers soms op het kerkhof worden begraven?’

De luitenant verloor zijn geduld met de korpschef: ‘Zit niet te zieken. Ze hebben dat kamp toch zeker gevonden?’

De luitenant gebood de honden ter aarde te bestellen. De infanteristen begonnen een graf te graven bij de splitsing van Asemakylä, naast het transformatorhuisje. Daar vlakbij stond het huis van boer Rasti, waar die avond een gespreksgroep van de parochie bijeen was. Er klonk stemmig psalmgezang. De luitenant vloekte. ‘Stop die honden in de grond en vlot een beetje. Gaan ze goddomme nog staan galmen ook – wat is dit voor achterlijk gehucht?’

Binnen, op de boerderij, sprak en bad pastoraal werker Leskelä voor het lot van Huttunen: 'Lieve Heer, haalt U molenaar Huttunen zo snel mogelijk thuis, bij U in de hemel, of laat hem anders in handen van de soldaten vallen, in naam van het bloed en vlees van Jezus Gristus, amen!'

37

Drie etmalen lang kamden de soldaten en de mannen uit het dorp de wildernis uit, zonder enig resultaat. Toen keerden de boeren zwijgend terug naar hun huizen; ze hingen hun buksen aan de wand en gingen verder met het werk op de boerderij. De infanteristen van de grenswacht braken hun tent af, reden de veldkeuken naar het station en begonnen met het inladen van hun spullen in de foergon. Zonder verdere formaliteiten werd de wagon aan een goederentrein gekoppeld die naar het noorden ging. De stoomlocomotief floot nog een keer, en toen waren de soldaten vertrokken.

Het enige wat nog aan de grootscheepse zoekactie herinnerde was een composterend hoopje grond bij de splitsing van Asemakylä. Onder dat hoopje lagen twee moedige herdershonden. De kindertjes van het dorp maakten er die herfst een gewoonte van om iedere zondag naar het hondengraf toe te gaan en psalmen van Zion voor ze te zingen, dezelfde die ze bij hen thuis bij de gespreksgroepen onder leiding van pastoraal werker Leskelä moesten kwelen.

Iedere dag ging korpschef Jaatila een keer bij postbode Piittisjärvi langs om hem een pak slaag te geven, maar die moeite was vergeefs. De taaie brievenbesteller onderging de afstraffingen onverschrokken, en beriep zich daarbij op het onschendbare briefgeheim.

Toen bleek dat ze Huttunen met man noch macht te pakken konden krijgen, besloot de korpschef zijn toevlucht te nemen tot een list. Hij nam contact op met tuinbouwconsulente Sanelma Käyrämö, aan wie hij mededeelde dat de autoriteiten hadden besloten Huttunen gratie te verlenen. Die moest dan echter wel eerst het bos uit komen. 'We gaan naar de gevangenis om postbode Piittisjärvi te vertellen dat hij een door mij geschreven genadebrief bij Huttunen moet bezorgen. Daarin staat dat er officieel een schikking wordt getroffen. Ik zweer u dat we de molestaties van uw molenaar in de doofpot zullen stoppen. Hij krijgt een paar kleine boetes, meer niet.'

De korpschef stelde een schrijven op aan Gunnar Huttunen. Als aanhangsel voegde tuinbouwconsulente Sanelma Käyrämö een door haarzelf geschreven briefje bij, waarin ze Huttunen vroeg om naar het kerkdorp te komen en zich over te geven. Alle vergrijpen uit het verleden zouden hem vergeven worden.

De brieven werden meegenomen toen de korpschef samen met de tuinbouwconsulente op pad ging om postbode Piittisjärvi ertoe te bewegen de brief te bezorgen.

In eerste instantie vermoedde Piittisjärvi een valstrik, maar toen de korpschef zijn eigen genadebrief van een officieel waarmerk voorzag en de envelop bovendien verzegelde met een lakstempel, geloofde ook de postbesteller ten slotte dat het recht had gezegevierd. Hij beloofde Huttunen de brief te brengen. Hij stond erop om het alleen te doen, zonder dat iemand wist waar hij de post zou bezorgen.

De korpschef accepteerde de eis bereidwillig. Er werd onmiddellijk een diep bord met stomend hete vleessoep naar de cel gebracht. Piittisjärvi kreeg een pakje Saimaa-sigaretten, en na het eten kwam masseur Asikainen uit het kerkdorp om de rug van de postbode met zalf in te smeren, want het mannetje had overal pijnlijke blauwe plekken: een souvenir van de commissaris en zijn met lood gevulde gummiknuppel. 's Avonds, toen de schemer viel, werd de deur van de gevangenis geopend. Piittisjärvi verkreeg de vrijheid om de hem toevertrouwde taak uit te voeren.

De korpschef had ervoor gezorgd dat Piittisjärvi op efficiënte wijze zou worden geschaduwd: knecht Launola, Vittavaara en hijzelf volgden de postbode naar Asemakylä; ze slopen geruisloos door de bossen terwijl het mannetje koers zette naar de brievenbus van Huttunen. Piittisjärvi wierp af en toe een blik achterom om zich ervan te overtuigen dat hij alleen was, maar zag daarbij zijn achtervolgers over het hoofd. Dus bracht hij de brieven naar de bus; daarna keerde hij terug op de landweg alsof er niets aan de hand was.

Meteen nadat Piittisjärvi de ligging van de brievenbus had prijsgegeven, werd hij ingerekend. Hardhandig brachten ze hem terug naar het gevang. Hoe hij ook protesteerde, niets hielp. Een pak slaag kreeg hij deze keer echter niet, aangezien de korpschef het druk had met het opzetten van een hinderlaag in de buurt van de brievenbus.

Anderhalf etmaal hielden de korpschef en de mannen uit het dorp de wacht bij de postbus van de kluizenaar voordat de val dichtklapte. De uitgehongerde Huttunen arriveerde 's morgens rond een uur of vijf bij zijn brievenbus om te zien of er post was. Knecht Launola stond op dat moment op wacht, en hij ging er onmiddellijk vandoor om het geval bij de korpschef te melden.

Huttunen naderde de brievenbus uiterst voorzichtig, maar toen het bos verlaten bleek te zijn, durfde hij hem te openen. Hij las de brieven van de korpschef en de consulente telkens en telkens weer. Toen hij bevatte wat voor een geweldig aanbod hem werd gedaan, verdween zijn onrust. Hij kalmeerde, en hoewel hij volkomen uitgeput was, leek het wel of de brieven hem nieuwe kracht en levensmoed schonken. Hij was in de val gelopen. De jagers konden toeslaan terwijl de prooi nog van het aas at.

Huttunen stak de brieven in zijn zak en kwam tussen de bomen vandaan. Hij ging op weg naar de veerpont, maar nog voor hij een paar stappen had kunnen zetten werd hij van beide zijden van de weg door zijn belagers besprongen. De volkomen verraste kluizenaar werd tegen de grond gewerkt. Hij werd ter plekke stevig aan handen en voeten geboeid. De korpschef sloeg de kluizenaar een aantal keren zo hard met zijn knuppel op de rug dat diens schouderbladen ervan rammelden. Vittavaara haalde zijn paard op, en al snel beefde de aarde onder de oude ruin die in volle galop naar de veerpont werd voortgejakkerd. Huttunen lag vastgebonden op de kar; de korpschef en Vittavaara zaten boven op hem en haalden de zweep over het paard. Eenmaal bij de pont aangekomen zat de ruin onder het schuim en sloeg de stoom van hem af. Huttunen lag onbeweeglijk op de kar, keek bedroefd naar de hemel en zei geen woord.

Het nieuws over de aanhouding van de molenaar had inmiddels per telefoon het kerkdorp bereikt. Toen de veerpont aanlegde op de oever stond er een dichte mensenmenigte te wachten. Opgelucht en triomfantelijk staarden de dorpelingen naar de in de boeien geslagen, gevaarlijke buit. Ze vroegen Huttunen of-ie nog steeds zin had om wolvengehuil te laten horen. Of hij nog steeds zo nodig de kerkklokken wilde luiden. Was hij teruggekomen om opnieuw de kerk in de fik te steken of de bank te beroven, te paard nog wel?

De onderwijzer-directeur van de basisschool, Tanhumäki, had een camera meegebracht. Hij liet het paard stilhouden voor een foto. De onderwijzer dwong de menigte aan de kant en verzocht de commissaris om de teugels van het paard in de hand te nemen, zodanig dat zowel knol en korpschef als kar en geknevelde kluizenaar op het kiekje kwamen. Huttunen draaide zijn gezicht weg van de camera, maar knecht Launola wrong met geweld zijn hoofd in een gunstige hoek. Huttunen sloot zijn ogen op het moment dat het toestel klikte. Na de fotosessie reikte de korpschef de teugels over aan Vittavaara, die zijn paard met de zweep gaf.

De kluizenaar werd naar het gevang gebracht. De korpschef gaf Portimo de opdracht om mee de cel in te gaan. Huttunen werd op een betonnen bankje gezet, samen met de agent. Met handboeien ketende de korpschef Portimo's linker- en Huttunens rechterhand aan elkaar vast. Pas daarna verwijderde hij de knevels van de handen en voeten van de kluizenaar. Portimo en Huttunen bleven hand in hand zitten toen de commissaris de cel verliet. Jaatila blikte nog even door het luikje in de deur naar binnen en zei tegen Portimo: 'Jij blijft daar op die gek zitten passen.'

Het luik klapte dicht; de voetstappen van de commissaris

verwijderden zich in de richting van het bureau.

Portimo en Huttunen bleven met z'n tweeën over. Bedroefd zei de agent: 'Nou Kunnari, daar zit je dan.'

'Je kunt niet altijd geluk hebben.'

's Ochtends riep de korpschef de gevangene en zijn bewaker bij zich in het bureau. Daar waren ook Siponen, Vittavaara en Ervinen aanwezig. De korpschef overhandigde Portimo een verwijsbrief die Ervinen had geschreven. Die was bestemd voor de psychiatrische inrichting in Oulu. Hij gaf de agent ook de kaartjes voor de treinreis. Portimo nam de papieren in ontvangst. Hij kon niet nalaten om te zeggen: 'Een korpschef zou zich toch ook aan z'n woord moeten houden. Het is niet eerlijk dat Kunnari weer naar Oulu wordt gestuurd.'

'Hou je mond! Beloftes die aan geestelijk gestoorden worden gedaan zijn niet bindend voor de autoriteiten. Houd jij je muil, Portimo, en doe je werk. De trein vertrekt om elf uur; voor die tijd krijgt Huttunen nog te eten. Jullie reizen in de wagon van de conducteur mee, en jij, Portimo, bent verantwoordelijk voor deze man.'

Ervinen keek Huttunen sarcastisch aan. 'Dat was me een lange en hete zomer, Huttunen. Maar die is nu ten einde. Als arts kan ik je beloven dat je van je leven niet meer de gelegenheid zult krijgen om naar dit dorp terug te keren en streken uit te halen. In die papieren staat dat je ongeneeslijk geestelijk gestoord bent, totdat de dood erop volgt. Nu heb je pas echt reden om te huilen.'

Ineens begon Huttunen te grommen en liet hij zijn tanden zien. Hij boog zijn hoofd naar beneden en keek de aanwezigen in het bureau zo donker aan dat de boeren en de arts een stapje achteruit deden en de korpschef een pistool uit zijn bureaula te voorschijn haalde. Huttunen liet een laag gegrom uit zijn keel ontsnappen. Zijn tanden blonken. Portimo sprak hem kalmerend toe, en slechts met grote moeite wist hij Huttunen weer rustig te krijgen. Desondanks bleef de molenaar nog lange tijd zitten grommen, als een wolf die in het nauw gedreven in zijn den zit. Zijn ogen gloeiden van ingehouden woede.

De kluizenaar en de agent werden met de auto naar het huis van Portimo gebracht, waar Huttunen zijn laatste maaltijd kreeg aangeboden. De vrouw van Portimo had vis gebakken. Er stond koele karnemelk op tafel en vers ongedesemd brood met echte boter. Als toetje waren er pannenkoekjes. Huttunen en Portimo aten naast elkaar gezeten, de ene met de linker-, de ander met de rechterhand. De korpschef keek verveeld toe. 'Eet nou toch door! Waarom moet die vrouw ook zo nodig pannenkoeken bakken voor een geestelijk gestoorde gevangene? Allemaal moeite voor niets. We moeten de trein halen. Deze kwestie moet zo snel mogelijk van de agenda worden geschrapt.'

Tuinbouwconsulente Sanelma Käyrämö kwam binnen. Ze had de hele nacht gehuild. Zonder iets te zeggen liep ze op Huttunen af en legde ze haar handen op zijn schouders. Ze draaide zich om naar de korpschef en zei met een gebroken stem: 'En ik, stomme trut, geloofde die bedrieger ook nog!'

De commissaris liet een officieel klinkend en gegeneerd kuchje horen. Hij spoorde de mannen aan om te vertrekken. Portimo en Huttunen stonden op van tafel. Huttunen kneep met zijn linkerhand in de hand van Sanelma, keek haar in de ogen, en hij liep toen in het kielzog van Portimo de woonkamer uit.

Buiten nam Portimo afscheid van zijn vrouw. Vervolgens leidde hij Huttunen in de richting van het tuinhuisje en floot hij zijn hond. Een Karelische spitshond met een grauwe vacht rende piepend op zijn baasje af, sprong tegen hem op en likte hem in het gezicht. Hij likte ook Huttunens gezicht, want die was vanwege de handboeien gedwongen zich voorover te bukken naar de hond.

'Ze nemen goddomme zelfs afscheid van de hond,' snauwde de korpschef onrustig.

Portimo en Huttunen werden in de auto gestopt; de portieren werden dichtgeslagen, en toen gingen ze op weg. De auto reed naar de veerpont, waar de snelste fietsers inmiddels al waren gearriveerd. Op het station stond een dichte mensenmassa te wachten. Het hele dorp wilde zien hoe Huttunen op zijn laatste reis werd heengezonden, naar Oulu.

De korpschef vroeg aan de stationschef of de trein op tijd reed en kreeg te horen dat dat wel de bedoeling was.

'Waarom is-ie dan nog niet hier?' bitste Jaatila.

'Nou ja, de treinen rijden toch nooit zo precies volgens schema?' antwoordde de stationschef.

De trein arriveerde. Een zware locomotief stopte op het station. Huttunen en Portimo werden naar de conducteurswagon begeleid. Ze stapten tegelijkertijd in. Op hetzelfde moment floot de trein en kwam hij schokkerig in beweging. Huttunen stond in de deuropening; achter hem was het silhouet van agent Portimo nog net zichtbaar. De trein reed langs de menigte op het station. Huttunen opende zijn mond: een machtig wolvengehuil weergalmde door de lucht. Het fluitsignaal van de trein klonk daarbij vergeleken als amechtig gepiep. Er ging een rilling door de toeschouwers.

De wagon reed aan het publiek voorbij. De deur werd gesloten. De wissels knarsten aan het einde van het spoorwegemplacement, de trein verdween uit zicht. Pas toen het geratel van de wielen niet meer te horen was, ging de menigte uiteen. Afgescheiden van de rest verliet de vrouw van agent Portimo het station. Ze ondersteunde de huilende tuinbouwconsulente Sanelma Käyrämö. De commissaris stapte in de auto en reed weg. De stationschef rolde zijn groene seinvlag op en mompelde in zichzelf: 'Er waren nu meer mensen dan toen de provinciegouverneur op bezoek kwam.'

38

Huttunen en Portimo kwamen nooit aan bij de psychiatrische inrichting van Oulu, zo werd in het dorp bekend. Korpschef Jaatila vaardigde een aanhoudingsbevel uit en liet in het hele land naar hen zoeken, maar over het lot van de beide mannen bleef men volledig in het ongewisse. Ook Interpol kwam niets over hen aan de weet.

In de herfst huurde tuinbouwconsulente Sanelma Käyrämö een kamer bij de vrouw van agent Portimo. Ze zetten samen een huishouden op en wisten heel aardig rond te komen, aangezien knolgewassen erg voordelig zijn. De zwaardere karweitjes in huis werden door postbode Piittisjärvi uitgevoerd, die toch ruimschoots de tijd had nu hij uit zijn ambt van brievenbesteller was ontzet.

In oktober liep de vaalwitte reu van Portimo weg van huis. Hij verdween in het bos. Toen de winter arriveerde, werden op de Reutuvaara sporen van Portimo's hond gevonden. Hij bewoog zich niet in zijn eentje door de wildernis, maar werd vergezeld door een grote wolf – aan de sporen te zien een solitair mannetje. Als het 's nachts hard vroor, was vanaf de Reutuvaara het klagende gehuil van een wolf te horen, en van tijd tot tijd kon je het bedroefde geblaf van Portimo's jachthond onderscheiden.

De bewoners beweerden dat de wolf en de hond zich regelmatig 's nachts aan de rand van het dorp ophielden. Er werd gezegd dat de tuinbouwconsulente en de vrouw van de agent ze stiekem te eten gaven.

Vlak voor de kerst bleek dat de wolf en de hond een bezoekje hadden gebracht aan het hoenderhok van Siponen. Alle twintig kippen vonden de dood.

Toen Vittavaara tijdens de advent een vet varken slachtte voor de kerst en het gebroeide kadaver aan een balk in de schuur hing, was het de volgende ochtend verdwenen. In de schuur werden verse sporen van een wolf en een hond aangetroffen. Het zwijn werd nooit meer teruggezien.

In de winter namen de harige wezens korpschef Jaatila en dokter Ervinen te grazen op het ijs op de Reutulampi. De mannen waren aan het vissen in een wak toen de wolf en de hond hen ineens vanuit de beschutting van het bos te lijf gingen. Het zou slecht met de commissaris en de arts zijn afgelopen als ze er niet in waren geslaagd om in een paar Schotse sparren te klimmen die langs het meertje stonden. Het vroor hard. Wreed grommend hielden de wolf en de hond de twee mannen anderhalf etmaal gegijzeld. Ze aten de proviand op die in de rugzakken zat en rolden de thermosflessen in het wak. De korpschef verloor door bevriezing zijn slagarm tot aan de elleboog, de dokter zijn neus. Wellicht zouden ze zelfs het leven hebben gelaten in de beijzelde bomen als er niet een vriendelijke bosarbeider was langsgekomen die hen uit hun benarde positie had verlost.

De vrouw van Siponen had de gewoonte ontwikkeld om iedere zondag naar de kerk te gaan. Aangezien ze naar eigen zeggen nog steeds verlamd was, moest knecht Launola voor die gelegenheden het paard inspannen. De boerin werd vanaf de slee rechtstreeks de kerkbank in gedragen, liggend. Ze nam de plaats van vijf medegelovigen in beslag, maar dat werd haar niet kwalijk genomen, zo'n arme invalide vrouw.

Tijdens een van die ritjes naar de kerk vielen een magere wolf en een voddige hond het reisgezelschap aan op het ijs van de Kemijoki. Het paard steigerde en brak de dissel; de slee sloeg om; de knecht vluchtte op de rug van de ruin het ijs af. De zwaarlijvige vrouw van Siponen bleef in de sneeuw achter, overgeleverd aan de harige aanvallers. Ze zou het er niet levend van hebben afgebracht als ze niet zo snel haar vette varkenspootjes haar dragen konden haar toevlucht had genomen tot het veerhuis. De sporen die de volledig verlamde vrouw tijdens haar vlucht in de sneeuw achterliet oogstten grote bewondering, met name in kringen van sportliefhebbers.

De mannen in het dorp probeerden met alle mogelijke middelen de wolf en de hond te doden, maar ze kregen ze niet te pakken. De dieren waren te slim en te brutaal. Ze waren naadloos op elkaar ingespeeld, vormden een wild en angstwekkend koppel.

Als tijdens ijskoude winternachten vanuit de richting van de Reutuvaara het snijdende gehuil van een wolf te horen was, zeiden de mensen: ‘Op de een of andere manier kon die Huttunen dat beter.’